Jennifer R. Hubbard

ATME NICHT

Jennifer R. Hubbard

ATME NICHT

Roman

Aus dem amerikanischen
Englisch von Michael Koseler

GULLIVER
von BELTZ & Gelberg

Dieses Buch ist auch als E-Book erhältlich
(ISBN 978-3-407-74372-5)

MIX
Papier aus verantwortungsvollen Quellen
FSC® C089473

www.gulliver-welten.de

Die Originalausgabe erschien 2012 unter dem Titel
Try Not to Breathe bei Viking/Penguin Group (USA) Inc.
Aus dem amerikanischen Englisch von Michael Koseler
Lektorat: Eva-Maria Kulka
Neue Rechtschreibung
Einbandgestaltung: ZERO Werbeagentur, München,
unter Verwendung von Motiven von Getty Images/
© Ray Kachatorian (Junge) und Fine Pic®, München (Wasser).
Gesamtherstellung: Beltz Bad Langensalza GmbH, Bad Langensalza
Printed in Germany
ISBN 978-3-407-74492-0
1 2 3 4 17 16 15 14

Dieses Buch ist denen gewidmet, die überlebt haben,
und dem Andenken derer, die nicht überlebt haben.

1

ES WAR GEFÄHRLICH, unter dem Wasserfall zu stehen. Trotzdem machten es manche. Und auch ich machte es. Das Wasser spülte meine Gedanken weg und brannte mir auf der Haut. Es peitschte so heftig gegen meinen nackten Oberkörper, dass ich nicht mehr denken konnte. Natürlich wusste ich, dass dieses Wasser die Kraft hatte, mich umzureißen, mir den Atem abzuschnüren oder mich gegen den Felsen zu pressen.

Trotzdem machte ich es immer wieder.

Wenn meine Eltern das gewusst hätten, wären sie ausgerastet. Sie gaben sich alle Mühe, mich in Watte zu packen, seit ich im vorigen Jahr aus dem Patterson Hospital entlassen worden war. Meine Mutter geriet schon in Panik, wenn ich mal vergaß, meine Medikamente zu nehmen. Deshalb würde ich ihr ganz sicher nichts von dem Wasserfall erzählen. Wie hätte ich auch erklären sollen, dass ich es brauchte, wenn mir das Wasser auf den Kopf trommelte, bis mir fast der Schädel platzte?

Und ich brauchte es wirklich. Das Wasser schoss tosend über den Felsrand, prasselte auf meine Schultern und meinen Kopf und rief ein Dröhnen hervor, das sogar in den glitschigen Steinen unter meinen Füßen zu spüren war. Meine Nerven prickelten und vibrierten. Nur mit gewaltiger Anstrengung gelang es mir, unter dem Wasser still zu stehen.

Ich hatte zwar schon viel in meinem Leben vermasselt, aber

das schaffte ich: still zu stehen. Okay, sehr hoch legte ich die Latte nicht gerade an.

Es gab Gerüchte, dass hier mal ein Mann ertrunken oder vom Felsen gestürzt war. Angeblich war sein Schädel an den Steinen zerschmettert und seine Hirnmasse hatte sich im Wasser verteilt. Von dieser Geschichte waren verschiedene Versionen im Umlauf, eine immer blutiger und unglaubwürdiger als die andere.

Auch über mich gab es Gerüchte, über das, was ich im letzten Jahr getan hatte. In der Schule warfen deshalb alle nur verstohlene Blicke auf mich. Manchmal spielte ich mit dem Gedanken, mit Schaum vorm Mund wilde Selbstgespräche zu führen, weil es die anderen zu enttäuschen schien, dass ich es nicht machte. Aber ich war mir nicht sicher, ob sie begreifen würden, dass das ein Scherz sein sollte. Ein paarmal hatte ich versucht, jemanden zum Lachen zu bringen, doch das hatte mir nur verlegene oder beunruhigte Blicke eingetragen. Niemand erwartete von mir, dass ich Humor hatte, und es war sicherer für mich, die anderen annehmen zu lassen, dass ich *möglicherweise* verrückt war, als ihnen Beweise dafür zu liefern.

Ich kannte mich also mit Gerüchten aus, wusste, dass sie zu fünfundneunzig Prozent Quatsch waren, oft aber ein Körnchen Wahrheit enthielten. Worin dieses Körnchen Wahrheit bei der Geschichte von dem Toten am Wasserfall bestand, wusste ich allerdings nicht.

Als ich an einem Augusttag am Ufer des Bachs beim Wasserfall saß, kam Kent Thorntons Schwester vorbei. Kent ging wie ich in die elfte Klasse, und ich wusste, dass seine Schwester ein oder zwei Jahre jünger war als wir, hatte aber nie viel mit ihr geredet. Im letzten Jahr war sie noch auf der Junior Highschool gewesen.

»Hey, Ryan«, sagte sie und baute sich auf dem Moos vor mir auf.

»Hey.« Ich versuchte, mich an ihren Namen zu erinnern, was mir aber nicht gelang.

Sie stand da und sah zu, wie das Wasser über den Felsrand rauschte. Das Farnkraut bewegte sich im Wind. »Willst du reingehn?«, fragte sie.

»Nein, heute nicht.« In den letzten Tagen hatte es so sehr geregnet, dass der Bach und der Wasserfall stark angeschwollen waren. Ich hätte zwar gern herausgefunden, ob ich mich unter der Wucht des Wassers aufrecht halten konnte, aber eine Vollmacke hatte ich nun auch wieder nicht, egal was alle in der Schule über mich tuschelten.

»Ich geh ständig rein.« Sie warf ihr Haar zurück und grinste. »Meine Freundin Angie taucht noch nicht mal den Fuß ins Wasser. Sie sagt, die Steine sind zu glitschig.«

»Sind sie auch.« Nicht dass mich das jemals abgehalten hätte.

Kents Schwester wischte sich den Schweiß aus dem Nacken. »Du wohnst in dem Glashaus da oben, nicht?«

»Es ist nicht aus Glas.« Ich konnte es nicht leiden, wenn die Leute es als Glashaus bezeichneten. Das hörte sich so an, als erwarteten wir, dass in irgendeiner Fernsehsendung über dieses architektonische Wunder berichtet werden würde. *Wie Menschen leben, die viel mehr Geld haben als Sie.* »Es hat nur eine Menge Fenster.«

»Von mir aus. Aber du wohnst in dem Ding, stimmt's?«

»Ja. Warum?«

Sie wurde knallrot. »Nur so.« Sie zeigte auf den Wasserfall. »Soll ich mich mal da runterstellen?«

»Nein, dafür ist das Wasser heute zu kalt und hat zu viel Power. Das wäre gefährlich.«

Sie leckte sich über die Lippen und trat ins Wasser, das sich um ihre Füße kräuselte. Sie trug ein Tanktop und Shorts, die sie anbehielt. Während sie geradewegs auf den Wasserfall zuging, rutschte sie einmal auf den moosigen Steinen aus.

Ich verfolgte jede ihrer Bewegungen. Vor Angst wurde mir ganz flau im Magen, meine Kehle war wie zugeschnürt. Obwohl ich sie eigentlich gar nicht kannte, wollte ich natürlich nicht, dass ihr etwas passierte, dass sie vor meinen Augen unter Wasser gedrückt wurde und ertrank. Dann verschwand sie hinter dem silbernen Vorhang aus Gischt.

Ich konnte sie nicht mehr sehen, stand auf, kniff die Augen zusammen und spähte in das schäumende Wasser.

Meine Finger klopften rhythmisch gegen meine Schenkel, als zählten sie, wie viele Sekunden sie schon unter dem Wasserfall stand. Wie lange sollte ich warten, bis ich ihr folgte? Sollte ich ihr überhaupt folgen? Vom Helden zum Idioten war's schließlich nur ein kleiner Schritt.

In dem Moment tauchte Kents Schwester wieder auf und spuckte das Wasser aus, das ihr in Mund und Nase geraten war. Das klatschnasse Haar klebte ihr am Kopf. Ich atmete erleichtert auf. Sie schob sich eine Haarsträhne aus dem Gesicht, schüttelte sich wie ein Hund und lachte. Dann watete sie auf mich zu.

»Alles in Ordnung mit dir?«, fragte ich.

Ihre Lippen waren blaurot, ihre Zähne klapperten.

»Ich hätte ein Handtuch mitbringen sollen«, sagte sie.

Das war mir auch schon passiert – erst dann ans Handtuch zu denken, als ich bereits nass war. »Zu Hause kann ich dir eins geben.«

»Okay.« Sie rieb sich die Arme. »Hört sich klasse an.«

Ich führte sie durch den Wald zu unserem Haus, das ganz in der Nähe lag. Ich hatte keine Ahnung, wie ich mich verhalten sollte – ob ich sie ansehen, wie lange ich sie ansehen, wie dicht ich neben ihr hergehen sollte. Ich redete nicht viel mit anderen, außer mit Jake und Val, mit denen konnte ich über alles reden. Aber was sollte man zu Leuten sagen, die man kaum kannte? *Das* war es, worin ich Unterricht brauchte – nicht in Mathe und Geschichte.

Von ihrer Kleidung und ihren Haaren tropfte Wasser auf die Kiefernnadeln, mit denen der Waldpfad bedeckt war. Ab und zu streckte sie die Hand aus, um über die Zweige der Kiefern zu streichen, die links und rechts des Weges standen. »Jetzt kann ich mir also endlich mal das Glashaus ansehen«, sagte sie mit klappernden Zähnen.

»Erwarte bloß nicht zu viel. So aufregend ist es nicht.«

»Sicher aufregender als unser Haus.«

Was erwartete sie eigentlich? Brunnen, aus denen Champagner floss? Ein Privattheater?

Nachdem ich über eine Wurzel gestolpert war und fast das Gleichgewicht verloren hätte, beschloss ich, den Blick von nun an fest auf den Boden zu richten.

»Ich glaube, ich hab dich gestern von Weitem am Wasserfall gesehen«, fuhr sie fort. »Du hast gelesen, bist aber gegangen, bevor ich da war.«

»Ja, stimmt.«

»Was hast du denn gelesen?«

»Ein Buch über ein paar Typen, die versucht haben, den Pazifik auf einem selbst gebauten Floß zu überqueren.«

»Den Pazifik? Auf einem Floß?« Sie schüttelte den Kopf. »Ist ja stark.«

Genau deshalb hatte ich es lesen wollen. Obwohl niemand, den ich kannte, beeindruckt zu sein schien, wenn ich davon erzählte. Mein Dad hatte geantwortet: »Na sag mal an.« Das Gleiche hatte er gesagt, als meine Mutter ihm mitteilte, dass der Preis von Spargel gestiegen sei. Val hatte gemeint: »Meine Güte, manche Leute müssen sich aber auch alles verdammt schwer machen.« Und meinem Freund Jake schien nicht ganz klar zu sein, wo der Pazifik lag.

»Und?«, fragte Kents Schwester. »Haben sie es geschafft?« Wenn mir bloß ihr Name eingefallen wäre! Jetzt tat es mir leid, dass ich sie nicht sofort danach gefragt hatte. Nicht nur weil sie sich für die Typen mit dem Floß interessierte, sondern weil sie nicht jedes Wort auf die Goldwaage legte, wenn sie mit mir sprach. So redete nämlich in der Schule praktisch jeder mit mir – als würde ich gleich zusammenbrechen, wenn er was Falsches zu mir sagte.

»Nicht ganz«, erwiderte ich. »Sie mussten aufgeben, weil das Floß auseinanderfiel.«

»Wäre super gewesen«, sagte sie. »Wenn sie es geschafft hätten, meine ich.«

Unser Haus lag mitten im Wald und bestand hauptsächlich aus senkrechten Holzplanken und Glaswänden. Mom sagte, es habe »saubere, moderne Konturen«. Die zahllosen Fenster brauchten wir ihrer Ansicht nach, um »die Natur hereinzuholen«. Meine Großmutter warf ihr immer vor, das Haus sei zu groß und spartanisch und potthässlich, aber nichts, was man sagte, konnte Mom von ihrer Besessenheit abbringen. Drei lange Jahre hatte eine ganze Armee von Handwerkern gebraucht, um es fertigzustellen. Ich hatte mehr Nachmittage, als mir lieb war, auf der Baustelle verbracht, hatte die Dünste von Farbe und Terpentin eingeatmet und mir ständig Sägemehl aus dem Haar gewischt. Während ich unter den Bäumen meine Hausaufgaben machte, scheuchte meine Mutter Klempner, Elektriker und Zimmerleute herum. In dieser Zeit entwickelte ich eine unglaubliche Konzentrationsfähigkeit. Um mich herum wurde unablässig gehämmert und gesägt, aber ich schaffte es trotzdem, dabei zu lernen.

Kents Schwester wartete in der gefliesten Eingangshalle, während ich ihr zwei große weiße Handtücher holte.

»Die sind aber flauschig«, sagte sie. Nachdem sie sich das Haar ausgewrungen hatte, rieb sie sich mit den Handtüchern trocken.

»Frisch und sanft wie ein Frühlingsmorgen«, zitierte ich aus einem kreuzdämlichen Werbespot für Weichspüler, der zurzeit ständig im Fernsehen lief. Sie lachte.

Ich sah zu, wie sie sich weiter abtrocknete. Ich hätte gern noch mehr über die Typen mit dem Floß erzählt, weil mich diese Geschichte tagelang beschäftigt und mir das Gefühl gegeben hatte, zusammen mit ihnen auf dem Ozean zu sein. Aber jetzt dachte ich, dass das Ganze sie vielleicht doch nicht interessierte. Vielleicht war sie bloß höflich gewesen.

»Darf ich mich ein bisschen umsehen?«, fragte sie.

»Denke schon.« Meine Mutter hatte für sämtliche Freunde und Verwandten Führungen durchs Haus veranstaltet, aber dem hatte ich nie große Aufmerksamkeit geschenkt, obwohl mir aufgefallen war, dass spätestens nach dem dritten Zimmer alle ganz glasige Augen bekamen. Doch wenn dieses Mädchen sich tatsächlich das Haus ansehen wollte (um nach nicht vorhandenen Champagnerbrunnen zu suchen?), hatte ich nichts dagegen. »Möchtest du trockene Kleidung? Ich könnte dir ein T-Shirt oder so was geben.«

»Nein, danke. Ist schon okay.«

Sie folgte mir durch das Wohnzimmer, dessen eine Wand aus Glas bestand. Der Teppichboden und die Möbel hatten eine blasse, an Vanille erinnernde Farbe, weil meine Mutter meinte, die Aussicht müsse der »Brennpunkt« des Zimmers sein. Nicht dass ich Kents Schwester was von Brennpunkten erzählt hätte. Ich sagte überhaupt nichts. Konnte ja sein, dass sie gerade dabei war, alles zu registrieren, damit sie den Nachbarn berichten konnte, wie es im Haus des Verrückten aussah. Doch dann streckte sie plötzlich die Arme in Richtung Fenster und sagte: »Die Bäume sind richtig *da*. Du musst das Gefühl haben, direkt *im* Wald zu leben.«

Sie wollte alles sehen, von den Badezimmern bis zum Besenschrank. Der Besenschrank war vielleicht tatsächlich auf bizarre Weise interessant, weil er ganz deutlich zeigte, wie zwanghaft jemand in unserer Familie war: Die Besen und Mopps standen alle in Reih und Glied, die Staubtücher lagen penibel zusammengefaltet in den Regalen. Das war aber auch das einzig Faszinierende daran.

Ohne an der Schwelle haltzumachen, marschierte sie schnurstracks in mein Zimmer. Ob sie wusste, dass sie das erste weibliche Wesen unter vierzig war, das hier einen Fuß hineinsetzte? Sie stupste den Globus auf meinem Schreibtisch an, sodass er sich drehte. Ich hielt ihn wieder an, wobei meine Finger auf Grönland liegen blieben. Sie betrachtete meine Hand, die auf dem Globus ruhte, und plötzlich hatte ich den Eindruck, dass sie nicht nur das Haus inspizierte, sondern auch mich.

Die Luft zwischen uns verdichtete sich. Mit einem Mal nahm ich meine eigenen Atemzüge wahr. Waren sie lauter als sonst? Und, falls ja, fiel ihr das auf?

Ich beobachtete, wie sie den Blick über meinen Computer, meine Bücherregale und die Wände wandern ließ, die, abgesehen von einem Bild, das Val während der Therapie gemalt hatte – eine abstrakte Darstellung blauer und purpurfarbener Wirbel –, kahl waren. Ich fuhr oft mit den Fingern über diese samtigen Wirbel, als könnte ich auf diese Weise Vals Haut berühren. Als hätte sie einen Teil ihres Körpers in das Bild übertragen.

»Na, wie findest du's?«, fragte ich Kents Schwester, weil ich es satthatte, mir darüber Gedanken zu machen, was ihr ständig wechselnder Gesichtsausdruck zu bedeuten hatte. Ich konnte das Gefühl nicht loswerden, dass sie nach etwas suchte, obwohl mir schleierhaft war, wonach.

»Im Vergleich zu dir sind meine Brüder die reinsten Chaoten. Aber das sind sie eigentlich auch im Vergleich zu jedem anderen.«

Das Einzige in meinem Zimmer, was sie auf keinen Fall sehen durfte, war das Päckchen im obersten Regal meines Wandschranks. Ich überlegte, wie ich sie davon fernhalten konnte – als schuldete ich ihr eine Erklärung, warum sie nicht in jede Schublade und in jede Ecke gucken durfte. Doch sie warf nur einen flüchtigen Blick auf die halb offene Schranktür. Anscheinend waren meine Klamotten nicht so fesselnd wie unsere Mopps und Besen, sodass sie darauf verzichtete, den Schrank zu inspizieren. Ich atmete erleichtert auf.

Sie hob die Jalousie ein Stück an und spähte nach draußen. »Dein Zimmer gefällt mir. Du bist ein echter Glückspilz.«

Die einzige Tür, die ich nicht für sie öffnete, war die zum Arbeitszimmer meiner Mutter. Abgesehen von dem Problem, Mom ein Mädchen vorzustellen, an dessen Namen ich mich nicht erinnern konnte, wollte ich uns beiden die ganze Fragerei unter der Überschrift *Und wer ist Ryans kleine Freundin?* ersparen. Meine

Mutter schaffte es, jeden so lange auszuquetschen, bis sie über sein gesamtes Leben Bescheid wusste, inklusive der Blutgruppe und der Namen der Lehrer im ersten Schuljahr. Deshalb sagte ich: »Da drinnen arbeitet meine Mutter.«

Kents Schwester legte das Ohr an die Tür. »Tatsächlich?«, flüsterte sie. »Ich hör gar nichts.«

Ich lachte. »Sie sitzt am Computer. Was soll's denn da zu hören geben?« Einen Moment lang überlegte ich, ob sie mich jetzt verdächtigte, da drinnen zerstückelte Leichen oder so versteckt zu haben. Ich konnte mir gut vorstellen, was die anderen in der Schule sagen würden, wenn Kents Schwester ihnen erzählte, bei uns gebe es eine geheimnisvolle Tür, die immer verschlossen blieb. Doch sie zuckte bloß die Achseln und trat von der Tür weg.

Im Souterrain beendeten wir den Rundgang. »Meine Fresse«, sagte sie, »das sieht ja aus wie in einem Fitnessstudio. Trainierst du an all diesen Geräten?«

»Früher schon, besonders auf dem Laufband. Jetzt macht das hauptsächlich meine Mom.«

Kents Schwester schlängelte sich zwischen den Geräten durch und setzte sich auf die Rudermaschine. »Hey, wollen wir über den Pazifik rudern?« Nachdem sie ein paar Schläge mit den Rudern gemacht hatte, sah sie zu mir hoch. »Wie kommt es, dass du diese Dinger nicht mehr benutzt?«

Ich strich mit der Hand über das Display des Laufbands. »Vor ungefähr einem Jahr hab ich Drüsenfieber bekommen. Da musste ich eine Weile mit allem aufhören. Vorher hab ich Baseball gespielt und bin gejoggt ... und danach hab ich nie wieder damit angefangen.«

»Drüsenfieber«, wiederholte sie, als vergliche sie dieses Wort mit den Gerüchten, die sie über mich gehört hatte. Ihre Augen waren blassgrau, fast so hell, dass man hindurchsehen konnte.

»Ja«, erwiderte ich lässig. »Drüsenfieber.«

Sie stand auf und steuerte auf die hintere Wand zu, wo sich eine Bar befand, die wir nie benutzten. Bei unserem Einzug hatten meine Eltern die Vorstellung gehabt, hier unten regelmäßig Partys zu veranstalten. Ich wusste nicht, wer ihnen diesen Floh ins Ohr gesetzt hatte, denn vorher hatten sie nie Partys gegeben. Und jetzt fanden auch keine statt. Kents Schwester setzte sich auf einen Barhocker, schlug die Beine übereinander und winkelte den Arm so an, als halte sie ein Weinglas in der Hand. Dann schlang sie sich eines der Handtücher wie eine Nerzstola um die Schultern.

»Entzückend, Darling«, säuselte sie und schwenkte das imaginäre Glas hin und her. »Gießt du mir bitte noch einen Drink ein?«

Ich trat hinter die Bar. »Der Alk ist weggeschlossen. Viel ist sowieso nicht da. Aber du kannst jede Menge Tonicwater haben.«

Sie streckte die Zunge raus und tat so, als ob sie würgte.

»Ja, ich weiß«, sagte ich. »Das Einzige, was ich an Tonicwater mag, ist, dass es bei Schwarzlicht blau aussieht.«

Sie lehnte sich gegen den Tresen und spielte am Handtuch herum. »Hattest du wirklich Drüsenfieber?«

»Ja.«

»Ich hab gehört, du warst im Krankenhaus.« Sie blickte an mir vorbei und betrachtete die smaragdgrüne Wodkareklametafel, die meine Eltern an die Wand gehängt hatten, um die richtige Baratmosphäre hinzubekommen.

»Stimmt«, sagte ich. »Aber nicht wegen Drüsenfieber.«

Sie richtete den Blick wieder auf mich. Ich wusste, welche Frage sie auf der Zunge hatte. Wenn ich ihr auf den Rücken geklopft hätte, hätte sie sie wahrscheinlich ausgespuckt. Ich fuhr mit den Fingern über die glatte Platte des Tresens und starrte sie herausfordernd an. Ich war gespannt, wie weit sie gehen würde, nachdem sie sich so in unser Haus eingeschlichen hatte. Wenn ich sie richtig einschätzte, hatte sie durchaus den Mumm, mir die bewusste Frage zu stellen.

Sie sah mich fest an und zog die Augenbrauen hoch, als hoffe sie, dass ich antworten würde, ohne dass sie die Frage auszusprechen brauchte. Doch dann machte sie einen Rückzieher und senkte den Blick.

»Komm«, sagte ich. »Lass uns wieder nach oben gehen.«

Wir standen vor der Glaswand des Wohnzimmers. Ihr Atem schlug sich auf der Scheibe nieder. »Ihr habt ein tolles Haus.«

»Du hättest es mal sehen sollen, als wir eingezogen sind. Meine Eltern haben den Bauunternehmer sofort verklagt.«

»Wieso das?«

»Schon nach ein paar Wochen wurden die Fenster undicht. Und das Dach auch.« Dass meine Mutter den Bau ständig überwacht hatte, war eben doch keine Garantie für ein perfektes Haus gewesen. »Wir mussten für einige Wochen ausziehen, damit alles repariert werden konnte.« Ich verstummte, weil ich über das, was in dieser Zeit passiert war, nicht sprechen wollte.

Kents Schwester fuhr mit dem Fingernagel über die Fensterscheibe. »Gehst du oft zum Wasserfall?«, fragte sie.

»Jeden Tag.«

»Da ist mal ein Junge ums Leben gekommen, weißt du.«

»Man sollte nicht alles glauben, was die Leute so reden.«

»Aber das ist nicht nur ein Gerücht.« Sie schüttelte den Kopf. »Ich war nämlich dabei. Der Junge hieß Bruce Macauley. Er war ungefähr acht. Ich war damals sechs.«

»Du warst dabei?«

»Ja. Ich und mein Bruder. Er ist ausgerutscht. Bruce, meine ich. Auf den glitschigen Steinen.«

»Oh.« Ich hatte mir schon oft vorgestellt, auf diesen Steinen auszurutschen und von der Wucht des Wasserfalls nach unten gedrückt zu werden, doch jetzt wurde mir klar, dass ich all die Gerüchte nie ganz geglaubt hatte.

Sie drehte sich zum Fenster zurück und strich mit den Fingerspitzen über die Scheibe. Wenn meine Mutter, die jeden Fingerabdruck sofort mit Glasreiniger entfernte, das gesehen hätte, wäre sie explodiert.

»Trotzdem gehe ich immer noch gern zum Wasserfall«, sagte Kents Schwester.

Sie gab mir die Handtücher zurück – die Handtücher, die mit ihrer Haut in Berührung gekommen waren. Mir fiel ein, dass ich sie ihr schon vorher hätte abnehmen sollen, damit sie sie nicht durch das ganze Haus zu tragen brauchte. »Tschüs, Ryan«, sagte sie an der Tür, und ich fragte mich, warum sie meinen Namen kannte, wenn ich mich an ihren nicht erinnern konnte. Ich knüllte die Handtücher zusammen und wollte noch etwas sagen, doch da war sie bereits verschwunden.

2

ICH GING NACH OBEN, um auf meinem Handy und meinem Computer zu checken, ob ich Nachrichten von Jake und Val bekommen hatte. Die beiden waren die Einzigen, die mir je eine Mail oder eine SMS schickten. Wir waren zusammen im Patterson Hospital gewesen, inzwischen aber alle wieder draußen. Und obwohl wir weit voneinander entfernt lebten, waren wir das ganze Jahr über in Verbindung geblieben.

Von Val war nichts da. Ich schrieb ihr eine Mail, die ich aber wieder löschte, ohne sie abzuschicken. Dann starrte ich auf das Bild an der Wand, als könnte ich auf diese Weise Kontakt mit ihr aufnehmen, doch die Gedanken, die ich aussandte, hatten weder einen Effekt auf das Bild noch auf meinen Posteingang. Anschließend machte ich mich daran, den üblichen Spam auszusortieren.

Jake hatte mir den Link für einen Videoclip geschickt, in dem ein Strauß Fußball spielte. Solchen Quatsch schickten wir uns ständig zu. Ich revanchierte mich mit einem Cartoonclip mit tanzenden Walrossen.

»Bist du da?«, schrieb er. »Wo warst du den ganzen Tag?«

»Draußen. Dann war dieses Mädchen hier.«

»Was für ein Mädchen? Seit wann hast du eine Freundin?«

»Hab ich nicht. Sie wohnt einfach nur in unserer Gegend.«

»Und was hast du mit ihr angestellt?«

»Ha. Gar nichts.«

»Komm schon, lass mal ein paar pikante Details hören. Kannst sie ja erfinden.«

Ich wechselte das Thema. »Was hast du den ganzen Tag gemacht?«

»Was ich immer mache. Games gespielt, bis ich Krämpfe in den Händen bekommen hab. Meine Mom liegt mir ständig in den Ohren, dass ich mal rausgehen soll, aber wozu? Wenn ich einen eigenen Kühlschrank & ein eigenes Bad hätte, würde ich das Zimmer gar nicht mehr verlassen.«

»Ich glaube, Einsiedler kann man erst sein, wenn man Milliardär geworden ist.«

»Dazu fehlen mir bloß noch 999 999 960 Dollar. Vielleicht sollte ich einen Aufruf ins Internet stellen: AN ALLE AMERIKANER: HELFT MIR, EIN EXZENTRISCHER MILLIARDÄR ZU WERDEN!«

Wieder einmal fragte ich mich, ob Jake überhaupt schon das Haus verlassen hatte, seit im Juni die Schule zu Ende gegangen war. Aber jedes Mal, wenn ich das Thema anschnitt, zog er es ins Lächerliche. Val und ich prophezeiten ihm immer, er würde sich noch zum Maulwurf entwickeln oder Rachitis bekommen, weil er nie in die Sonne ging – na ja, vermutlich zogen wir das Ganze auch ins Lächerliche. Mit Val führte ich seit unserem Klinikaufenthalt ab und zu ernsthafte Gespräche, mit Jake nie. Wahrscheinlich wollte er einfach nicht an die Dinge erinnert werden, die wir dort miteinander erlebt hatten: an die emotionalen Ausbrüche im Aufenthaltsraum, die Geständnisse bei den Gruppensitzungen, daran, dass wir nichts voreinander verbergen konnten, weil wir rund um die Uhr zusammen waren. Wenn jemand mal erlebt hat, wie du dir den Rotz vom Gesicht wischst, nachdem du zusammengebrochen bist und in einem Kreis von psychisch Kranken gestanden hast, dass du dich selber hasst, weil du dich nach Aufmerksamkeit sehnst und sie nie bekommst – tja, dann schickst du diesem Jemand eben lieber Clips mit Straußen und Walrossen, statt mit ihm über diese ganze Scheiße zu reden.

Früh am nächsten Morgen ging ich zum Wasserfall. Es war kalt und dunstig. Kent Thornton saß am Ufer des Bachs und rauchte. Zuerst dachte ich, es sei nur eine Zigarette, bis mir der süßliche Duft in die Nase stieg. »Hab gehört, du warst hier mit Nicki zusammen«, sagte er.

Nicki. So hieß seine Schwester also. »Stimmt.«

»Die hat nicht alle Tassen im Schrank.«

Ich zuckte zusammen. Wenn jemand so etwas sagte, war ich mir nie sicher, ob das eine Anspielung auf mich sein sollte.

»Meine Mutter will noch nicht mal, dass sie allein aus dem Haus geht, weil sie so plemplem ist.« Er starrte in Richtung Wasserfall. »Nicki ist ein nettes Mädchen, aber seit dem Tod unseres Dads ist sie völlig verdreht.«

Ich trat einen Schritt zurück. Wenn er die Absicht hatte, den ganzen Vormittag hier rumzusitzen, würde ich wieder abziehen. Ich wollte unbedingt allein sein. Sobald ich mit anderen Leuten zusammen war, befürchtete ich immer, dass sie etwas sagen könnten, was mich verletzte. In der Schule hatte Kent so gut wie nie mit mir gesprochen. Und ich war nicht sonderlich scharf darauf, dass er jetzt damit anfing.

»Also geh vorsichtig mit ihr um.« Kent drehte mir den Kopf zu und sah mich mit seinen rot geränderten Augen an. »Sie ist schließlich meine Schwester.«

Vorsichtig? Ich hatte ihr doch bloß ein Handtuch ausgeliehen. Und ihr unser Haus gezeigt, einschließlich Besenschrank.

Kent deutete auf den donnernden Wasserfall. »Du stellst dich da runter, stimmt's?«

»Manchmal.«

»So was Dämliches. Was zum Teufel ist bloß los mit dir?«

Gute Frage, Kent, hätte ich am liebsten erwidert. *Wie viel Zeit hast du denn, um dir die Antwort anzuhören?*

»Da würd ich mich nicht mal für 'ne Million runterstellen«, setzte er hinzu. »Nicht mal für 'ne Million.« Er schüttelte den Kopf und fuhr eine Weile damit fort, als hätte er vergessen, wie er aufhören sollte. Erst als ich mich räusperte, ließ er es bleiben.

»Bis dann«, sagte ich und machte mich auf einem der Waldpfade davon. Als ich eine Stunde später zurückkam, war Kent verschwunden.

Am besten und gleichzeitig am schlimmsten war jener Moment unter dem Wasserfall, wenn ich keine Luft mehr bekam. Das jagte mir Angst ein, war aber irgendwie auch toll. Das eiskalte Wasser, das mir ins Gesicht peitschte, schnürte mir den Atem ab. Wenn ich dann zur Seite trat und nach Luft schnappte, kam mir dieser Atemzug vor wie der erste Bissen, den ein Halbverhungerter herunterschlingt.

Ich wankte zum Ufer, ließ mich ins Moos fallen und schloss die Augen. Von meinem ganzen Körper tropfte Wasser auf das Moos und den Schlamm.

»Wie ich gehört habe, ist es unter dem Wasserfall viel zu kalt«, sagte da über mir eine Stimme. »Und gefährlich.«

Ich öffnete die Augen. Vor mir stand Nicki.

»Hab ich auch schon gehört«, erwiderte ich.

Sie setzte sich hinter meinen Kopf ins Moos. Ihre Haut roch nach Sonnencreme, ein kräftiger, apfelsiniger Duft. Um sie sehen zu können, musste ich zu ihr hochschielen.

»Willst du hier nur so rumliegen?«, fragte sie.

»Was sollte ich denn sonst tun? Irgendwelche Vorschläge?« Nachdem ich sie eine Weile mit verdrehten Augen angeblickt hatte, bekam ich Kopfschmerzen. Ich brachte meine Augen in ihre natürliche Position zurück. Der Wasserfall donnerte auf die Felsen vor uns, dass Schaum aufspritzte.

»Ich würde dich gern was fragen«, sagte sie.

Sofort fiel mir die Situation an der Bar ein, wo sie mich so fest angesehen und von meinem Krankenhausaufenthalt gesprochen hatte. Offenbar wollte sie jetzt die bewusste Frage stellen. »Schieß los.«

»Warum kommst du hierher?«

»Zum Wasserfall?« Okay, das war nicht die Frage, die ich erwartet hatte.

»Hast du schon mal von diesem Ort … geträumt? Hattest du je das Gefühl, dass du hier sein *musst*? Oder ist dir hier mal was Merkwürdiges passiert?«

Ich setzte mich auf. »Wovon redest du eigentlich?«

Sie seufzte; zumindest nahm ich das an. Da das Wasser so laut toste, ließ sich das nicht genau feststellen. Ich fuhr mir mit der Hand durchs Haar und kratzte mich am Kopf. Dabei fiel mir ein Blatt aus den Haaren.

»Einmal hat mich der Wasserfall umgerissen und nach unten gedrückt«, sagte sie. »Da kam es mir einen Moment so vor, als würde ich über meinem Körper schweben und sehen, wie ich unten im Wasser lag. Und gleich darauf stand ich auf, schnappte nach Luft und war wieder in meinem Körper, verstehst du?«

»Wahrscheinlich bist du kurz ohnmächtig geworden.«

»Ist dir so was auch schon mal passiert?«

»Nein, aber …« Ich erzählte ihr von dem Buch, das ich gerade las. Das mit dem Floß und der Pazifiküberquerung hatte ich inzwischen durch. In dem neuen Buch ging es um einen Typ, der auf einen der höchsten Berge der Welt geklettert und dabei in ein Unwetter geraten war. Vor lauter Erschöpfung war er so verwirrt, dass er, obwohl er allein war, den Eindruck hatte, es sei jemand bei ihm, jemand, der ihn den Berg hinuntergeleitete. Er unterhielt sich sogar mit dieser Person – oder was immer es war. Von solchen Fällen hatte ich schon früher gelesen, von Menschen, die in lebensgefährlichen Situationen das Gefühl hatten, es sei jemand bei ihnen.

»Genau das meine ich!«, sagte Nicki. »Was, glaubst du, hat der Typ gesehen?«

»Ich glaube, er hatte Halluzinationen. Er war dehydriert und wahrscheinlich auch unterkühlt.«

»Und du denkst, ich hatte auch Halluzinationen?«

»Na ja, jedenfalls hört sich's so an, als wärst du mit dem Kopf aufgeschlagen.«

»Ich hätte nicht gedacht, dass ausgerechnet du daran zweifelst …« Sie verstummte abrupt.

Ausgerechnet du. Mir wurde eiskalt. Ich erstarrte.

»Was meinst du damit?«, fragte ich, sobald ich wieder sprechen konnte. Im gleichen Moment sagte sie: »Ich wollte dich nicht …« Dann hielten wir beide den Mund.

Ich beobachtete, wie Nicki auf das Wasser starrte und verlegen über den Saum ihrer Shorts strich.

»Ausgerechnet ich? Was soll das heißen?« Was immer sie von mir wollte – sie sollte es endlich ausspucken. Ich hatte es satt, über jedes Wort, das sie von sich gab, nachzudenken, hatte es satt, herumzurätseln, warum sie mich überhaupt angesprochen hatte.

»Hast du wirklich versucht, dich umzubringen?«, fragte sie, ohne mich anzusehen.

Ja, das war die bewusste Frage. Gestern wollte ich, dass sie sie stellte, doch inzwischen hatte ich es mir anders überlegt. Da war etwas an ihr, dem ich nicht traute, etwas Zwanghaftes in ihrer Stimme und ihrem Blick. »Warum willst du das wissen?«

»Ich ... Dafür gibt es einen Grund. Ich bin nicht nur neugierig.« Sie wandte den Blick vom Wasser ab und sah mich an. Ihr Gesicht war voller Sommersprossen, was ich bisher noch gar nicht bemerkt hatte. Ihre Lippen waren feucht, als hätte sie gerade mit der Zunge darübergeleckt.

»Was für einen Grund?«

»Das ist ... kompliziert.«

Eigentlich hatte man es den Leuten damals ziemlich leicht gemacht, sich die Wahrheit zusammenzureimen. Kurz nach meinem Verschwinden waren alle Schüler zusammengerufen worden, damit sie sich einen Vortrag über vorbeugende Maßnahmen bei Selbstmordgefährdung anhörten. Und meine Mutter war aus unerfindlichen Gründen mitten am Tag – statt nach Unterrichtsschluss – in der Schule aufgekreuzt, um meine Sachen aus dem Spind zu holen. Es wussten also alle Bescheid, obwohl ich nie etwas darüber gesagt hatte, und niemand hatte sich getraut, mich direkt danach zu fragen. Bis heute.

Ich stand auf, aus meiner nassen Kleidung floss mir Wasser die Beine runter. Nicki rappelte sich ebenfalls hoch. »Warum willst du das wissen?«, fragte ich noch einmal.

Sie legte den Kopf nach hinten, als sei die Antwort in den Bäumen oder in den Wolken zu finden. »Das ist schwer zu erklären.«

Dann drehte Nicki den Kopf in Richtung Wald, sodass ich ihr Profil zu sehen bekam. Sie pulte an einer verschorften Stelle herum, die sie am Bein hatte. Am liebsten wäre ich davongerannt, um mich in meinem Zimmer einzuschließen und ihren Fragen zu entkommen und dem ganzen Gerede, das mir offenbar für den Rest meines Lebens anhängen sollte.

Was mich zurückhielt, war die Tatsache, dass ich mir Sorgen um sie machte.

»Hör mal«, sagte ich. »Wenn mich das jemand fragt, denke ich sofort, er spielt mit dem Gedanken, es selbst zu tun.«

Nicki schüttelte den Kopf.

»Das ist schon okay, ich meine, ich kann dir die Telefonnummer von meiner Ärztin geben. Sie hat zwar bis Ende des Monats Urlaub, aber sicher ist in ihrer Praxis jemand zu erreichen.«

»Darum geht's nicht, das schwör ich.«

»Wär wirklich kein Problem. Ich hab ihre Nummer schon mal weitergegeben – an einen Jungen in der Schule, den ich kaum kenne.« Er hatte sich an mich gewandt, weil ich der Einzige in der Schule war, der schon mal versucht hatte, sich umzubringen – zumindest der Einzige, von dem es alle wussten. Wer immer es sonst noch versucht hatte, hatte sein Geheimnis besser gehütet als ich. Ich hatte dem Jungen die Nummer der Selbstmord-Hotline meiner Ärztin gegeben. Außerdem hatte ich dem Schulpsychologen von ihm erzählt. Soweit ich wusste, war er noch am Leben, obwohl ich keine Ahnung hatte, ob er diese Nummer je angerufen hatte.

Nicki sah mich an. »Ein Junge in der Schule? Wer denn?«

»Das werde ich dir nicht sagen.«

»Also ... ich hab nicht die Absicht, mich umzubringen. Deshalb habe ich dich nicht danach gefragt.«

»Hast du dein Handy dabei?«

Sie seufzte. »Ich brauch die Nummer wirklich nicht, aber du lässt ja doch nicht locker.« Sie reichte mir ihr Handy, damit ich die Nummer speichern konnte. »Gib mir auch deine Nummer. Und deine E-Mail«, sagte sie.

»Warum?«

»Weil ich dir was zuschicken möchte.«

Ich zögerte kurz, dann gab ich mit zitternder Hand meine Daten ein.

»Schick mir bloß keine von diesen Scherzmails, die gleichzeitig an fünfzigtausend andere rausgehen«, sagte ich.

Insgeheim dachte ich: Teil mir bloß nicht mit, dass du dich umbringen willst.

»Solchen Mist verschicke ich nicht.« Ihre Stimme wurde weicher. »Ich möchte dir etwas sagen, aber das kann ich nicht, wenn ich mit dir zusammen bin. Deshalb werde ich es dir mailen. Okay?«

»Okay.«

Wenn sie selbstmordgefährdet war, würde ich ihre Mail sofort an meine Ärztin weiterleiten. Eigentlich kam sie mir gar nicht selbstmordgefährdet vor, aber warum hätte sie sich dann für meine Vergangenheit interessieren sollen? Was konnte es denn geben, wonach sie mich fragen wollte?

Auf dem ganzen Nachhauseweg und auch noch als ich in mein Zimmer hochging, um meine nassen Sachen auszuziehen, musste ich an Nicki denken. Ich hatte das merkwürdige Gefühl, als ob sie mir wieder durchs Haus folgte – oder eher: mich durchs Haus führte. Ich versuchte, mein Zimmer mit ihren Augen zu sehen: den Schreibtisch, der bis auf meinen Computer völlig leer war; das Bett mit der glatt gezogenen Tagesdecke; den Teppich mit den typischen Staubsaugerstreifen. Sicher war sie zu dem Schluss gekommen, dass ich ein analfixierter Ordnungsfreak war.

Vals Bild mit seinen aggressiven purpurnen und blauen Wirbeln war das Einzige in meinem Zimmer, was es von einem unpersönlichen Hotelzimmer unterschied. Als ich es aufgehängt hatte, war meine Mutter mir die ganze Zeit nicht von der Pelle gewichen. Nicht nur, dass ich einen Nagel in ihre kostbaren Wände schlug, machte sie zutiefst unglücklich, sondern auch die Tatsache, dass ich ihre Inneneinrichtung mit einem Kunstwerk aus der Nervenklinik verunzierte.

Und noch etwas gab es in meinem Zimmer, das es von einem Hotelzimmer unterschied, etwas, das Nicki nicht gesehen hatte und dessen Bedeutung ihr wohl selbst dann nicht klar gewesen wäre, wenn sie es gesehen hätte.

Ohne es eigentlich zu wollen, öffnete ich die Tür meines Wandschranks, voller Widerwillen gegen den Drang, der mich damals veranlasst hatte, dieses Ding an mich zu nehmen, und der mich jetzt veranlasste, es mir immer wieder anzusehen, wie unter Zwang den Finger immer wieder auf den wundesten Punkt zu legen, den ich hatte.

Ich streckte den Arm hoch, fegte das Ding vom Regal und fing es auf. Nachdem ich tief durchgeatmet hatte, öffnete ich die braune Einkaufstüte.

Der Pullover aus weichem pinkfarbenen Material war immer noch drin. Ich konnte beim besten Willen nicht feststellen, ob der schwache Parfümduft tatsächlich da war oder ob ich ihn mir nur einbildete, weil ich mich daran erinnerte, wie der Pullover am Anfang gerochen hatte. Ich starrte in die Tüte, ohne den Pullover anzufassen, obwohl ich es einerseits gern getan hätte, andererseits aber die Vorstellung hatte, dass dabei etwas Giftiges an meiner Haut haften bleiben würde. Manchmal überlegte ich, wie es wohl wäre, beim Öffnen des Wandschranks zu entdecken, dass das braune Päckchen verschwunden war, sodass ich es mir nie mehr anzusehen oder darüber nachzudenken brauchte. Mir war klar, dass ich es loswerden musste. Aber das war gar nicht so einfach.

Irgendwie meinte ich, dass der Pullover sich in den anderthalb Jahren, die ich ihn schon hatte, stärker hätte verändern müssen. Der Parfümgeruch ließ zwar nach, aber das Material blieb sich gleich, statt schwarz zu werden oder sich in seine Bestandteile aufzulösen, wie ich es mir gewünscht hätte. Doch jedes Mal, wenn ich nachsah, war der Pullover so weich und knallig pink wie eh und je.

Ich machte die Tüte zu und verstaute sie wieder auf dem Regal.

3

AM NACHMITTAG setzte ich mich an den Computer, um nachzusehen, ob Val und Jake mir geschrieben hatten. Von Jake war eine Mail da – er war der Milliarde um zwölf Dollar näher gekommen –, aber nichts von Val.

»Hast du in der letzten Zeit was von Val gehört?«, schrieb ich an Jake.

Er antwortete sofort. Offenbar war er ständig online. Das Beste wäre wohl gewesen, er hätte sich den Computer in den Kopf implantieren lassen. »Die ist schwer mit diesem Schulorchester beschäftigt.«

Ich konnte mich noch erinnern, wie Val damals über Musik gesprochen hatte, sah, wie sie vorgebeugt dasaß, mit den Händen gestikulierte und die Worte ihr nur so aus dem Mund sprudelten. Sie spielte Klavier, Flöte und Geige (natürlich nicht gleichzeitig). Im Aufenthaltsraum des Patterson Hospitals hatte sie sogar mal ein Konzert gegeben.

Val hatte die Fähigkeit, überall Musik zu machen. In der Cafeteria der Klinik hatte sie Jake und mir beigebracht, wie man eine Jamsession abhält – mit Gabeln, Tassen, Tabletts, mit Händen und Füßen und Kämmen. Sogar Samenkapseln von den Johannisbrotbäumen im Krankenhausgarten hatte sie benutzt, weil die sich wie Rasseln anhörten, wenn man sie schüttelte. Manchen Leuten vom Küchenpersonal hatten unsere Sessions gefallen. Anderen eher weniger, weil es ihnen nicht ganz geheuer war, wenn wir uns so spontan verhielten. Trotzdem schaffte es Val, einige von ihnen mit einzubeziehen; sogar die mürrischste Küchenhilfe von allen überredete sie dazu, als Begleitung einen Topf mit ungekochtem Reis zu schütteln. Wenn sie sich richtig ins Zeug legte, konnte sie jeden rumkriegen.

Nachdem ich eine Weile mit Jake herumgealbert hatte, schrieb ich eine kurze Mail an Val: »Hi, was gibt's Neues?«

Fast hätte ich sie wieder gelöscht, dann klickte ich aber doch auf Senden. Gerade als ich mich abmelden wollte, weil ich keine Lust hatte, den Rest des Tages vorm Computer zu sitzen und darauf zu warten, dass sie mir antwortete, kam eine Mail von jemandem namens nicki_t.

Ich öffnete die Mail.

»ich würde gern wissen wie es ist und warum du es getan hast weil mein dad es getan hat und ich gehofft habe du könntest mir sagen warum du es getan hast und ob du dich noch erinnerst wie es war. ich hoffe das hört sich nicht irgendwie schlimm an. ich möchte es einfach gern wissen und hab niemand den ich sonst fragen könnte.«

Ihr Dad? Scheiße.

Eine Minute lang saß ich wie gelähmt da und las Nickis Mail wieder und wieder durch. Ich rieb mir über die Arme und merkte, dass ich eine Gänsehaut hatte.

»ich würde gern wissen wie es ist und warum du es getan hast …«

Sie wollte, dass ich ihr vom schlimmsten Tag meines Lebens erzählte.

Über diesen Tag hatte ich genau zwei Mal gesprochen: mit den Leuten in der Notaufnahme, kurz nachdem es geschehen war, und mit meiner Gruppe in der Klinik. In der Notaufnahme war es mir egal gewesen, was ich sagte oder wem ich es erzählte. Beim zweiten Mal lag die Sache anders, denn inzwischen hatte ich mir, was diesen Tag anging, einen Panzer zugelegt, den die anderen bei einer der Gruppensitzungen jedoch knackten, sodass sich mein Inneres wie dünner Brei auf den Klinikfußboden ergoss.

Hinterher hatten Val und Jake Stunden gebraucht, um mich wieder zusammenzuleimen. Ich konnte mich noch erinnern, wie sie versucht hatten, mich vom Fußboden zu kratzen, mir die Schultern getätschelt und beruhigend auf mich eingeredet hatten. Ab und zu schnauzte Val jemanden an, weil er uns zu nahe kam. An jenem Tag verpassten sie beide das Abendessen, weil ich mich nicht von der Stelle rühren konnte und sie bat, mich nicht allein zu lassen.

»Natürlich bleiben wir bei dir«, hatte Val gesagt.

»Wir haben auch gar keinen Hunger«, hatte Jake hinzugefügt, obwohl ihm laut und deutlich der Magen knurrte.

Das war das letzte Mal, dass ich darüber gesprochen hatte.

Ich wünschte, Nicki hätte sich mit der Telefonnummer meiner Ärztin zufriedengegeben. Alles wäre viel leichter gewesen, wenn sie einfach mit Fachleuten geredet hätte. Wenn sie nicht diese sehr persönliche Sache von mir verlangt hätte – zumal ich keine Ahnung hatte, was sie damit anfangen würde. Das mit ihrem Vater tat mir leid, aber glaubte sie denn wirklich, dass ich ihr irgendetwas erzählen konnte, was ihr weiterhalf?

Ich mailte zurück: »Darüber möchte ich nicht sprechen.«

»bitte«, antwortete sie, was mich schon fast umstimmte. Und diese Kleinbuchstaben machten mich auch fertig. Das war beinahe so, als ob sie flüsterte oder mich anflehte.

Meine Mutter bat mich, ihr das Abendessen nach oben zu bringen, damit sie am Computer essen konnte. Sie musste nur einmal in der Woche ihre offizielle Arbeitsstelle aufsuchen, den größten Teil der Zeit war sie zu Hause. Sie war Bezirksleiterin bei einer Organisation, die Kontraktfirmen überprüfte, was immer man darunter zu verstehen hatte. Jedenfalls bedeutete es, dass sie pro Woche vierzig Stunden – manchmal auch mehr – am Computer sitzen musste.

»Tut mir leid, dass ich nicht mit dir essen kann, aber dieses Projekt ist brandeilig. Ich hab denen ja schon letzte Woche gesagt, dass wir im Verzug sind, aber ...« Sie seufzte. »Louisa Rossi bringt es einfach nicht fertig, sich an den Terminplan zu halten. Willst du nicht hier bei mir essen?«

»Ich hab schon gegessen.«

»Tatsächlich? Auch dein Gemüse?«

»Ja.«

Sie schnitt eine Babymöhre in Viertel, um dann jeden einzelnen Bissen gründlich zu kauen. Ich stand an der Tür, um mich so schnell wie möglich davonzumachen, sobald sie ihren Fragenkatalog abgearbeitet hatte. Vermutlich konnte ich von Glück sagen, dass sie mir nicht auch noch einen Funkchip oder eine Minikamera anpappte.

»Hast du heute Morgen deine Medikamente genommen?«

»Ja. Du warst doch dabei.«

Mom drehte ihren Schreibtischstuhl in meine Richtung und bohrte die Zehen in den grauen Teppichboden. Sie trug einen Rock, als ob sie wirklich in einem Büro arbeiten würde, hatte aber nie Schuhe an.

Sie musterte mein Gesicht, um nach verräterischen Anzeichen zu suchen – wahrscheinlich Anzeichen dafür, dass ich Probleme hatte. Ich wusste nicht, ob sie so etwas tatsächlich erkennen konnte, aber das gehörte zu unserer täglichen Routine. Dann lächelte sie verkrampft. Seit meinem Klinikaufenthalt schien meine Mutter immer kurz davor zu sein, in Tränen auszubrechen, wenn sie mich anlächelte, sodass jedes Lächeln von ihr etwas Bedrückendes für mich hatte. Ich wandte den Blick ab und versuchte durchzuatmen.

»In Ordnung«, sagte sie. Dann durfte ich gehen.

Erst am nächsten Morgen meldete sich Val. Als ich ihren Namen auf dem Bildschirm sah, war ich sofort elektrisiert. Wie gewöhnlich hielt sie sich nicht mit Floskeln à la *Hi-wie-geht's* auf, sondern kam gleich zur Sache: »Ich hab mir die Haare abgeschnitten.«

Okay, vielleicht hätte ich es vorgezogen, wenn sie mir mitgeteilt hätte, sie könne nicht ohne mich leben oder so was in der Art, aber wenigstens hatte sie mir geschrieben.

»Wie sehen sie denn jetzt aus?«, fragte ich. Das Erste, was mir an Val aufgefallen war, waren ihre Haare gewesen. Als ich sie kennengelernt hatte, reichten sie ihr auf der einen Seite bis zur Schulter, auf der anderen bis zum Kinn. Zuerst hielt ich das für den Haarschnitt einer Verrückten, bis mir klar wurde, dass Val einer der normalsten Menschen in der ganzen Klinik war. Sie erklärte mir, sie habe sich das Haar aus Jux so geschnitten – um einzigartig, um anders zu sein. Und wo stehe denn geschrieben, eine Frisur müsse symmetrisch sein?

Sie schickte mir Bilder, auf denen ihr Kopf von vorn und von hinten zu sehen war. Vorn hatte sie alles bis zum Kinn abgeschnitten, während am Hinterkopf ein großes dreieckiges Stück herausrasiert worden war. Es sah aus, als hätte ihr ein Hai mit sehr spitzer Schnauze ein Stück Haar weggebissen. Ich speicherte die Bilder ab, um sie mir später noch einmal anzusehen.

»Mein Dad sagt, es sehe aus, als sei mein Haar unter einen riesigen Ticketlocher geraten«, schrieb sie.

»Das ist ja das Schöne daran.«

Sie schickte mir ein Smiley.

»Was gibt's sonst noch Neues?«, erkundigte ich mich.

»In welcher Hinsicht?«

»In deiner Familie. In puncto Typen.« Als ich »Typen« schrieb, brach mir der kalte Schweiß aus. Immer, wenn ich mit einem Mädchen sprach, musste ich unwillkürlich an Amy Trillis denken. Nicht dass Val mich so mies abblitzen lassen würde wie Amy – zumindest nahm ich das an –, aber falls Val jemand anderen mochte, wäre es trotzdem ein schwerer Schlag für mich.

»In der Familie alles wie gehabt«, antwortete Val. »Mom meckert ständig rum. Für Typen hab ich keine Zeit.«

Ich atmete erleichtert auf.

»Und wie steht's bei dir?«, schrieb sie.

»Hab auch keine Zeit für Typen.«

»Ha ha. Und Mädchen? Na los, lass Details hören. Damit ich an deinen Abenteuern teilhaben kann!«

Meine Abenteuer – das war ja zum Schreien komisch. »Da gibt's nichts zu berichten.« Doch dann fiel mir Nicki ein – nicht im Sinne von »Mädchen«, wie Val es meinte, sondern weil mich ihre Mail immer noch beschäftigte.

»Es gibt da ein Mädchen«, schrieb ich.

»Jaaaa ... bin ganz Ohr ...«

»Ich hab erfahren, dass ihr Vater sich umgebracht hat, und sie will mit mir darüber sprechen.«

»Weiß sie über dich Bescheid?«

»Die ganze Schule weiß über mich Bescheid.«

Bevor Val antworten konnte, schob ich nach: »Sie hat gefragt, warum ich es getan habe.«

Außer meiner Ärztin hatte mir noch nie jemand solche Fragen gestellt wie Nicki. Zumindest nie so direkt. Manchmal machten die Leute Andeutungen, als wollten sie mir zu verstehen geben, dass sie nichts dagegen hätten, ein paar gruselige Details zu hören, falls mir mal danach sein sollte, welche auszuspucken. Doch nach jenem Tag in der Garage hatte mich noch niemand gefragt.

»Was will sie eigentlich von mir?«, fragte ich Val.

»Vielleicht braucht sie einfach einen Freund«, antwortete Val.

Über Menschen, die einen Freund brauchen, wusste Val Ishihara Bescheid. Sie war die Erste, mit der ich damals im Patterson Hospital gesprochen hatte, von den Psychologen einmal abgesehen. Zu dem Zeitpunkt war ich ungefähr schon eine Woche dort gewesen und sie redete jeden Tag mit mir. Sie machte immer eine kurze Pause, wenn sie etwas gesagt hatte, und wenn ich keine Antwort gab, fuhr sie einfach fort.

»Was machst du hier?«, fragte ich sie, als ich mich endlich dazu durchgerungen hatte, mit ihr zu reden. Wir saßen im Aufenthaltsraum der Klinik, und Val versuchte, Ordnung in einen Stapel fettfleckiger Notenblätter zu bringen. »Du kommst mir viel zu normal vor für diesen Ort.« Val hatte viele kleine Macken: Ständig kaute sie an den Fingernägeln, fummelte an ihrem Haar herum oder wippte mit dem Fuß auf und ab. Wenn sie nervös wurde, senkte sie den Kopf und sprach in Richtung Fußboden. Doch sie gehörte nicht zu denen, die meinten, die Regierung habe ihnen ein Gerät ins Gehirn gepflanzt, um sie auszuspionieren. Und sie rollte sich auch nicht unterm Bett zusammen, wie ich es am ersten Tag in der Klinik getan hatte.

Sie lachte. »Du hättest mich mal sehen sollen, als ich hier ankam. Da war ich ein wandelndes Angstbündel und hab es kaum geschafft, den Weg zur Toilette zurückzulegen.«

Bei den Gruppensitzungen hatte sie von ihren Panikanfällen erzählt sowie von ihrem zwanghaften Verhalten bei ganz alltäglichen Verrichtungen. Wenn sie ein Zimmer durchqueren wollte, konnte sie sich oft nicht entscheiden, ob sie zuerst mit dem linken oder dem rechten Fuß auftreten sollte, was zur Folge hatte, dass sie dann stundenlang wie erstarrt dastand. Das hatte sie jedenfalls behauptet. Wenn ich sie mir so ansah, war ich mir jedoch nicht sicher, ob ich das glauben konnte.

»Warum?«, fragte ich. »Ich meine, warum bist du überhaupt so geworden?«

Sie zuckte die Achseln. »Vielleicht werde ich das demnächst herausfinden. Wie eine mathematische Gleichung wird es jedenfalls nicht funktionieren: A plus B gleich Panikanfall; C minus D gleich *ich bin geheilt*.«

»Ich weiß«, sagte ich. »Meine Mutter sucht nach der magischen Formel, seit ich hier eingeliefert worden bin. Sie bildet sich ein, den *Moment, in dem alles schiefging* ausfindig machen zu können.«

»Und wonach suchst du?«

Ich hätte sagen können, dass ich das nicht wusste. Oder dass ich nach einem Weg suchte, um zu sterben. Oder nach einer Möglichkeit, mich wieder okay zu fühlen. All das stimmte und all das hatte ich den Psychologen hier erzählt. Aber Val wollte ich etwas anderes erzählen – etwas, das genauso zutraf, aber eben anders war. Den Blick auf ihre abgekauten Nägel gerichtet, sagte ich: »Ich wollte immer gern fliegen.«

»Ein Flugzeug? Als Pilot oder was?«

»Nein, nicht als Pilot.« Wenn man ein Flugzeug flog, war man von Metall und Glas eingeschlossen. »Ich meine, richtig fliegen.«

Sobald ich das gesagt hatte, kam ich mir unendlich blöd vor. Sie würde glauben, dass ich ein Vogel oder ein Superheld sein wollte, was sich beides so anhörte, als sei ich in einer psychiatrischen Klinik genau am richtigen Platz. Sie sagte jedoch: »Das wäre total cool.« Dann schloss sie kurz die Augen, als wolle sie den Wind spüren, der einem beim Fliegen ins Gesicht peitscht.

Monatelang hatte ich wie hinter einer Glasscheibe gelebt, die mich von der Welt um mich herum trennte. Damals begann sie jedoch, Risse zu bekommen. Vielleicht lag das daran, dass die Medikamente, die ich erhielt, anschlugen, vielleicht lag es aber auch daran, dass Val mir zuhörte, ohne ein Urteil über das abzugeben, was ich sagte. Danach hockten wir ständig zusammen. Und als ein paar Tage später Jake eintraf – genauso starr vor Angst, wie ich es zu Anfang gewesen war –, nahmen wir ihn in unsere kleine Gruppe auf.

Ich habe es nur einmal erlebt, dass Val sich verhielt, als gehöre sie tatsächlich ins Patterson Hospital. Eines Tages drehte sie durch. Warum, habe ich nie herausgefunden. Ich war zusammen mit Jake im Aufenthaltsraum, als wir draußen im Gang Lärm hörten. Jake versteckte sich sofort unter einem Stuhl – er war noch in der Phase, wo er es nicht ertrug, wenn es irgendwie turbulent zuging –, doch ich steckte den Kopf zur Tür raus und sah, wie einige Kids vor Val flohen. Auf dem Boden lag ein Plastiktablett aus der Cafeteria. Offenbar hatte Val es dort hingeworfen. Die Pfleger gingen langsam auf sie zu und redeten mit leiser Stimme beruhigend auf sie ein, ungefähr so, wie man mit einem wilden Tier sprechen würde. Ich wusste, dass sie sie in den Ruheraum schleppen würden, sobald sie sie geschnappt hatten.

Doch sie brach in Tränen aus und ließ sich auf eines der geblümten Sofas im Gang fallen. Als die Pfleger sich ihr näherten, hob sie abwehrend die Hand. In der Klinik gab es die Regel, dass man sich nicht anzufassen lassen brauchte, sofern man nicht gewalttätig war und keinen Schaden anrichtete. Einige der Kids starrten Val an, manche kicherten, andere rannten davon. Und etliche zogen sich wieder in ihre eigene Welt zurück. Ich schlich zu Val hinüber, obwohl ich erwartete, dass sie auch mich wegscheuchen würde. Doch sie ließ es zu, dass ich mich neben ihren Kopf auf die Sofakante setzte.

Ich hielt meine Hand über ihr Haar, ohne es zu berühren. Dann senkte ich, auf jede Reaktion von ihr achtend, Millimeter für Millimeter die Hand. Sie schluchzte sich die Seele aus dem Leib. Schließlich legte ich die Hand auf ihr glänzendes schwarzes Haar, ohne dass sie zurückzuckte. Sie weinte so heftig, dass mir selbst der Hals davon wehtat, gab Laute von sich, die sich anhörten, als kratze Metall über Asphalt. Es erschütterte mich, Val in diesem Zustand zu sehen, weil sie sonst immer so ausgeglichen gewirkt hatte.

Ich tätschelte ihr den Kopf. Etwas anderes fiel mir nicht ein. Wenn nötig, hätte ich hundert Jahre neben ihr auf dem Sofa gesessen. Sie weinte, bis sie völlig erschöpft war.

Später fragte ich sie, warum sie mich in ihre Nähe gelassen hatte. »Weil du der Einzige warst, der nicht wollte, dass ich endlich aufhöre«, sagte sie.

Über diese ersten Tage im Patterson Hospital hatte ich lange nicht nachgedacht. »Früher haben wir jeden Tag miteinander geredet«, schrieb ich jetzt an Val. »Ich glaube, du fehlst mir.« In Wirklichkeit war ich mir *sicher,* dass sie mir fehlte, aber so direkt konnte ich das nicht sagen.

»Du fehlst mir auch, aber du wohnst dort, ich wohne hier, deshalb …«

Ja, das war das Problem: die vielen Kilometer, die zwischen uns lagen. »Was macht deine Musik?«, schrieb ich, worauf sie sehr ausführlich antwortete. Ich lehnte mich zurück und sah gebannt zu, wie ihre Worte über den Bildschirm scrollten. Am liebsten hätte ich jedes einzelne Wort vom Bildschirm gepflückt, um es mir in den Mund zu stecken.

Nachdem Val und ich uns voneinander verabschiedet hatten, machte ich den Computer aus, warf mich aufs Bett und dachte an den Tag zurück, an dem sie schluchzend auf dem Sofa gelegen und ich ihr das Haar gestreichelt hatte. Und auch an die Situation, als wir zusammen im Gang gestanden und sie mir die Hand ums Handgelenk gelegt hatte. Ich versuchte, mich zu erinnern, wie warm und glatt ihre Haut gewesen war, versuchte sogar, es wieder zu fühlen. Ich schloss die Augen, umfasste mein Handgelenk und bemühte mich, zu spüren, was sie gespürt hatte, versuchte, ihre Berührung wieder heraufzubeschwören. Ich merkte, wie von dieser Stelle aus ein Hitzestrom in meinen Arm ausstrahlte, sich in meiner Brust ausbreitete und immer weiter wanderte, bis er schließlich meinen ganzen Körper erfasste.

Ich öffnete die Augen und setzte mich wieder auf. Wenn die Klimaanlage nicht an gewesen wäre, hätte ich das Fenster geöffnet. Ein paar Minuten saß ich nur so da, um die Hitze in meinem Innern abklingen zulassen. Danach ging ich nach unten.

Ich schlenderte zum Wasserfall und stellte mich darunter, bis ich vor Kälte bibberte. Als ich ans Ufer watete, war ich davon überzeugt, dass meine Haut sich bereits bläulich färbte. Aber wenigstens hatte ich diesmal ein Handtuch mitgenommen.

Während ich mich noch abrieb, damit mir etwas wärmer wurde, tauchte Nicki auf.

»Oh, hey«, sagte ich und hörte abrupt auf, mich abzutrocknen. Bei ihrem Anblick geriet ich so durcheinander, dass ich nicht recht wusste, wie ich reagieren sollte.

»Ich wollte dir sagen …«, begann sie, doch ich fiel ihr ins Wort.

»Das mit deinem Vater tut mir leid.«

Sie verzog den Mund und wurde knallrot im Gesicht. »Ich wollte mich für die Mail entschuldigen, die ich dir geschickt habe. Tut mir leid, dass ich so aufdringlich war.«

»Nein, das ist …«

Sie balancierte wie ein Flamingo auf einem Bein und vermied es, mich anzusehen.

»Das ist schon okay«, beendete ich meinen Satz.

»Ich hätte dich nicht damit belästigen sollen.«

»Hast du doch nicht.«

»Es ist nur so, dass ich noch nie jemanden hatte, den ich danach fragen konnte. Nach dem Tod meines Dads hab ich verschiedene Bücher und so gelesen, aber in keinem stand drin, was ich eigentlich wissen wollte.« Sie hob den Kopf, um mich mit ihren grauen Augen anzusehen. »Jedenfalls hab ich mir was anderes überlegt, um etwas über ihn herauszufinden.«

Ich pellte mir das nasse T-Shirt von der Haut. »Was denn?«

»Ich fahr runter nach Seaton, um dort mit jemand zu sprechen.«

»Und mit wem?«

Sie trat so nahe an mich heran, dass mir wieder ihr apfelsiniger Geruch in die Nase stieg. »Mit einem Medium, das mit den Toten redet«, erklärte sie mit gedämpfter Stimme, als sollten die Eichhörnchen auf den Bäumen nichts davon mitbekommen. »Morgen habe ich einen Termin bei der Frau.«

»Soll das ein Witz sein?«

Nicki schüttelte den Kopf.

»Mensch, das ganze Zeug ist doch der reinste Mist.«

»Nein, ist es nicht.«

»Nun hör aber auf.« Fast hätte ich ihr einen Klaps mit dem Handtuch gegeben. »Das ist doch pure Zeitverschwendung.«

»Sie soll echt gut sein. Im letzten Frühjahr war meine Freundin Angie bei ihr. Angies Großvater hat durch das Medium mit ihr gesprochen und von dem Hund erzählt, den sie früher hatten und der immer Frisbee gespielt hat. Davon konnte das Medium überhaupt nichts wissen.« Sie sah mich eindringlich an, als könnte sie mich auf diese Weise überzeugen. Aber dass jemand mal einen Hund gehabt hatte, war nicht schwer zu erraten. Es war ja nicht so, dass das Medium von einem dreiköpfigen Einhorn gesprochen hätte.

»Quatsch«, sagte ich.

»Woher willst du das denn wissen? Etwas *muss* da doch dran sein.«

»Und wieso? Bloß weil die Leute es so haben wollen?«

Sie runzelte die Stirn und zupfte an ihrer Unterlippe herum. Erst da bemerkte ich, dass sie sich die Fingernägel lila lackiert hatte. »Dann glaubst du also nur an das, was du sehen kannst? Was du direkt vor Augen hast?«, erwiderte sie. »Und damit hat sich's dann, ja?«

»Ich glaube auch an viele Dinge, die ich noch nie gesehen habe. Ich glaube zum Beispiel, dass ich eine Leber habe, ohne sie jemals gesehen zu haben.«

Sie fuchtelte mit der Hand herum, sodass ihre Fingernägel in der Sonne aufblitzten. »Das meine ich nicht. Hast du noch nie einen Traum gehabt, der dann Wirklichkeit wurde? Oder an jemanden gedacht, kurz bevor er dich anrief? Oder ...«

»Das sind Zufälle.«

Sie runzelte wieder die Stirn, und ich konnte förmlich sehen, wie sie sich das Hirn zermarterte und krampfhaft nach einem weiteren Argument suchte. »Dass es Dinge gibt, die man nicht erklären kann, gibst du also zu, ja?«

»Ja. Aber man muss nach dem suchen, was den meisten Sinn ergibt. Die einfachste Erklärung ist immer die wahrscheinlichste.« Ich wrang mein Handtuch aus. Bevor ich dazu kam, mich weiter über das Thema auszulassen, unterbrach sie mich.

»Aber mit Sicherheit weißt du es nicht.«

»Ich weiß, dass Tote, wenn sie reden könnten, über wesentlich wichtigere Dinge sprechen würden als über Hunde, die Frisbee spielen.«

»Sagt wer? Vielleicht können sie das Leben nach dem Tod nicht so beschreiben, dass es uns verständlich wird. Vielleicht geraten sie zwischen zwei Welten, wenn sie mit Menschen reden, die noch am Leben sind.«

Noch vor einer Woche hatte ich nicht mal den Namen dieses Mädchens gekannt und jetzt tauschten wir schon Ansichten über das Leben nach dem Tod aus. Ich konnte einfach nicht glauben, dass ich ein Gespräch führte, in dem Worte wie »zwischen zwei Welten« vorkamen.

»Dieses Medium wird dir nichts als Quatsch erzählen, der auf jeden zutreffen könnte. Und dann wird sie dein Geld einkassieren. Wie viel zahlst du ihr übrigens?«

»Das geht dich einen Dreck an.«

»Na prima«, erwiderte ich, »aber ich an deiner Stelle würde mir gut überlegen, wie viel ich zahle.«

Sie stemmte die Hände in die Hüften. »Du gibst mir zwar gute Ratschläge, aber wenn's drauf ankommt, bist du nicht bereit, mir zu helfen.«

Ich schluckte und wandte den Kopf ab. Obwohl ich versuchte, mir einzureden, dass das alles nicht mein Problem war, spukte mir immer noch ihre Mail im Kopf herum, diese Kleinbuchstaben, dieses »bitte«. Ich sagte mir, dass ich ihr nichts schuldig war. Doch immer, wenn mir jemand erzählte, er kenne jemanden, der sich umgebracht habe, überkamen mich Schuldgefühle, als wäre ich persönlich für alle Selbstmorde der Welt verantwortlich. *Warum tut ihr uns das an?*, war die Frage, die ich stets mithörte, ganz gleich, ob es so gemeint war oder nicht.

»Ich versuche doch, dir zu helfen«, sagte ich, »aber du willst ja nicht auf mich hören.«

»Pass auf: Wenn es eine Chance gibt, dass dieses Medium mir helfen kann, werde ich es versuchen. Mehr will ich gar nicht.«

»Ja, aber sei vorsichtig. Wenn du an die ganze Sache glaubst, wird sie das ausnutzen und dich …«

»Wieso weißt du denn so viel darüber?«

»Weil ich vor ein paar Jahren ein Buch gelesen habe, über einen Typ, der solche Leute und ihre Schwindeleien entlarvt hat …«

»Du liest viel, nicht wahr.« Das war eine Feststellung, keine Frage. »Versuch zur Abwechslung doch mal, in der Wirklichkeit zu leben.«

»Du bist diejenige, die nicht in der Wirklichkeit lebt.«

Sie sah mich starr an und gab sich alle Mühe, mich mit ihrem Blick zu durchbohren, so wie sie es neulich schon im Souterrain unseres Hauses gemacht hatte. Doch da biss sie bei mir auf Granit, weil ich es jederzeit schaffte, eine Glasscheibe zwischen mir und meiner Umwelt aufzurichten, sodass mir niemand etwas anhaben konnte. Selbst meinem Onkel Frank war es nie gelungen, diese Glasscheibe zu durchbrechen.

Als Nickis Lippen zitterten, wusste ich, dass sie als Erste nachgeben würde. Und trotzdem …

Und trotzdem glaubte ich nicht, dass ich ihr diese Sache würde ausreden können. Sie würde das Medium aufsuchen, egal was ich sagte. So bedenkenlos, wie sie sich unter den Wasserfall gestellt hatte, würde sie sich jetzt in dieses neue Abenteuer stürzen, um die Trennlinie zwischen Leben und Tod zu überschreiten. Allerdings glaubte ich nicht, dass es ihr gelingen würde, diese Grenze zu überwinden. Das schaffte niemand.

»Fährt wenigstens jemand mit dir mit?«, fragte ich. »Vielleicht Angie?«

»Angie ist den ganzen Sommer über bei ihrer Großmutter. Ich komm schon zurecht.«

»Da solltest du aber nicht allein hingehen. Du kennst diese Frau doch gar nicht.«

Sie zog die Augenbrauen hoch. »Na, und wer kommt dann mit? Du?«

Ich schlang mir das Handtuch um die Hand. »Nein, ich ...«

»Dann halt ganz einfach die Klappe.« Sie machte kehrt und wollte weggehen, doch ich streckte die mit dem Handtuch umwickelte Hand aus und berührte damit ihren Arm.

»Vielleicht komme ich doch mit«, sagte ich.

»Warum? Damit du den Wachhund spielen kannst?«

»Wenn du es so nennen willst. Ja, dann spiele ich eben den Wachhund.«

»Na okay. Dann bis morgen um eins.«

4

AM ABEND STAND ICH auf der Terrasse und spähte in die Dunkelheit, um Ausschau nach Fledermäusen und Glühwürmchen zu halten. Dabei beugte ich mich so weit über die Brüstung, dass mir das Blut in den Kopf stieg.

Plötzlich riss mich die Stimme meiner Mutter aus meinen Beobachtungen. »Was machst du denn da, Ryan?«

Abrupt richtete ich mich auf, wobei mir leicht schwummerig wurde. »Nichts.« Das war die Antwort, die ich immer gab, damit sie sich nicht unnötig aufregte. Dad und ich hatten da so etwas wie ein stillschweigendes Abkommen.

Sie stand mit verkniffenem Gesicht an der Tür. »Ich habe gefragt, was du da machst.«

»Jedenfalls habe ich nicht die Absicht, nach unten zu springen, falls du das befürchten solltest.« Die Terrasse lag ebenerdig. Selbst ich war nicht so blöd, aus einer derart geringen Höhe einen Selbstmordversuch zu unternehmen. Schlimmstenfalls würde ich mir dabei das Fußgelenk verstauchen.

Sie zuckte zusammen.

»Tut mir leid«, sagte ich.

Wenn ich so etwas in Gegenwart von Dr. Briggs gesagt hätte, hätten meine Mutter und ich unser gesamtes Gespräch auseinandernehmen müssen, um jede verborgene (und auch jede offenkundige) Bedeutung herauszuklamüsern. Warum hatte ich das gesagt? Wie wirkte es auf meine Mutter? Warum war sie zusammengezuckt? Was meinte ich dazu, dass sie zusammengezuckt war? In den Tagen unmittelbar nach meiner Entlassung aus der Klinik hätte Mom mir eine solche Bemerkung nie durchgehen lassen. Jetzt wechselte sie lediglich das Thema.

»Morgen kommt dein Vater nach Hause – falls diese Unwetter in New York ihn nicht aufhalten. Natürlich wäre es mir lieber, man würde den Flug streichen, statt bei einem solchen Wetter zu fliegen. Ich weiß noch nicht einmal, ob sein Flugzeug in London überhaupt die Starterlaubnis bekommt, wenn es hier drüben so stürmt und gewittert …«

Nach einer ausführlichen Analyse des Wetters und des Flugverkehrs auf beiden Seiten des Atlantiks verstummte sie. »Möchtest du nicht reinkommen?«, fragte sie zum Abschluss.

»Noch nicht.«

Nach kurzem Zögern schob sie von innen die Glastür zu, blieb aber im Wohnzimmer stehen und wartete. Ich wartete ebenfalls, doch sie rührte sich nicht von der Stelle. Ich hasste es, so beobachtet zu werden.

Meine Beinmuskeln verkrampften sich. Als ich die Beine ausschüttelte, wurde mir plötzlich klar, dass ich unbedingt wieder joggen gehen wollte. Schon seit Monaten spielte ich mit dem Gedanken, wieder damit anzufangen, doch immer, wenn ich kurz davor war, es wirklich zu tun, hielt mich etwas davon ab. Es war stets, als hinge eine Glasscheibe vor mir, gegen die ich knallen würde, wenn ich mich zu schnell bewegte. Doch heute Abend hatte ich das Gefühl, nur von sommerlicher Luft umgeben zu sein.

Als die Mücken mich schließlich schneller stachen, als ich sie erschlagen konnte, kehrte ich ins Haus zurück. »Na«, sagte Mom in munterem Ton, »gehst du jetzt ins Bett?«

»Denke schon.«

Sie sah mir hinterher, während ich die Treppe hochstieg. »Die Show ist vorbei«, murmelte ich, aber so leise, dass sie es nicht hören konnte.

Oben in meinem Zimmer checkte ich als Erstes meine Mails. Ich hätte Val gern von Nickis Plan erzählt, um zu hören, ob sie die ganze Idee für genauso verrückt hielt wie ich, aber sie war nicht erreichbar.

Nicki hatte mich zu sich nach Hause bestellt. Kent würde uns nach Seaton fahren und dort absetzen. Nicht dass Kent gewusst hätte, dass wir auf geheimer übersinnlicher Mission unterwegs waren, um seinen toten Vater zu kontaktieren. Er hatte ohnehin was in der Stadt zu tun, und Nicki hatte gedroht, mir die Augen auszukratzen, falls ich ihm erzählte, wo wir hinwollten.

Die Thorntons wohnten unten an der Route 7, in einem Schuhkarton von Haus mit einem Rasen, der mehr aus nackter Erde als aus Gras bestand. Irgendjemand hatte mal einen Haufen Mulch oder Kompost dort abgeladen, als habe er was damit vor, doch der lag schon so lange da, dass er inzwischen mit Unkraut überwachsen war.

Als Kent mich zusammen mit Nicki sah, zog er die Augenbrauen hoch, sagte aber nichts. Er klimperte nur mit den Schlüsseln und nickte auffordernd in Richtung Auto. Nicki setzte sich nach vorn und schaltete das Radio ein. Ich nahm hinten Platz. Sie stellte die Musik so laut, dass Kent, selbst wenn er gewollt hätte, sich nicht mit uns hätte unterhalten können. Die Straße vor uns flimmerte in der Hitze.

Ich versuchte, an Nickis Hinterkopf irgendetwas abzulesen – ob sie angespannt war oder voller Hoffnung oder beunruhigt –, aber es gelang mir nicht. Als ich dann versuchte, mir das Medium vorzustellen, gelang mir das auch nicht so recht. Irgendwie hatte ich eine Frau in wallenden Gewändern vor Augen, die sich über eine Kristallkugel beugte, fragte mich aber, ob das nicht genau so ein Klischee war wie das von den Ärzten in Fernsehserien, die mit einem HNO-Spiegel auf dem Kopf herumliefen und Hausbesuche machten.

Kent setzte uns an der Post ab. Seaton war ein typisches Beispiel für die Behauptung, Amerika werde immer mehr zu einer einzigen Reihe von Kettenläden. Es gab Tankstellen, Fast-Food-Restaurants, Reinigungen und riesige Supermärkte, das heißt nichts, was man nicht auch an tausend anderen Orten hätte finden können. Wenn man an Gedächtnisverlust litt und in Seaton wieder zu sich kam, hätte man keinen blassen Schimmer, in welchem Teil des Landes man sich überhaupt befand.

Die heiße Augustluft waberte über der Straße und versengte mir förmlich die Lunge. Ich wünschte, wir wären auf der Terrasse unseres Hauses gewesen, um dem Gesang der Zikaden zu lauschen. Oder am Wasserfall, um uns mit kalter Gischt bespritzen zu lassen.

Nicki verschlang die Finger ineinander und sagte mit zitternder Stimme: »Dann wollen wir mal.« Am liebsten hätte ich ihre Hand genommen, um sie zu beruhigen, sah aber keine Möglichkeit, meine Hand zwischen ihre nervös verkrampften Finger zu schieben. Außerdem fasste ich nie jemanden an.

An der Post bogen wir in eine Nebenstraße ab, die von Lagerhäusern gesäumt wurde. Der Wind wirbelte uns leere Plastiktüten und Einwickelpapier um die Füße. Der Bürgersteig war voller Risse, aus denen Unkraut wuchs. Die Sonne knallte uns auf die Schultern und mein T-Shirt war bereits klatschnass. Auf Nickis Haut hatten sich Schweißtropfen gebildet.

Ich war gespannt, wie dieses Medium vorgehen, was sie sagen und ob es mir gelingen würde, ihr auf die Schliche zu kommen. »Regel Nummer eins«, erklärte ich, »ist, dass du ihr nichts erzählst. *Sie* muss dir was erzählen.«

»Weiß ich! Gib ihr einfach eine Chance.«

Wir kamen zu einer Reihe niedriger Häuser aus Ziegelstein, die von Maschendrahtzäunen umgeben waren, und Nicki machte sich daran, die Hausnummern durchzuzählen. Am liebsten hätte ich sie gefragt, warum diese Frau, wenn sie so begabt war, nicht die Lottozahlen vorhersagte, damit sie in eine bessere Gegend ziehen konnte, aber das verkniff ich mir. Außerdem nahm ich an, dass Medien dauernd diese Frage zu hören bekamen, für die sie wahrscheinlich eine Standardantwort parat hatten.

»Hier ist es«, sagte Nicki. Eine Tüte, in der mal Käsecracker gewesen waren, blieb an ihrem Fuß kleben. Wir gingen zur Haustür und Nicki drückte auf die Klingel.

»Alles in Ordnung mit dir?«, fragte ich.

»Ja«, fuhr sie mich an.

Mit den wallenden Gewändern und der Kristallkugel hatte ich total falschgelegen. Wir wurden auch nicht in ein dunkles Zimmer geführt, in dem es nach Weihrauch roch und leise unheimliche Musik erklang. Stattdessen empfing uns eine kleine rundliche Frau mit Brille. Sie erinnerte mich an Jakes Großmutter, die ihn regelmäßig in der Klinik besucht hatte. Wir kamen in ein Wohnzimmer, wo auf Wandregalen Zigtausende von Porzellanfigürchen standen: Schneemänner, Ballerinen, Hunde, Katzen, Pferde, Einhörner, Blumen ... Ich verdrehte mir fast die Augen, als ich versuchte, sie alle in den Blick zu bekommen.

Während Nicki und ich die Figuren anstarrten (die irgendwie

zurückzustarren schienen), stand das Medium schweigend vor zwei eierschalenfarbenen Sofas und wartete. Anscheinend hatte sie die Erfahrung gemacht, dass ihre Klienten erst einmal den Figürchen-Schock verdauen mussten.

»Wow«, sagte Nicki schließlich.

»Gefallen sie dir?«

»Äh … klar. Die sind ganz süß.«

»Du bist sicher Nicki«, sagte das Medium und sah mich anschließend fragend an.

Um ihre Kräfte zu testen, wollte ich, dass sie von selbst draufkam, wer ich war, doch Nicki sagte: »Das ist mein Freund Ryan.«

»Willkommen. Bitte setzt euch.«

Wir ließen uns auf einem der Sofas nieder, das so muffig roch, als wäre dieses Zimmer jahrzehntelang nicht gelüftet worden.

»Danke, dass ich zu Ihnen kommen durfte, Mrs Hale. Oder haben Sie … wie soll ich Sie denn anreden?« Nickis Stimme war um eine Oktave hochgeschnellt, als wäre sie jünger geworden, seit wir das Haus betreten hatten. Sie presste die Hände gegeneinander.

»Bitte sag Andrea zu mir«, erwiderte das Medium.

Andrea Hale. Dann nannte sie sich also nicht Madame Zorelda oder so. Und sie lächelte weiterhin auf ihre großmütterliche Art, als wolle sie uns frisch gebackene Kekse anbieten statt einer Audienz bei den Toten.

Nicki kramte in der Tasche ihrer Shorts und zog ein paar zerknitterte Scheine heraus. Erst mal Geld auf den Tisch, klar.

Nachdem Andrea das Geld in einer Schublade verstaut hatte, setzte sie sich auf das andere Sofa. »Mit wem möchtet ihr denn sprechen?«

»Sollten Sie uns das nicht sagen?«, warf ich ein.

Andrea lächelte. »Es gibt viele Seelen, die vielleicht mit euch sprechen möchten. Wir würden Zeit sparen, wenn ich mich auf jemand Speziellen konzentrieren könnte.«

Obwohl ich kein Wort von dem, was sie von sich gab, glaubte, bekam ich eine leichte Gänsehaut, als sie das mit den Seelen sagte, die angeblich mit uns sprechen wollten. Als würden sich Horden von Toten an den Toren drängen. Vielleicht würden sie ja in die Figürchen fahren, sodass unzählige kleine Porzellantiere durchs Zimmer schwirren würden.

»Mit meinem Dad«, sagte Nicki und räusperte sich. »Sein Name war Philip Thornton.«

Andrea nickte und schloss die Augen.

Im Hintergrund knackte und klapperte eine alte, am Fenster angebrachte Klimaanlage. Nicki zitterte, doch nicht vor Kälte, denn in diesem muffigen Zimmer mussten mindestens dreißig Grad sein. Ich warf einen Blick auf die Regale, auf all die Porzellanfigürchen mit ihren starren schwarzen Augen, und sah rasch wieder weg.

Andreas Stirn legte sich in Falten, ihre Lippen gerieten in Bewegung. Nicki hielt die Luft an, bis sie es nicht mehr aushielt und laut durchatmete. Ich schob mein Knie in ihre Richtung, ohne sie zu berühren – nur um sie daran zu erinnern, dass ich bei ihr war.

Andreas Augen blieben geschlossen. Draußen auf der Straße rumpelte ein Lastwagen vorbei und brachte das Haus zum Beben. Die Porzellanfigürchen klirrten. Erneut stellte ich mir vor, wie sie zum Leben erwachten. Vielleicht rannten sie nachts ja wild im Haus herum. Dann wurde mir klar, dass ich, wenn ich weiterhin solche Überlegungen anstellte, wieder in der Klinik landen würde.

»Philip ist da«, verkündete Andrea.

Rasch blickte ich im Zimmer umher, um nach einem Schatten oder Nebel oder einer Luftbewegung zu suchen. Fehlanzeige.

Nicki atmete tief durch, an ihren Wimpern hingen Tränen. Ich hoffte inständig, dass sie nicht zu schnell an all das glaubte, dass sie nicht in den Teich sprang, ohne sich vergewissert zu haben, ob er überhaupt Wasser enthielt. »Äh ... ja«, sagte sie. »Erinnert ... erinnert er sich an mich?«

Schweigen. Dann lächelte Andrea. »Ja, natürlich. Du bist seine Tochter. Er würde dich nie vergessen.« Sie kicherte. »Er lacht, weil du annimmst, er könnte dich vergessen. Aber eigentlich ist er traurig. Weil ihr nicht mehr Zeit zusammen verbracht habt.«

Nickis Fingernägel gruben sich in ihre Handflächen, bis ihre Haut sich bläulich färbte. »Fragen Sie ihn, warum er es getan hat.«

»Warum er es getan hat«, wiederholte Andrea, nachdem sie eine Weile geschwiegen hatte.

Tja, dachte ich, viele Anhaltspunkte gibt das nicht gerade her, was, Andrea? Jetzt musst du dir aber schnellstens was einfallen lassen!

»Ja«, sagte Nicki mit fester Stimme.

»Er glaubt nicht ...«, stammelte Andrea. »Er kann es nicht erklären. Er möchte ... Es ist sehr kompliziert, und er ist sich nicht sicher, ob du es verstehen würdest ...«

»Ich verstehe es *nicht*. Deshalb bin ich ja hier.« Nicki strich sich mit der Hand über die Wange, um die Tränen abzuwischen.

»Er lässt dir sagen, dass er dich liebt.«

»Ja, das weiß ich! Das weiß ich doch. Ich will wissen, warum er ...« Bevor Nicki mehr verraten konnte, trat ich ihr auf den Fuß. Sie sah mich wütend an. Ihr Gesicht war voller Flecken, ihre Augen hatten sich gerötet. »Ich will wissen, warum er getan hat, was er getan hat.«

Andrea runzelte die Stirn, als könne sie eine Antwort daraus hervorquetschen. »Es tut ihm leid«, verkündete sie schließlich.

»Das sagt mir nichts!« Beim letzten Wort brach Nicki die Stimme, was mir durch und durch ging. Ich hatte gewollt, dass sie einsah, wie nutzlos das alles war, und erkannte, dass Andrea eine Schwindlerin war. Doch jetzt wollte ich, dass Andrea eine Verbindung zu Nickis Vater herstellte – oder zumindest irgendetwas Überzeugendes von sich gab. Mit angehaltenem Atem konzentrierte ich mich auf Andreas Gesicht und versuchte, ihr meine Gedanken zu übermitteln.

»Er … seine Stimme wird immer schwächer. Mal sehen, ob ich ihn wieder deutlicher empfangen kann.«

Ja, streng dich an, dachte ich. Nun mach schon, Andrea.

Die Klimaanlage schepperte und ächzte. Nicki leckte sich schniefend über die Oberlippe. Es zuckte mir so in den Beinen, dass ich am liebsten aufgesprungen und davongerannt wäre.

»Daddy«, sagte Nicki.

In dem Moment schaltete ich mich ein.

»Fragen Sie ihn, ob es ein Versehen war«, sagte ich.

Andrea zögerte.

»Fragen Sie ihn, ob er vielleicht gar nicht so weit gehen wollte«, fügte ich hinzu.

Kurz darauf nickte Andrea. »Ungefähr so war es, sagt er.«

Nicki zog scharf den Atem ein.

»Fragen Sie ihn, ob er damals einfach keinen anderen Ausweg gesehen hat«, fuhr ich fort. Wie lange würde es denn noch dauern, bis Andrea die Anspielungen verstand? »Vielleicht war ihm ja nicht klar, dass alles wieder besser werden könnte.«

»Er war so in seinem Schmerz gefangen«, sagte Andrea, die endlich begriffen hatte, »dass er die Konsequenzen seines Tuns nicht erkennen konnte.«

Jetzt, wo ich einmal damit angefangen hatte, konnte ich nicht mehr aufhören. »Fragen Sie ihn, ob er einfach nicht wusste, was er sonst hätte tun können.«

»Wenn er könnte, würde er es jetzt anders machen.«

Nickis Blick wanderte zwischen uns hin und her. »Oh, mein Gott«, sagte sie.

Ich hatte es übertrieben, das war mir klar. Ich hatte zu viel geredet und zu dick aufgetragen. Trotzdem wusste ich, dass das, was ich gesagt hatte, etwas Wahres enthielt. Hey, vielleicht sprach ihr Vater nicht durch Andrea, sondern durch mich. Und war das nicht genau das, was Nicki gewollt hatte? Worum sie mich gebeten hatte?

Als wir wieder draußen auf der Straße waren, boxte Nicki mich mit der Faust gegen den Arm. »Bist du jetzt zufrieden?«

»Wie meinst du das?«

»Stell dich doch nicht dumm.«

»Nicki ...«

»Du hattest also recht. Sie *ist* eine Schwindlerin. Freut dich das denn nicht?« Sie kickte eine leere Bierdose gegen die Mauer eines Hauses.

»Wie kommst du darauf, dass sie eine Schwindlerin ist?«

»Nun hör aber auf! Das war doch deutlich zu merken. Du hast ihr alles vorgesagt.«

»Ich weiß überhaupt nicht, wovon du redest«, erwiderte ich, hörte aber selbst, wie falsch meine Stimme klang.

»Hast du dich über mich lustig gemacht?«

»Nein.«

Sie fing an zu schluchzen. Ich brachte sie dazu, sich auf die niedrige, verfallene Mauer vor einem Lagerhaus zu setzen.

»Sie war so schlecht, dass ich noch nicht mal so tun konnte, als glaubte ich ihr.«

»Das tut mir leid«, sagte ich.

»Na klar.«

»Nein, ich meine ... Sicher, ich hab damit gerechnet, dass es so kommt, aber ich *wollte* es eigentlich nicht. Mir wäre es lieber gewesen, es wäre alles so gelaufen, wie du es dir vorgestellt hast.«

Ich ließ zu, dass sie sich das Gesicht am Ärmel meines T-Shirts abwischte. Dann sah sie mich mit ihren geröteten Augen an, die immer noch in Tränen schwammen. »Warum hast du ihr diese Dinge denn überhaupt gesagt?«

»Weiß ich nicht.«

»Dachtest du, du könntest mich täuschen? Ich bin doch nicht blöd!«

»Ich hab gar nicht darüber nachgedacht. Es ist ... einfach so aus mir herausgekommen.«

»Nun werde ich nie erfahren, warum er es getan hat.«

»Selbst wenn er jetzt hier wäre, könnte er dir das wahrscheinlich nicht sagen.«

Sie schniefte. »Er hätte doch einen Abschiedsbrief oder so was hinterlassen können. Warum hat er das bloß nicht getan?«

Sie holte tief Luft und wischte sich erneut das Gesicht an meinem Ärmel ab. »Hast du einen geschrieben?«

»Was?«

»Hast *du* einen *Abschiedsbrief* geschrieben?«

Ich leckte mir über die Lippen. Obwohl ich bei dieser Affenhitze wie verrückt schwitzte, war mein Mund aus irgendeinem Grund völlig ausgetrocknet. »Nein.«

»Warum nicht, verdammt noch mal?« Sie erhob sich und trat gegen die Mauer, auf der ich saß.

»Hör mal, hier geht es nicht um mich.«

»Aber da drinnen …« Sie zeigte auf das Haus des Mediums. »… da ging es um dich. Da hast du von *dir* gesprochen!«

»Ich wollte doch nur, dass du was davon hast. Diese Andrea hat ja gezappelt wie ein Fisch auf dem Trockenen. Ich hab doch schon gesagt, dass ich nicht darüber nachgedacht habe.«

»Ja, kann man wohl sagen.« Sie wischte sich das Gesicht mit ihrem T-Shirt ab, wobei ich kurz ihren dunkelblauen BH zu sehen bekam, was sie jedoch nicht zu bemerken schien. Vielleicht war es ihr aber auch egal. »Du hast also meinem Vater … Entschuldigung, dem imaginären Geist meines Vaters … all *deine* Überlegungen unterstellt.«

»Wer sagt denn, dass es meine Überlegungen waren?«

Sie schnaubte verächtlich. »Wessen Überlegungen denn sonst? Von irgendwoher musst du diese Sachen doch wissen.«

Mir wurde so flau, dass ich mich kaum noch aufrecht halten konnte. Ich beugte mich nach vorn und stützte die Ellbogen auf die Knie. Sie sah mich stirnrunzelnd an, dann drehte sie sich weg und kickte einen Ziegelsteinbrocken über den Bürgersteig. Ich wollte einfach nicht darüber nachdenken, ob sie recht hatte, ob die Worte, die ich Andrea in den Mund gelegt hatte, tatsächlich auf mich zutrafen. Schließlich konnte Nickis Vater unmöglich dieselben Fehler gemacht haben wie ich oder dasselbe Schamgefühl mit sich herumgeschleppt haben. Vielleicht hatte er empfunden, was auch ich empfunden hatte – diese trostlose innere Starre, dieses Gefühl, durch eine Glasscheibe von der Welt abgeschnitten zu sein –, doch in seinem Leben hatte es weder einen Onkel Frank noch eine Amy Trillis gegeben. Er hatte keinen pinkfarbenen Pullover in seinem Wandschrank versteckt. Er hatte nicht getan, was ich getan hatte, da war ich mir ganz sicher.

5

WIR HATTEN NOCH eine Stunde Zeit, bis Kent uns abholen kam. Nicki kaufte sich einen Grapefruitsaft, ich mir eine Cola. Dann setzten wir uns auf eine Bank vor der Post und beobachteten die Leute, die vorbeigingen. Der Saft färbte Nickis Mundwinkel lila, während die Rötung in ihrem Gesicht und ihren Augen allmählich nachließ. Wenn Kent eintraf, würde er ihr nichts mehr anmerken.

Ich hätte sie gern über ihren Vater ausgefragt, um mehr über diesen Mann zu erfahren, dessen Geist wir gerade versucht hatten heraufzubeschwören, ließ es aber, damit sie nicht wieder anfing zu weinen.

Dass mein eigener Vater nicht mehr da wäre, konnte ich mir einfach nicht vorstellen. Obwohl er ständig auf Reisen war, wusste ich zumindest, dass er sich irgendwo auf diesem Planeten befand – hierhin und dorthin ging, mit anderen Leuten sprach, nachdachte. Möglicherweise hatte er gerade eine geschäftliche Besprechung, schob sich die Brille zurecht und strich sich die Krawatte glatt. Vielleicht saß er auch in einem ausländischen Restaurant, räusperte sich und kniff die Augen zusammen, wie er es immer machte, wenn er etwas essen musste, das er nicht mochte. Oder aber er hockte auf einem Flughafen und sah sich auf seinem Laptop die neuesten Baseballergebnisse an – angeblich sollte er heute ja nach Hause kommen. Doch wenn ich seine

Stimme hören wollte, brauchte ich nur ein Telefon. Jedenfalls brauchte ich kein Medium, um mit ihm in Kontakt zu treten.

Ich sah Nicki von der Seite an. Sie schwenkte ihre Flasche und beobachtete, wie der Saft hin und her schwappte.

»Ich kann einfach nicht glauben, dass schon in zwei Wochen die Schule wieder anfängt«, sagte sie. »Dann kommst du in die vorletzte Klasse, stimmt's?«

»Ja.« Wenn sie ein Gespräch über tote Väter vermeiden wollte, sollte mir das nur recht sein. In der Klinik hatten Val, Jake und ich es auch immer so gemacht, dass wir über etwas Belangloses redeten, wenn wir ein ganz bestimmtes Thema umgehen wollten. Wenn jemand kurz davor war zusammenzubrechen, hörte man es seiner Stimme an, die dann irgendwie gepresst und unnatürlich klang. Vielleicht war das der Grund, warum Nicki all diesen Saft in sich hineinschüttete.

»Hast du eigentlich was vom Unterricht verpasst, als du … du weißt schon … in der Klinik warst?«, fragte sie.

»Hauptsächlich die Abschlussprüfungen. Die habe ich dann später im Sommer nachgeholt, so musste ich die Klasse nicht noch mal machen.«

»Mit wem hängst du in der Schule denn so rum?«

»So richtig eigentlich mit niemand.«

Sie schlürfte den Rest ihres Saftes. »Hast du keine Freunde?«

Ich kannte zwar einige andere Schüler, aber dass ich an dieser Schule Freunde hatte, konnte ich nicht behaupten. Woran das lag, wusste ich nicht genau. Dachte ich etwa, sie würden sich alle so verhalten wie Amy Trillis an meiner alten Schule? Sicher, es war bekannt, dass ich der Junge war, der versucht hatte sich umzubringen und einen Teil des Sommers in der Klapsmühle verbracht hatte, was mich nicht gerade zum beliebtesten Schüler machte. Vor allem aber war es viel einfacher für mich, mich auf niemanden einzulassen, um allen Risiken aus dem Weg zu gehen. Außerdem brauchte ich an der Schule keine Freunde, da ich ja Jake und Val hatte. »Doch«, beantwortete ich Nickis Frage, »zwei, die ich aus der Klinik kenne.«

»Ah ja? Sind die irgendwie verrückt oder so?«

»Na logisch. Wir treffen uns regelmäßig, um zusammen zu sabbern und uns gegenseitig auf den Kopf zu hauen. Echtes Irren-Bonding.«

Ein Postauto rumpelte vorbei und hüllte uns in Abgase ein. Wir hielten den Atem an, bis das Auto um die Ecke gebogen war. Dann sagte Nicki: »So hab ich das nicht gemeint. Sind sie noch in der Klinik?«

»Nein, wir sind alle wieder draußen. Val wurde als Erste entlassen ...«

Ich hielt inne, weil mir einfiel, wie Val uns im Patterson Hospital besucht und im Aufenthaltsraum ein Konzert gegeben hatte. Und wie sie mir die Finger ums Handgelenk gelegt hatte.

»Was ist denn?«, fragte Nicki, als sie merkte, wie weggetreten ich war.

Ich schüttelte den Kopf. »Hab nur gerade an was gedacht.« In dem Moment fuhr Kent vor. Damit war das Gespräch beendet.

Nicki spielte am Radio herum, bis Kent sie schließlich anschnauzte. Ich lehnte den Kopf gegen das Fenster. Im Geiste war ich immer noch bei jenem Sommerabend vor einem Jahr, als Val zu Besuch in die Klinik gekommen war. Da sie von draußen kam, eine von *denen* und nicht von *uns* war, brachte ich es kaum über mich, mit ihr zu sprechen. Die ganze Zeit lang war meine Kehle wie zugeschnürt. Ich wäre auch nicht zu ihrem Konzert gegangen, wenn Jake mich nicht dorthin geschleift hätte.

»Was soll denn das?«, fuhr ich ihn an, als er mich in den Aufenthaltsraum schob, doch er achtete gar nicht auf mich und nahm in der ersten Reihe Platz, während Val auf dem Klavier herumklimperte, um festzustellen, ob es verstimmt war.

Ich setzte mich hinten hin, in die Nähe des Fensters, ohne die Lampe neben mir anzumachen. Trotzdem war es im Raum so hell, dass ich, wenn ich zum Fenster rausblickte, nur mein Spiegelbild und das des Aufenthaltsraums mit all den anderen Psychos sehen konnte. Und obwohl Vals Musik mich total aufwühlte, die Klaviersaiten direkt mit meinen Nerven verdrahtet zu sein schienen, obwohl einige der Leute um mich herum weinten und auch mir die Augen brannten, musste ich ständig daran denken, wie sehr ich Val hasste – so sehr, dass ich mich weigerte, sie anzusehen, und mir alle Mühe gab, ihrer Musik nicht zuzuhören.

Nach dem Konzert scharten sich alle um sie. Ich blieb zunächst sitzen, weil meine Beine so schwer waren, als hätte man sie mit Ketten an den Stuhl gefesselt. Erst nach einer Weile wagte ich es, mit ausdruckslosem Gesicht an Val vorbeizugehen. Als ich mich aus dem Aufenthaltsraum stahl, unterhielt sie sich immer noch mit den anderen, darunter auch Jake. Doch sie folgte mir in den Gang und tippte mir auf den Arm.

»Wie geht's dir? Wolltest du denn nicht Hallo zu mir sagen?«

»Hallo.«

»Was ist los?«

»Wie kommst du darauf, dass was los ist?«

»Na ja, während meines Konzerts hast du die ganze Zeit mit verschränkten Armen dagesessen und aus dem Fenster gestarrt, als wärst du unglaublich sauer.« Ihre Stimme wurde sanfter. »Was ist denn? Sag schon.«

»Du raffst es einfach nicht«, erwiderte ich, ohne sie anzusehen.

»Was denn?«

Ich konzentrierte meinen Blick auf das EXIT-Schild am Ende des Gangs. »Es war furchtbar nett von dir, herzukommen und für uns zu spielen, für die bedauernswerten Insassen, aber jetzt kannst du wieder in dein normales Leben zurückkehren.«

Sie packte mich beim Handgelenk, und ich spürte, wie mein Puls gegen ihre Finger hämmerte. Sie sagte: »Ich bin immer noch …«

Obwohl mir die Zunge am Gaumen klebte, schaffte ich es, krächzend hervorzustoßen: »Immer noch was?«

»Ich bin immer noch deine Freundin. Glaubst du, ich würde dich vergessen? Würde vergessen, wie es hier drinnen ist? Glaubst du, ich *will* das alles vergessen?«

»Warum solltest du dich denn daran erinnern wollen?«

»Weil es ein Teil von mir ist. Weil ich dich und Jake gernhabe.«

Ich schüttelte den Kopf. Sie war jetzt draußen, war wieder in der normalen Welt, während ich hier festsaß und immer noch krank war. Sie hatte sich von mir entfernt. Als wir beide hier gewesen waren, hatten wir auf gleicher Stufe gestanden, aber jetzt konnte ich nicht mehr mit ihr mithalten. Wenn sie sagte: »Weil ich dich und Jake gernhabe«, hieß das nicht das, was es bedeutet hätte, wenn wir gesunde, normale Menschen gewesen wären.

»Warum, glaubst du, bin ich heute hierhergekommen?« Ihre Finger strichen über mein Handgelenk.

»Aus Barmherzigkeit?«

Sie presste die Lippen zusammen, bis fast nichts mehr von ihnen zu sehen war. »Wie kannst du nur so ein Idiot sein? *Barmherzigkeit?* Nun hör aber auf.«

»Du bist draußen und ich nicht.« Ihre Finger verbrannten mir förmlich die Haut. Ich verstand einfach nicht, warum sie es nicht raffte, es sei denn, sie wollte es nicht raffen. »Du hast jetzt ein richtiges Leben.« Ein Leben, in dem sie ständig mit Typen zusammenkam, die keine psychiatrischen Patienten waren, Typen, die nicht von Selbstmordgedanken besessen waren und sich noch nie bei einer Gruppensitzung lächerlich gemacht hatten.

»Hör auf, so zu tun, als stünde ich auf einem Podest. Außerdem wirst du ja auch bald entlassen. Weißt du das denn nicht?«

Sie ließ mein Handgelenk los, und ich verspürte den Drang, sie meinerseits zu packen, mich an sie zu klammern, als könnte nur sie mich am Leben halten. Doch ich ließ sie gehen. Und als sie mich eine Woche später anrief, konnte ich ihr mitteilen, dass sie recht gehabt hatte. Auch ich sollte entlassen werden.

Die Sache war die, dass sich bei Vals Berührung etwas in mir geregt hatte, das monatelang tot gewesen war. In puncto Mädchen und Sex war ich völlig ausgebrannt und hatte aufgehört, von solchen Dingen zu träumen oder darauf zu hoffen. Im Grunde hatte ich vergessen, dass es so was gab. Ich hatte vergessen, wie es war, solche Wünsche zu haben, wie es sich anfühlte, den Blick über den Körper eines Mädchens wandern zu lassen und das Bedürfnis zu haben, diesen Körper auch anzufassen. Ich war wie erstarrt gewesen, bis Vals Finger dieses Verlangen schlagartig wieder zum Leben erweckt hatten.

6

NACH UNSERER RÜCKKEHR aus Seaton wollte Nicki sofort zum Wasserfall. Ich konnte sie gut verstehen, denn das war genau das, was ich auch gewollt hätte, wenn ich gerade bei dem Versuch gescheitert wäre, in einem muffigen Raum voller Porzellanfigürchen mit meinem toten Vater Verbindung aufzunehmen.

Ich hatte nicht bedacht, wie lang der Weg von ihrem Haus zum Wasserfall war. Und da die ganze Strecke auch noch bergauf ging, waren wir beide ziemlich außer Atem, als wir ankamen. Ein paar kleine Kinder schmissen gerade Steine ins Wasser, rannten aber weg, als sie uns sahen.

Ich zog mein T-Shirt aus. Nicki legte ihres ebenfalls ab und rannte ins Wasser. Ihr dunkelblauer BH stach deutlich von ihrer blassen Haut ab. Ich beobachtete sie, bis sie hinter dem Wasservorhang verschwand. Ich fragte mich, was es zu bedeuten hatte, dass sie sich vor meinen Augen das T-Shirt ausgezogen hatte. Hieß das, dass es ihr egal war, wenn ich sie so sah, weil ich ein Niemand war? Oder hatte die ganze Geschichte mit Andrea sie so aufgewühlt, dass sie nicht mehr wusste, was sie tat?

Eine Minute später kam sie triefnass und nach Luft schnappend unter dem Wasserfall hervor. »Du hättest mal sehen sollen, wie das im letzten Frühjahr hier war«, sagte sie. »Da hat einen das Wasser umgerissen, wenn man blöd genug war, sich runterzustellen.«

Das wusste ich, ich war nämlich blöd genug gewesen.

Ohne eine Antwort zu geben, watete ich in den Teich und trat unter den Wasserfall, damit er alle Erinnerungen an die Porzellanfigürchen, Andreas nichtssagendes Lächeln, die klappernde Klimaanlage und überhaupt an das ganze heutige Desaster wegspülte. Das Wasser prasselte auf mich nieder und ich hielt es länger als je zuvor darunter aus. Nicki hatte recht. Durch die trockene Augusthitze hatte das Wasser etwas von seiner Kraft verloren. Trotzdem dröhnten mir von dem Getöse immer noch die Ohren, als ich zum Ufer zurückging.

»Ich wollte dir gerade nachkommen.« Nicki zitterte und hatte eine Gänsehaut. Ich gab ihr mein T-Shirt, damit sie sich abtrocknen konnte, und zog es dann, nass, wie es war, an. Nachdem sie sich ihr trockenes Shirt übergestreift hatte, wrang sie ihr Haar aus.

»Bist du okay?«, fragte ich.

»Nein.«

Wir gingen zu unserem Haus. Im Souterrain befand sich ein Wandschrank voller Sportkleidung, die meiner Mutter gehörte. Ich gab Nicki eine Trainingshose, die sie anzog, während ihre Shorts zum Trocknen auf der Brüstung der Terrasse lagen. Meine nasse Kleidung stopfte ich schnell in die Waschmaschine, damit Mom sie nicht sah.

Meine Eltern wussten, dass ich im Bach badete. Dass ich mich unter den Wasserfall stellte, wussten sie nicht. Als wir hierhergezogen waren, hatten sie mich vor dem Wasserfall gewarnt, mir jedoch nie verboten, mich darunterzustellen – vermutlich kam es ihnen gar nicht in den Sinn, dass ich so etwas tun könnte. Und ich hatte nicht die geringste Absicht, es ihnen zu erzählen. Wenn sie meine nasse Kleidung also nicht zu Gesicht bekamen, würden sie auch keine unangenehmen Fragen stellen.

Nicki und ich setzten uns auf den Fußboden des Wohnzimmers und ließen uns von der Sonne bescheinen, deren Licht durch die Nadelbäume draußen drang.

»Bekomm das bitte nicht in den falschen Hals«, sagte Nicki, »aber ich verstehe nicht, warum jemand, der in solch einem Haus wohnt, versucht sich umzubringen.« Sie sah mich von der Seite an, doch ich starrte stur aus dem Fenster. Wahrscheinlich war ihr nicht klar, dass ich diese Frage schon hundert Mal zu hören bekommen hatte. Und dass ich sie mir auch oft selbst gestellt hatte.

Ohne sie je beantworten zu können. Ich wusste, dass es etwas mit der Glasscheibe zu tun hatte, die im Laufe der Jahre immer wieder aufgetaucht und verschwunden war, um schließlich nicht mehr zu weichen, als ich auf die Highschool kam. Dr. Briggs hatte mich einmal gefragt, ob ich mich noch erinnern könne, wann ich zum ersten Mal das Gefühl gehabt habe, durch eine Scheibe von meiner Umgebung getrennt zu sein. Ich dachte zunächst, dass es vielleicht damals, in der Zeit mit Onkel Frank, gewesen sei, andererseits war mir aber so, als hätte ich dieses Gefühl auch schon davor gehabt. Ich wusste es einfach nicht genau.

Nachdem Nicki und ich eine Weile herumgesessen hatten, stand ich auf und holte uns eine Schale mit Nüssen, Sonnenblumenkernen und getrockneten Cranberrys. Wir stopften eine ganze Menge in uns rein und leckten uns das Salz von den Fingern.

»Das ist doch kein … Vogelfutter, oder?«, fragte Nicki und hörte abrupt auf zu kauen.

Ich lachte. »Das fragst du mich jetzt, wo wir schon die Hälfte gegessen haben? Was, wenn ich Ja sagen würde?«

Sie stieß ein Quietschen aus.

»Nein, nein«, sagte ich grinsend. »Das ist nur dieses Naturkostzeug, auf das meine Mutter steht. Außerdem esse ich es doch auch, oder?«

»Ja, aber du hast ja auch Selbstmordgedanken.«

Ich lachte wieder. Ihr Gesicht erstarrte sofort, als hätte sie den Satz am liebsten gelöscht. Aber das war okay. Eigentlich wünschte ich mir sogar, dass die anderen in der Schule auch mal solche Sachen zu mir sagen würden, statt immer nur von Weitem verstohlene Blicke auf mich zu werfen. Nicht dass ich gewusst hätte, wie ich ihnen das hätte klarmachen sollen.

»Wie war dein Vater denn so?«, fragte ich. Ich hatte mich auf die Couch gelegt, während Nicki noch auf dem Boden saß und sich die letzten Nüsse und Beeren in den Mund stopfte.

Sie hielt mitten in der Bewegung inne und starrte zu mir hoch. Nachdem sie die Finger aus dem Mund genommen hatte, sagte sie: »Ich hatte mal eine Puppe, die eigentlich Kent gehörte. Na ja, es war ein Spielzeug für Jungen, Actionfigur sagte Kent dazu. Jedenfalls habe ich diese Puppe sehr geliebt und ihr den Namen Slade gegeben, weil ich das für einen supertollen Namen hielt.« Sie fuhr mit den Fingern über den Boden der Schale, um das restliche Salz aufzustippen. »Eines Tages habe ich Slade unten im Seaton Park vergessen und es erst gemerkt, als wir wieder zu Hause waren. Ich bin total ausgeflippt. Matt und Kent haben sich über mich lustig gemacht und gesagt, Slade würde sicher gestohlen werden oder vielleicht auch kaputtgehen, wenn's regnet, und dann sagten sie, ich solle aufhören rumzuflennen, es sei doch nur ein Spielzeug. Doch mein Dad fuhr zum Park zurück, um Slade zu holen, obwohl das Abendessen schon fertig war. So ein Mensch war mein Dad.« Sie steckte sich die Finger wieder in den Mund, um das Salz abzulutschen. Ich starrte auf ihre Lippen.

Sie schien darauf zu warten, dass ich etwas sagte. Als ich das nicht tat, zog sie die Hand aus dem Mund und wedelte sie hin und her, damit sie trocken wurde. »Er ist oft nach Sandford rausgefahren, um auf Pferde zu wetten. Manchmal nahm er mich mit. Ich fand es toll, den Pferden zuzusehen, besonders wenn sie direkt an mir vorbeidonnerten. Wir haben uns immer ausgemalt, was wir mit dem Geld alles machen würden, bloß dass er praktisch nie gewonnen hat. Nur einmal fünfzig Dollar. Damit sind wir schick essen gegangen, und ich habe mir zum Nachtisch Crème brulée bestellt, weil sich das so exotisch anhörte.«

Ich stützte mein Kinn in die Hände. »Und sonst?« Ein bisschen kam ich mir dabei vor wie Dr. Briggs. Es war schön, zur Abwechslung mal zuhören zu können, statt mir selbst Gesprächsthemen aus dem Hirn kratzen zu müssen.

»Er hat sich ständig mit Mom gestritten. Wegen Geld und weil er immer bis spät in die Nacht mit seinen Kumpels zusammen war.« Sie versuchte, die Schale zum Kreiseln zu bringen, was auf dem Teppichboden aber nicht klappte. »Er hat nie von Selbstmord gesprochen. Soviel ich weiß.«

Ich hatte auch nie davon gesprochen – zumindest nicht vorher.

Sie sah zu mir hoch. »Er hat sich im Wald hinter unserm Haus erschossen. Mein Bruder Matt und ich haben ihn gefunden.«

Mein Magen krampfte sich zusammen. Sofort sah ich im Geiste Blut, Hirnmasse und zerschmetterte Knochen vor mir und gab mir alle Mühe, dieses Bild zu verdrängen. Jemanden zu finden, der sich erschossen hatte, stellte ich mir entsetzlich vor – und dann auch noch den eigenen Vater. Und zuvor hatte sie ja schon mit angesehen, wie dieser Junge am Wasserfall ertrunken war. Wie hatte sie es bloß geschafft, fünfzehn zu werden, ohne einen seelischen Knacks zu bekommen, ohne in einer Anstalt wie dem Patterson Hospital zu landen? »Das tut mir leid, Nicki.«

»Du hast gut reden. Wer hätte *dich* denn gefunden?«

»Wir sprechen hier nicht von mir.«

»Ich will doch nur wissen, warum er es getan hat.« Sie sah mich unverwandt an. »Warum hast *du* es denn getan? Und jetzt sag bloß nicht, du bist nicht mein Dad, weil mir das nämlich egal ist. Der ist nicht hier, aber du bist hier.«

»Warum fragst du nicht deine Mom? Ich kannte deinen Dad doch gar nicht.«

»Sie kann nicht über ihn sprechen. Wenn man das Thema auch nur antippt, sieht sie im Gesicht gleich ganz grün aus. Und außerdem kennst du ihn ja doch irgendwie – ich meine, du weißt etwas über ihn, das sonst niemand weiß. Nämlich wie es ist, sich so zu fühlen.«

Ich holte tief Luft.

»Erzähl es mir«, sagte sie.

Vielleicht hätte ich ihr diese Bitte abgeschlagen, wenn wir nicht zusammen bei Andrea gewesen wären. Wenn ich nicht versucht hätte, Andrea zu helfen, den Geist von Nickis Vater heraufzubeschwören, wenn ich Nicki nicht hätte weinen sehen, wenn sie vorhin nicht mit mir herumgealbert hätte, als wäre ich ein normaler Mensch und kein labiler Psycho. Wenn sie ihren toten Vater nicht gefunden hätte.

Doch all diese Dinge waren geschehen. Deshalb holte ich noch einmal tief Luft und fing an zu erzählen.

Als wir in dieses Haus zogen, das Traumhaus meiner Mutter, war ich erst seit einem halben Jahr auf der Highschool. Ich war noch nie zuvor an einer Schule der Neue gewesen und wusste nicht, wie merkwürdig es ist, wenn man noch nicht mal den Weg zur Toilette kennt – ganz zu schweigen davon, dass man keinen

Schimmer hat, wo die »angesagten« Tische in der Cafeteria und die »angesagten« Sitze im Schulbus sind. Wenn man neu ist, ist man echt allein.

Weil ich nicht wusste, wann sich das Baseballteam traf, verpasste ich das Testspiel. Als ich mit dem Coach sprach, erlaubte er mir, am Training teilzunehmen und ihm zu zeigen, was ich auf dem Kasten hatte. Doch bevor es dazu kam, fing das Haus an, undicht zu werden.

Es geschah während der Märzstürme, bei denen es schüttete, als stünde unser Haus direkt unter dem Wasserfall. Durch die Fenster sickerte Wasser herein, durchs Dach ebenfalls. Eines Nachts blitzte und donnerte es ohne Unterbrechung, während wir ihm Haus herumrannten, um überall Gefäße aufzustellen, die den Regen auffangen sollten. Ich musste lachen, weil dieses todschicke Haus, von dem meine Mutter wie besessen war, so schlampig zusammengeschustert worden war, dass es buchstäblich aus den Fugen ging.

»Da gibt es überhaupt nichts zu lachen!«, schnauzte meine Mutter, während sie Handtücher auf dem Boden ausbreitete, um die Pfützen aufzuwischen, die sich schon überall gebildet hatten.

»Das ist doch verrückt«, stieß ich hervor. Ich konnte es nicht fassen, dass sie die Ironie des Ganzen noch nicht mal ansatzweise sah und nicht den geringsten Galgenhumor dafür aufbrachte, dass wir hier wie die Blöden herumrannten und versuchten, jeden neuen Miniwasserfall aufzufangen. Ich hatte meine Unterwäsche an, da ich immer so schlief. Meine Eltern trugen Bademäntel über ihren Pyjamas, ihre Haare waren völlig zerzaust, und wir gerieten uns dauernd in die Quere, während wir von einer undichten Stelle zur nächsten rasten.

Das Haus sollte perfekt sein, war es aber nicht. Und aus irgendeinem Grund fühlte ich mich deshalb besser, als ich mich seit

Wochen gefühlt hatte, so als hätte der Druck auf meiner Brust ein wenig nachgelassen. Mir war lange nicht zum Lachen zumute gewesen, und es sollte lange dauern, bis ich wieder einen Anlass dazu hatte, doch in jener Nacht konnte ich einfach nicht aufhören zu lachen.

»Das sagt mir nichts«, meinte Nicki, die immer noch versuchte, die leere Schale auf dem Teppichboden zum Kreiseln zu bringen.

Nervös knetete ich das Couchkissen unter mir durch. »Ich rede nicht gern über diese Sache.«

»Ist schon okay. Ich hör dir zu.«

Während das Haus hier ein neues Dach bekam und abgedichtet wurde, mieteten wir ein Haus in Seaton. Meine Mutter war stinksauer und dokumentierte jeden Schritt der Reparaturarbeiten, um Material für den Prozess zusammenzubekommen, den sie schließlich gegen den Bauunternehmer anstrengte. Wir lebten inmitten von Kartons und Koffern, während die meisten unserer Möbel hierblieben und mit Plastikplanen abgedeckt wurden. In dem gemieteten Haus war mir alles fremd. Wenn ich nachts zur Toilette musste, rannte ich gegen irgendwelche Wände. Nichts gehörte mir dort.

Als wir umzogen, versäumte ich ein paar Tage Unterricht, darunter auch die Tage, an denen ich probeweise bei der Baseballmannschaft hatte mitspielen wollen. Und dann bekam ich eine üble Halsentzündung mit Schüttelfrost und Fieber und konnte mich kaum noch bewegen. Was dazu führte, dass ich noch mehr Unterricht verpasste.

Wie sich herausstellte, hatte ich Drüsenfieber. Ich war so krank, dass ich zum Klo kriechen musste. An einer bestimmten Stelle im Korridor, wo meine Mutter ein Nachtlicht in Form einer Muschelschale angebracht hatte, machte ich immer halt und blieb eine Weile liegen, die Wange gegen die rauen Fasern des Teppichbodens gepresst, starrte zum Nachtlicht hoch und sammelte Kraft für den zweiten Teil des Wegs. Von den zwei Wochen, in denen ich krank war, habe ich hauptsächlich dieses Nachtlicht in Erinnerung behalten.

Der Coach teilte mir mit, dass ich Baseball erst mal vergessen könne. Er sagte, ich sei ja ohnehin noch im ersten Jahr und könne mein Glück dann im nächsten Jahr versuchen, doch ich glaubte inzwischen kaum noch daran, dass ich je wieder Baseball spielen würde. Wegen des Drüsenfiebers musste ich auch mit dem Joggen aufhören. Das hatte ich zwar nur so zum Spaß gemacht, nicht als Leistungssport, aber es gefiel mir, weil mir das Blut dann durch den Körper brauste und das Gefühl, als lebte ich hinter einer Glasscheibe, ein wenig nachließ.

Hinzu kam, dass ich mich in der neuen Schule immer noch nicht richtig auskannte, und dass ich nun so viel Unterricht versäumte, war da nicht gerade hilfreich.

Am schlimmsten war jedoch dieses unterschwellige Gefühl, das ich schon mehrmals gehabt hatte, obwohl es immer wieder weggegangen war – ein Gefühl der Erstarrung. Als sei eine Glasscheibe zwischen mir und dem Rest der Welt. Ein erdrückendes Gefühl der Isolation, als würde ich am Alleinsein sterben, ganz gleich, von wie vielen Menschen ich umgeben war.

Nicki griff nach meiner Hand. Ich zwang mich, durch sie hindurchzusehen und weiterzureden, denn wenn ich jetzt aufhörte und mich auf ihre Berührung einließ, würde ich das mit der Garage nie erzählen können.

Diese innere Starre und Leere schien ewig zu dauern, aber wahrscheinlich waren es nur ein paar Monate. Im Frühjahr sollten wir wieder in unser Haus einziehen können, doch aus unerfindlichen Gründen unterbrachen die Handwerker ihre Arbeit immer wieder und verschwanden dann tagelang. Meine Mutter war von dem Haus wie besessen. Mein Vater ging auf Reisen und fragte, als er zurückkam: »Sind die *immer* noch nicht fertig?« Ich hatte keine Freunde an der Schule. Das Drüsenfieber hatte ich hinter mir, sodass ich zumindest wieder am Unterricht teilnehmen konnte. Nur Joggen fiel immer noch flach. Wenn ich aus der Schule nach Hause kam, ging ich gleich ins Bett. Und in meinem Kopf war nach wie vor dieser Nebel, dieses Gefühl der Isolation. Die Hälfte der Zeit wusste ich überhaupt nicht, was Sache war. Selbst das Atmen fiel mir schwer.

Das Haus, das wir gemietet hatten, hatte eine Garage. Eines Nachts ging ich nach unten, um den Motor des Autos anzulassen. Meine Mutter war bereits im Bett, mein Vater hatte eine Besprechung und war noch nicht wieder da. Ich hatte zwar keinen Führerschein, wusste aber, wie man ein Auto startet. Ich kurbelte die Autofenster runter und ließ die Garagentür zu. Ich hatte mal gehört, dass es nur wenige Minuten dauern würde, bis sich eine Garage mit tödlichen Abgasen füllte. Nachdem ich den Zündschlüssel umgedreht hatte, ließ ich den Motor ungefähr eine Minute laufen.

Dann stellte ich ihn wieder ab, weil mir plötzlich etwas einfiel, das ich ebenfalls mal gehört hatte, nämlich dass die Abgase auch ins Haus drangen und die Leute dort umbrachten. Ich stieg aus dem Wagen, fand ein paar Laken und Handtücher, die jemand zum Abdecken benutzt hatte, und dichtete damit die Ritze unter der Tür ab, die von der Garage ins Haus führte.

Als ich wieder im Wagen saß, brachte ich es nicht fertig, den Zündschlüssel erneut umzudrehen. Was, wenn die Handtücher und Laken nicht ausreichten? Sie bestanden nur aus Baumwolle und ließen möglicherweise die Abgase durch. Was, wenn ich meine Mutter umbrachte?

Und wollte ich mir selbst das wirklich antun?

Doch mir fiel kein anderer Ausweg ein. Ich wusste nicht, wie alles besser werden sollte, sah keine Möglichkeit, den Nebel und die Dunkelheit zu vertreiben. Gleichzeitig fiel es mir unendlich schwer, diesen Zündschlüssel umzudrehen.

Ich saß im Auto, die Hand am Zündschloss, und überlegte hin und her. Überlegte und überlegte.

Nach einer Weile ging rumpelnd die Garagentür auf und mein Vater kam herein. »Was zum Teufel machst du denn da?«, fragte er, als er mich sah. »Was hast du im Auto zu suchen? Du hast doch gar keinen Führerschein.«

Ich sah ihn bloß an. Offenbar dachte er, ich wolle eine kleine Spritztour machen, doch dann bemerkte er die Handtücher an der Türritze. Abrupt drehte er den Kopf wieder in meine Richtung, ließ den Blick von den offenen Autofenstern zur Garagentür wandern, die bis eben geschlossen gewesen war.

Nicki drückte mir so heftig die Hand, dass ich fast aufgehört hätte zu reden. Aber da ich nun einmal so weit gekommen war, konnte ich den Rest auch gleich noch erzählen.

»Hast du den Motor angelassen?«, fragte mein Dad. »Weißt du denn nicht, dass man das in geschlossenen Räumen nicht darf?«

»Doch, weiß ich«, erwiderte ich. Mehr brachte ich nicht heraus. Wir starrten einander an. Ich glaube, er wartete darauf, dass ich ihn beruhigte und sagte, dass die Dinge anders lagen, als sie aussahen, obwohl wir beide wussten, was Sache war.

Er schnupperte. »Hast du den Motor laufen lassen?«

»Nur ganz kurz«, sagte ich.

»Wo zum Teufel ist deine Mutter?«

Ich zeigte auf die Verbindungstür zum Haus.

»Raus aus dem Auto!«

Doch ich konnte mich nicht von der Stelle rühren und ließ den Kopf aufs Lenkrad sinken. Er rannte ins Haus, um meine Mutter zu holen.

»Ob mein Dad wohl erst den Finger auf den Abzug gelegt hat, ohne abzudrücken?«, flüsterte Nicki. »Ich meine, ob er gezögert hat, verstehst du.«

Ich wusste es nicht, aber ich hielt es jedenfalls für sehr wahrscheinlich. Möglicherweise hatte er genauso lange mit dem Finger am Abzug dagesessen, wie ich mit der Hand am Zündschlüssel im Auto gesessen hatte.

Mein Vater brachte mich in die Notaufnahme, wo man mich untersuchte, um festzustellen, ob ich eine Kohlenmonoxidvergiftung hatte. Was natürlich nicht der Fall war. Doch die Schwester fragte mich, ob ich versucht hätte, mir etwas anzutun.

»Ja«, sagte ich, »aber ich bin darin nicht sehr geschickt.«

Ich fand meine Antwort saukomisch, fast so lustig wie die

Situation, als wir in unserm Haus herumgerannt waren, um die undichten Stellen abzudichten. Doch statt zu lachen, holte die Schwester ein paar andere Leute, die sich mit mir unterhielten. Nachdem sie mir weitere Fragen dieser Art gestellt hatten, teilten sie meinem Vater mit, dass ich nicht nach Hause zurückkehren könne, weil ich eine Gefahr für mich selbst darstellte.

»Ich komm mir aber gar nicht gefährlich vor«, sagte ich zu irgendjemand, einer Schwester oder Assistenzärztin oder so. Trotzdem wurde ich eingewiesen.

Am nächsten Tag erzählte ich der Psychologin des Krankenhauses, dass ich eigentlich gar nichts gemacht, das heißt den Motor nur ganz kurz angelassen hätte. Sie erwiderte, meine Eltern hätten letzte Nacht mein Zimmer durchsucht und dabei zehn Flaschen mit Kopfschmerztabletten gefunden, viel mehr, als ich gegen Kopfschmerzen bräuchte, und viel mehr, als ich bräuchte, um mich umzubringen. Sie fragte, warum ich die Tabletten gehortet hatte.

Ich wusste, dass ich mich mit den Medikamenten umbringen konnte. Gekauft hatte ich sie, weil ich mich jedes Mal, wenn ich eine neue Flasche erstand, gleich ein bisschen besser fühlte. Zumindest eine Zeit lang. Aber genommen hatte ich nichts davon, weil ich wusste, dass eine Überdosis meine Leber zerstören würde, und ich keine Lust hatte, mit einer verkorksten Leber weiterzuleben, falls der Versuch misslang.

Nicht dass ich der Psychologin irgendwas von alldem erzählt hätte. Als sie mich nach den Tabletten fragte, sagte ich, dass ich mir ständig eine neue Flasche kaufen würde, weil ich immer vergaß, dass ich schon welche hatte. Daraufhin wollte sie wissen, warum ich die Flaschen unter dem Bett versteckt hatte. Nicht versteckt, sagte ich, ich hab sie dort nur aufbewahrt. Sie schaffte es, nicht die Augen zu verdrehen.

Später an jenem Tag, nachdem meine Eltern mit Gott weiß wie vielen Kliniken und der Versicherungsgesellschaft telefoniert hatten, überwies man mich ins Patterson Hospital, nicht weit von Seaton entfernt.

»Wir können von Glück sagen, dass es hier in der Nähe solch eine gute Einrichtung für Teenager gibt«, meinte meine Mutter, als meine Eltern mich hinbrachten.

»Stimmt«, erwiderte ich. »Weil es hier glücklicherweise solch einen hohen Prozentsatz durchgeknallter Teenager gibt.«

Sie fuhr herum und hob die Hand. Meine Eltern hatten mich ungefähr seit meinem fünften Lebensjahr nicht mehr geschlagen. Davor hatten sie mir ab und zu einen Klaps auf den Hintern gegeben, zum Beispiel wenn ich die Wände mit Ketchup beschmiert hatte. Ich schloss die Augen und wartete auf die Ohrfeige, die aber nicht kam. Stattdessen brach meine Mutter in Tränen aus und krümmte sich schluchzend auf dem Vordersitz zusammen, wobei sie ihre Hände und ihren Ärmel mit Lippenstift und schwarzer Wimperntusche beschmierte.

»Nicht doch, Anne«, sagte mein Vater, indem er ihr die Schulter tätschelte, »es kommt schon alles in Ordnung.« Er drehte den Kopf hin und her, um festzustellen, wie dicht der Verkehr auf den anderen Fahrspuren war, und versuchte, rechts ranzufahren, was ihm aber nicht gelang. Die anderen Autofahrer rasten weiter und drückten wie wild auf die Hupe, sobald unser Wagen Anstalten machte auszuscheren.

»Verdammt noch mal«, sagte mein Vater, als wir von einem weiteren Auto angehupt wurden. Mom schluchzte und schniefte. »Anne, hilf mir doch mal ein bisschen und sag mir, wann die Straße frei ist. Anne!«, fuhr er mit erhobener Stimme fort. »Ich brauche deine Hilfe.«

Meine Mutter flennte weiter, während unser Auto mit hundert

Stundenkilometern dahinraste, weil niemand uns vorbeiließ, damit wir anhalten konnten.

»Anne, könntest du dich für ein paar Minuten zusammenreißen?«

»Ich werd's versuchen.«

»Könntest du einfach ...«

»Vergiss es!« Sie setzte sich gerade hin. Auf ihren Wangen schimmerten schwarze Streifen. »Niemand wird dich rüberfahren lassen, weil den Leuten scheißegal ist, was andern passiert. Selbst wenn unsere Köpfe in Flammen stünden, würde niemand sein Tempo drosseln, damit wir die Spur wechseln können. Fahr einfach weiter, Harry.«

»Wenn du haltmachen willst ...«

»Nein. Mir geht's bestens.« Sie starrte durch die Windschutzscheibe hinaus. Die feuchten verschmierten Flecken in ihrem Gesicht trockneten allmählich ein. »Fahr nur weiter.«

Ich beobachtete meine Eltern und wusste, dass ich etwas empfinden müsste, doch da war nichts – nichts außer der Glasscheibe, dem schwarzen Loch, das heißt das, wofür ich nie die richtige Bezeichnung finden konnte. Das, was nicht hätte da sein dürfen, weil ich ein gesunder Junge aus guter Familie war. Ein Junge, dessen Mutter ihm noch nicht einmal dann eine Ohrfeige gab, wenn er sie provozierte, ein Junge, dessen Eltern ihn gerade in eine sündhaft teure Klinik brachten, um ihm das Leben zu retten, obwohl er sich gar nicht retten lassen wollte.

»Warum hast du nicht mit jemandem gesprochen, als du merktest, dass du Probleme hast?«, fragte Nicki.

»Mit wem denn?«

»Zum Beispiel mit deinen Eltern.«

»Und was hätte ich denen sagen sollen? Dass ich das Gefühl habe, hinter Glas zu leben? Hätte sich doch total beknackt angehört.«

»Wenn du ihnen erzählt hättest, dass du mit dem Gedanken spielst, dich umzubringen, hätten sie sich sicher um dich gekümmert.«

Was sie sagte, klang rundum vernünftig. Ich vergrub das Gesicht in meinen Armen und atmete tief durch. Die Couch roch schwach nach Rosen; die Putzfrau sprühte jede Woche etwas darauf, von dem wir in ein paar Jahren wahrscheinlich Krebs bekommen würden.

Ich hätte wissen müssen, was ich mir damit antat, Nicki alles zu erzählen. Wie schlecht ich mich danach fühlen würde. Ich hatte so getan, als sei das alles nur ein Klacks für mich. Ich hatte mir eingeredet, dass ich dem armen Mädchen half, mit dem Tod ihres Vaters fertig zu werden, dass mich das Ganze aber nicht berühren, mich nichts kosten würde.

Zumindest war ich beim Erzählen der Geschichte diesmal nicht zusammengebrochen wie bei der Gruppensitzung in der Klinik, als Val und Jake mich vom Fußboden hatten kratzen und wieder zusammenleimen müssen. Damals hatte ich zum ersten Mal richtig begriffen – im tiefsten Innern und nicht nur im Kopf –, was geschehen wäre, wenn ich den Zündschlüssel umgedreht hätte. Und mir war zum ersten Mal klar geworden, was für Riesenprobleme ich hatte. An jenem Abend war die Glasscheibe zersplittert.

Jetzt, bei Nicki, war es nicht mehr ein solcher Hammer wie beim ersten Mal, trotzdem wühlte es mich mehr auf, als ich erwartet hatte. Es ging nicht mehr darum, Nicki zu helfen. Ich versuchte nur noch, nicht aus der Fassung zu geraten. Warum hatte ich überhaupt angenommen, ich könne ihr helfen? Für wen zum Teufel hielt ich mich eigentlich? Ich war weder ein Arzt noch sonst ein Experte. Ich hatte ihren Vater nie kennengelernt.

Nicki legte mir die Hand auf den Rücken, so wie Val es mal gemacht hatte. »Bist du okay?«

»Ja.«

»Wirklich?«

Ich drehte ihr mein Gesicht zu. »Ja.«

»Tut mir leid, dass ich dich gezwungen habe, mir das zu erzählen.«

»Das hast du nicht.«

Sie sah stirnrunzelnd in Richtung Wand. »Doch. Ich habe so lange gedrängelt, bis du es mir erzählt hast.«

»Hat es dir geholfen?«

»Wie meinst du das?«

»Hast du erfahren, was du wissen wolltest?«

»Das ... das weiß ich nicht.«

Wir starrten einander an. Die Pupillen ihrer grauen Augen hatten sich im Licht, das durch das Fenster hereinkam, zusammengezogen.

Danach gingen Nicki und ich nach draußen, um uns gegenseitig einen Baseball zuzuwerfen. Der Himmel hatte eine undefinierbare Farbe angenommen und sah ungefähr so aus wie schmutzige Milch. Ich weiß nicht mehr genau, wie wir darauf kamen, mit dem Ball zu spielen. Jedenfalls brauchten wir eine Ablenkung und mussten das, was wir zueinander gesagt hatten, erst einmal hinter uns lassen. Einer meiner alten Baseballhandschuhe aus der Zeit, als ich mit Dad trainiert hatte, passte Nicki.

Zielen konnte sie ganz gut, aber ihre Technik war völlig daneben. »*So* musst du es machen«, sagte ich. »Nein … den Arm so nach hinten … passt du überhaupt auf?«

Sie kicherte und versuchte, den Ball auf dem Fuß zu balancieren. »Du brauchst mir nicht gleich Unterricht zu geben, Coach«, sagte sie.

Ich hielt sofort die Klappe. Das kannte ich nur zu gut von meinen Eltern, die früher aus jeder beknackten Sache etwas gemacht hatten, bei dem man »etwas lernen konnte«.

»Es sei denn, du möchtest, dass *ich* dir hinterher Volleyballunterricht gebe«, fuhr sie fort.

»Volleyball?«

»Klar. Letztes Jahr war ich in meinem Team Zuspielerin.«

Ich hatte mich im vergangenen Frühjahr nicht weiter um Baseball gekümmert. Gekonnt hätte ich es, da das Drüsenfieber ja lange genug zurücklag. Ich hatte überhaupt nichts gemacht, wofür ich zusätzlich Zeit an der Schule verbringen musste. Doch Nickis Worte versetzten mir einen Stich, und ich fragte mich, ob ich es dieses Jahr wohl geschafft hätte, ins Baseballteam aufgenommen zu werden. Ich fragte mich, wie gut ich noch gewesen wäre, nachdem ich so lange ausgesetzt hatte. Trotzdem sagte ich nur zu Nicki: »Na los, wirf mir den Ball zu.«

Der Himmel wurde immer dunkler, ohne dass es sich abgekühlt hätte. »Ist das heiß!«, sagte Nicki, während der Ball zwischen uns hin- und herging und in unsere Handschuhe klatschte. »Wenn wir so weitermachen, muss ich noch mal zum Wasserfall.«

»Bin ich dabei.«

»Was man über dich sagt, stimmt wirklich«, meinte sie lachend. »Du lebst ja praktisch am Wasserfall.«

Mein Wurf ging ein bisschen daneben, sodass sie sich strecken musste, um den Ball zu fangen. »Wer sagt das?«

Ihr Gesicht wurde knallrot. »Na ja … dass du dort immer rumhängst, wissen verschiedene Leute. Weil sie dich gesehen haben. Deshalb wusste ich auch, wo ich dich finden kann.«

Sie warf mir den Ball zu, den ich auffing und festhielt. Es war mir nie in den Sinn gekommen, dass sie gezielt nach mir gesucht haben könnte. Ich hatte immer angenommen, unser Treffen am Wasserfall sei reiner Zufall gewesen. »Du hast nach mir gesucht?«

»Ja, doch. Wegen meines Dads, verstehst du.« Sie kratzte sich am Arm und vermied es, mich anzusehen. »Wusstest du das denn nicht?«

»Darüber habe ich nie nachgedacht«, erwiderte ich zögernd. »Ich hab angenommen, dass ich dich einfach nur an deinen Dad erinnere. Dass du deswegen nach mir gesucht hast, wusste ich nicht.«

»Ist doch auch egal. Wir haben ja so oder so über meinen Dad gesprochen.« Sie hob den Kopf und sah mich kurz an. »Willst du mir nicht den Ball zuwerfen?«

»Stimmt schon, ist egal«, sagte ich, aber es war nicht egal, obwohl ich beim besten Willen nicht darauf kam, warum nicht.

»Nun wirf schon«, sagte sie.

Ich stand wie angewurzelt da, während mein Mund immer trockener wurde. »Dann hast du mich also nur benutzt, um meine Selbstmordgeschichte zu hören, ja?«

Am Himmel zogen sich dunkle Wolken zusammen. Auch in meinem Innern wurde es immer finsterer.

Nicki schüttelte den Kopf. »Nein, so war das …«

Ich pfefferte den Ball in ihre Richtung. Sie riss den Arm hoch und der Ball knallte in ihren Handschuh. Sie zog ihn aus und schüttelte die Hand. »Hey, willst du mir die Finger brechen?«

»Was sagen die Leute denn sonst noch über mich?«

»Nichts.« Sie bewegte die Finger hin und her.

»Wirst du ihnen von der Nacht in der Garage erzählen? Dass ich es in meiner Lahmarschigkeit noch nicht mal fertiggebracht habe, den Zündschlüssel umzudrehen?«

Sie trat auf mich zu, und ich machte einen Schritt zurück, weil ich ihre Nähe nicht ertragen konnte, ebenso wenig wie die Vorstellung, dass ich ihr vorhin erlaubt hatte, mich anzufassen. Die schwüle Luft machte mir das Atmen schwer.

»Was ist denn los?«, fragte sie.

»Ich mag es nicht, wenn die Leute diesen Scheiß über mich wissen.«

Die Baumwipfel bewegten sich im Wind hin und her. Nicki streckte die Hand nach mir aus. Der unangenehme Geruch meines Schweißes stieg mir in die Nase. Nicki schien er erstaunlicherweise nicht zu stören. Als sie mir mit den Fingerspitzen über den Arm strich, zuckte ich zurück.

»Fass mich nicht an.«

»Ryan, du benimmst dich wie ein Idiot. Hör mir doch mal zu.«

»Ich *bin* ein Idiot, weil ich dir all diesen Scheiß erzählt habe.« Ich brauchte unbedingt eine Dusche unter dem Wasserfall, brauchte das Getöse, den Schlag ins Gesicht, wenn ich meinen Kopf zurücklegte, um das Wasser auf mich niederprasseln zu lassen. »Warum gehst du nicht zu deinen Freunden, um dich mit ihnen über mich lustig zu machen? Erzähl ihnen, dass ich wie ein Blöder am Wasserfall rumhänge und nicht den Mumm hatte, den Zündschlüssel umzudrehen.«

»Ryan …«

»Und dass ich zu viel rede, vor allem mit den falschen Scheißleuten.«

Sie erstarrte.

»Geh nach Hause. Gleich fängt's an zu regnen.«

Ein kalter Wind blies durch die Bäume und wehte ihr das Haar in die Augen. Ihre Shorts, die zum Trocknen auf der Brüstung der Terrasse lagen, flogen davon. Die Farne und die Büsche, die um unser Haus wuchsen, wurden vom Wind nach unten gedrückt. Nicki blickte zum Himmel hoch.

»Wir sind noch nicht fertig miteinander«, sagte sie, als wäre sie ein Cowboy, der sich zu Highnoon für eine Schießerei verabredete. Sie warf Ball und Handschuh auf die Erde und schnappte sich ihre Shorts. Dann rannte sie in den dunklen Wald, auf das heranziehende Unwetter zu.

7

KURZ NACHDEM NICKI gegangen war, klatschten dicke Regentropfen auf die Erde. Ich schob die Küchenfenster hoch, um den frischen Regengeruch reinzulassen. Als ich die Tür zur Terrasse öffnete, fegte der Wind herein, wehte eine Zeitschrift vom Couchtisch und riss eine Vase vom Küchentresen. Die Vase ging zu Bruch, ohne dass Wasser ausfloss, da Mom nie Blumen hineintat.

»Ryan!« Meine Mutter kam hereingerannt, um alle Fenster und Türen zuzuknallen. Sie mochte es nicht, wenn Luft von draußen reinkam, da diese voller Schmutz und Pollen war, sondern zog gefilterte Luft vor. »Was um Himmels willen soll denn das?«

»Ich wollte das Haus durchlüften.«

»Die Klimaanlage ist doch an. Was ist bloß los mit dir?«

Der Regen pladderte aufs Dach, gegen die Fensterscheiben und auf die Terrasse. Die Wohnzimmerfenster schienen sich zu verflüssigen.

»Was hast du denn den ganzen Tag gemacht?«

Mal überlegen: Ich habe unter dem Wasserfall gestanden, ein angebliches Medium besucht, noch einmal die schlimmste Nacht meines Lebens durchlebt und mich mit Nicki gestritten. »Nicht viel.«

»Man könnte sagen …« Sie musterte mein Gesicht. »… dass du den ganzen Sommer über nicht viel gemacht hast.«

»Es sind doch Ferien.«

»Ryan«, sagte sie, während sie Handfeger und Müllschippe aus dem Wandschrank holte. »Ich glaube, du solltest endlich wieder aktiv werden. Dein Vater und ich, wir sind sehr geduldig gewesen und haben dich nicht an der kurzen Leine gehalten, aber ...«

»*Leine?*«, unterbrach ich sie. »Bin ich vielleicht ein Hund?«

»So habe ich das nicht gemeint.« Sie hielt mir Handfeger und Müllschippe hin. »Komm, feg die Scherben zusammen.«

Ich gehorchte. »Ich bin nicht angeleint.«

»Das war eine unglückliche Formulierung«, erwiderte sie. »Worauf ich hinauswill, ist, dass du ein geregeltes Leben brauchst. Vermutlich war es ein Fehler, dich im Sommer nicht in ein Ferienlager oder einen Sommerkurs zu schicken. Dass du dich so treiben lässt und keine Ziele hast, macht mir Sorgen.«

»Aber ich habe Ziele.«

»Und zwar?«

»Ich werde wieder joggen.« Ich kippte die Glasscherben in den Mülleimer.

»Das ist sehr schön«, sagte sie in honigsüßem Ton. »Aber ich dachte an etwas, das Zukunft hat und nicht nur ein Hobby ist.«

»Könntest du bitte aufhören, mit mir zu reden, als sei ich fünf Jahre alt? Ich war zwar in der Psychiatrie, aber ich bin nicht debil.«

Sie zog scharf den Atem ein. »Es macht dir Spaß, so etwas zu sagen, nicht wahr?«

»Eigentlich nicht.«

Sie klammerte sich an den Küchentresen. »Es macht dir Spaß, mich zu schockieren.«

»Warum sollte dich das schockieren? Schließlich war ich doch in der Psychiatrie.«

Sie schüttelte den Kopf. »Aber du sagst so was immer auf möglichst hässliche Weise. Dr. Briggs meint, das gebe dir das Gefühl, alles unter Kontrolle zu haben.«

Ich hasste es, wenn sie so mit mir redete – als schlage sie in einem Handbuch nach, und zwar unter dem Abschnitt mit der Überschrift »Wie man reagiert, wenn Ryan einen daran erinnert, dass er in der Klapsmühle war«. Ich warf Handfeger und Müllschippe in den Wandschrank, statt sie an die dafür vorgesehenen Haken zu hängen.

»Ryan …« Ihr Gesicht nahm einen weinerlichen Ausdruck an, und ich wusste, dass ich aufhören, dass ich einen Rückzieher machen musste, weil sie beim geringsten Anlass ausflippte. Doch meine Nerven waren zum Zerreißen gespannt, sei es wegen des Geredes meiner Mutter, sei es, weil ich mich vorhin mit Nicki gestritten hatte. Jedenfalls wollte ich unbedingt, dass sie endlich den Mund hielt.

Was sie aber nicht tat. »Ryan, du kannst uns nicht ständig deine Krankheit vorhalten. Das berechtigt dich nicht, unhöflich zu sein. Das …«

»Du bist doch diejenige, die sie mir ständig vorhält.«

Sie verlor die Beherrschung und fing an zu schluchzen, was sofort heftige Schuldgefühle bei mir hervorrief. Ich öffnete die Wandschranktür noch einmal, um Handfeger und Müllschippe ordentlich aufzuhängen. Meine Mutter heulte mit zuckenden Schultern weiter, die Hand gegen die Augen gepresst.

Ich hätte sie umarmen oder ihr zumindest die Hand auf die Schulter legen sollen, aber das brachte ich nicht fertig. Ich stand da und trommelte mit den Fingern gegen meine Beine, während sie schluchzte und ihr die Tränen über die Finger liefen. Nach einer Weile raffte ich mich dazu auf, ein Papiertuch von der Rolle zu reißen und es ihr zu geben.

»Danke«, murmelte sie und tupfte sich das Gesicht ab. »Warum gehst du nicht einfach nach oben«, sagte sie mit ruhiger, belegter Stimme, ohne mich dabei anzusehen.

Als ich in meinem Zimmer war, stand ich eine Weile vor der Tür des Wandschranks. Es juckte mir in den Fingern, die braune Tüte vom obersten Regal zu nehmen und aufzumachen. Warum dieser Drang immer so stark war, wusste ich nicht. Besser fühlte ich mich dadurch jedenfalls nie. Schließlich wandte ich mich vom Schrank ab und ging zum Computer, um zu checken, ob Val oder Jake sich gemeldet hatten. Val war nicht online, aber Jake war da.

»Was treibst du denn so?«, fragte ich.

»Meine Mom will unbedingt, dass ich nach draußen gehe. Ich sage immer, draußen gibt's nichts für mich zu sehen. Dann sülzt sie was vom Rasenmähen, bis ich ein schlechtes Gewissen habe.«

»Kommen Sie in unsere Welt, wo es Wunder wie dieses gibt.« Ich schickte ihm das Bild einer Aubergine, deren Züchter behauptete, sie sehe aus wie Albert Einstein. Nach der Auseinandersetzung mit Nicki und Mom war es eine Wohltat, sich mit Gemüse zu beschäftigen, das angeblich einem berühmten Wissenschaftler ähnelte. Halbwegs konnte ich verstehen, warum Jake sein Zimmer nie verlassen wollte.

»Weißt du, wenn es bei uns im Garten solche Auberginen geben würde, würde ich ja rausgehen, aber da gibt's nur ödes GRAS, das gemäht werden muss«, schrieb Jake. »Warum unser Prachtkerl das nicht machen kann, ist mir ein Rätsel. Wahrscheinlich bräuchte er das Gras bloß scharf anzusehen, damit es sich von selber mäht.«

»Hey, wenn dein Bruder keine Einstein-Aubergine hat, ist er gar nicht so ein Prachtkerl.«

Daraufhin verstummte Jake so lange, dass ich dachte, er sei vielleicht eingedöst. Gerade als ich nachhaken wollte, schrieb er: »Wie ist es denn so für dich in der Schule?«

»Geht so«, antwortete ich, wobei mir einfiel, dass ich mich immer wie ein Eisberg durch die Gänge der Schule schob und die Leute einen großen Bogen um mich machten. »Nicht allzu schlimm.«

»Für mich ist es schlimm.«

»Wieso das?«

Schweigen. Nur der Cursor blinkte. Dann kam Jakes Antwort.

»Weil JEDER weiß, dass ich im Patterson Hospital war.«

»Na und? Das ist bei mir genauso.«

»Und wie benehmen sich die andern?«

»Die meisten halten sich einfach von mir fern. Als hätte ich eine ansteckende Krankheit.«

»Ich wünschte, von mir würden sie sich auch fernhalten.«

Bevor ich etwas erwidern konnte, schrieb er: »Mom brüllt gerade von unten, ich soll den Rechner ausschalten. Bis dann.«

Ich saß eine Weile da und überlegte, warum Jake mich nach der Schule gefragt hatte und was er mit »schlimm« meinte. Ich konnte mir zig Varianten von »schlimm« vorstellen, zig Möglichkeiten, wie in der Schule etwas schieflaufen konnte. Vielleicht hätte man uns allen in der Klinik erst mal einen Kurs zum Wiedereintritt ins normale Leben geben sollen, bevor man uns entließ. Nicht dass ich gewusst hätte, was man uns hätte beibringen können. Vielleicht war es gar nicht möglich, dieser merkwürdigen Situation zu entgehen, dem ganzen Getuschel, den aufdringlichen Blicken, dem spöttischen Grinsen – man musste da einfach durch, ob man wollte oder nicht.

In dem Moment kam eine Nachricht von Nicki rein. Toll. Genau das, was ich brauchte.

Doch obwohl sie die Letzte war, mit der ich mich jetzt auseinandersetzen wollte, konnte ich es mir nicht verkneifen, ihre Mail zu lesen.

»nur für den fall dass du es wissen möchtest ich bin NICHT trocken nach hause gekommen. stell dir mal vor das medium hat angerufen & gesagt mein dad hätte ihr eine botschaft für mich zukommen lassen. ich hab ihr natürlich nicht geglaubt wollte aber wissen was es war. ich bin ja so blöd. es war irgendein gesülze von wegen man müsse das beste aus seinem leben machen blablabla. so was kann sich jeder ausdenken. du warst auch nicht viel besser als wir bei ihr waren & du versucht hast dich in meinen dad zu versetzen aber zumindest hast du es gut gemeint.«

Ich ließ ihre Mail unbeantwortet und stellte mir vor, wie sie klatschnass nach Hause kam und das Medium zurückrief, wahrscheinlich noch bevor sie sich abgetrocknet hatte. Wie sie den Atem anhielt, weil es ja sein konnte, dass Andrea ihr etwas Wichtiges mitzuteilen hatte – und dann die Enttäuschung, als ihr klar wurde, dass es abermals falscher Alarm war.

Und trotzdem konnte ich mich nicht dazu durchringen, ihr zu antworten. Ich konnte es nicht, weil zwischen uns eine Mauer entstanden war.

»Ryan anscheinend bist du immer noch sauer auf mich aber das ist mir egal. von mir aus kannst du so sauer sein wie du willst. ist mir doch schnurz.«

Auch diese Mail ließ ich unbeantwortet.

»übrigens bin ich froh dass du dich nicht umgebracht hast. und jetzt kannst du wieder sauer auf mich sein. ich bin jetzt auch ziemlich sauer auf dich.«

Und diese ebenfalls.

Ich öffnete den Wandschrank, holte das Päckchen oben vom Regal und machte die knisternde Papiertüte auf. Unterschwellig war der Drang, den Pullover anzufassen, immer da, aber jetzt beherrschte er mich derart, dass ich erst, wenn ich es hinter mir hatte, imstande sein würde, mich zu entspannen oder an etwas anderes zu denken.

Ich steckte die Hand in die Tüte und strich über den Pullover, der längst nicht mehr so weich war wie am Anfang, sondern sich ganz rau anfühlte, so als ob man jede Faser und jeden Faden spüren konnte.

Dieses raue Gefühl riss mich aus dem eigenartigen Dämmerzustand, in dem ich mich befunden hatte. Ich machte die Tüte zu und schob sie ins Regal zurück. Es ärgerte mich, dass ich wieder einmal der Versuchung nachgegeben hatte und jetzt gegen Schuldgefühle ankämpfen musste, die mir wie ein Betonklotz auf der Seele lagen.

8

AM ABEND KEHRTE mein Vater nach Hause zurück. Er war Vertreter, aber keiner von der Sorte, die mit einem Köfferchen von Haus zu Haus zieht. Er verkaufte Industrieequipment an Fabriken. Sein Reisepass enthielt Stempel aus aller Welt. Als kleiner Junge hatte ich mir auch so einen Pass gebastelt, mit Stempeln aus Ländern, die es gar nicht gab. Erst in der zweiten Klasse wurde mir klar, dass nicht jedes Kind auf so eine Idee kam.

Mein Vater versprach mir ständig, mich mal auf eine seiner Reisen mitzunehmen, doch immer wenn ich ihn auf eine bestimmte Tour festnageln wollte, sagte er: »Du, mein Terminkalender ist randvoll. Ich hätte überhaupt keine Zeit für dich.« Ich erwiderte dann stets, ich könne doch auch auf eigene Faust losziehen – ich hatte da so meine Vorstellungen, wie ich frei und ungebunden durch die Straßen einer fremden Stadt streifen würde, wo man eine Sprache sprach, die ich nicht verstand –, doch von dieser Idee hielten meine Eltern leider gar nichts.

Als wir uns zum Essen hinsetzten, sah meine Mutter mich mit ihrem üblichen zittrigen Lächeln an. Offenbar hatte sie mir vergeben, dass ich die Vase kaputt gemacht hatte. Sie zerschnitt ihren Fisch in gleiche Teile und achtete strikt darauf, dass er nicht mit den Karotten und den grünen Bohnen in Berührung kam.

»Heute Abend wird im Fernsehen ein Match übertragen«, sagte Dad zu mir. »Wollen wir uns das ansehen?«

»Okay.« Ich wusste nie, ob er diese Vater-Sohn-Nummern abzog, weil er sich dazu verpflichtet fühlte oder weil er Lust dazu hatte, aber im Grunde war mir das egal, da ich sowieso nichts anderes vorhatte.

Mom ging nach oben, sie fand Baseball total langweilig und wollte sich lieber einen Film ansehen. Wir zwei machten es uns auf der Couch im Wohnzimmer gemütlich. Das Gerede von Baseballkommentatoren ist unglaublich entspannend. Man hat immer den Eindruck, als gäbe es für sie nichts Wichtigeres im Leben als das Spiel, das sie gerade verfolgen. Nicht dass ich auf jedes Wort geachtet hätte. Ich mochte es einfach, ihrem Redefluss zuzuhören, all den statistischen Angaben, Zahlen und Namen. Und dabei gelang es mir, alles andere aus meinem Kopf zu verbannen – Nicki, das Medium, Jake, meine Mom.

»Deine Mutter hat erwähnt, dass du wieder joggen willst«, bemerkte Dad während einer Werbepause.

»Oh ... ja ... das hab ich gesagt.«

Er zögerte, bevor er weitersprach. Seit einem Jahr schien er alles, was ich sagte, immer erst abzuwägen und zu analysieren. Oder vielleicht wägte er auch seine eigenen Worte ab, um nichts von sich zu geben, was mich aus dem Gleichgewicht und wieder in die Klapse bringen könnte. »Denk dran, dass unten das Laufband steht. Das kannst du jederzeit benutzen.«

»Ich weiß. Aber ich will draußen trainieren.« Das Laufband war zur Sache meiner Mutter geworden. Ich wollte nicht mehr in einem geschlossenen Raum laufen, wo man nur die Wände um sich herum sah. Seit meiner Entlassung aus der Klinik hatte ich mich abgeschottet gefühlt und wie in Watte gepackt. Jetzt merkte ich, dass ich das dringende Bedürfnis hatte, aus dieser Ummauerung auszubrechen.

»Sehr schön«, erwiderte Dad eine Spur zu begeistert. Ich fragte mich, ob meine Eltern es wohl je schaffen würden, wieder unverkrampft mit mir umzugehen.

Bevor ich ins Bett ging, kramte ich in meinem Wandschrank herum, bis ich die Laufschuhe fand, die Dad mir Anfang des Sommers gekauft hatte. Im Juni hatte ich ihm erzählt, dass ich wieder joggen wollte, worauf er mit mir nach Seaton gefahren war, um diese Schuhe zu besorgen. »Schön, dass du dich wieder für was interessierst«, hatte er gesagt, während ich die Schuhe anprobierte, und mich dabei angestrahlt, als hätte ich gerade eine Olympiamedaille nach Hause gebracht. Doch ich hatte die Schuhe kein einziges Mal getragen, sondern sie in meinem Wandschrank verstaut. Allein der Kauf war ein ausreichend großer Schritt gewesen.

Ich zwang mich, nicht zu der braunen Tüte im obersten Regal hochzublicken, und konzentrierte mich auf die Schuhe. Nachdem ich sie dem Karton entnommen und aus dem knisternden Seidenpapier gewickelt hatte, stellte ich sie neben mein Bett auf den Fußboden. Sie rochen nach Gummi und neuem Plastik. Sie rochen nach Neuanfang.

Val war online und beantwortete eine Mail, die ich ihr vorhin geschickt hatte. »Sie haben geläutet, Sir?«

»Ja«, antwortete ich. »Ich hab einen beschissenen Tag hinter mir. Ich hab beschissene Sachen zu anderen gesagt & weiß noch nicht mal genau, warum.«

»Zu wem denn?«

»Erinnerst du dich an das Mädchen, von dem ich dir erzählt habe? Sie wollte die ganze Garagengeschichte hören.«

»Und? Hast du sie ihr erzählt?«

»Ja.«

»Ihr müsst euch schon ziemlich nahestehn, wenn du dich darauf eingelassen hast.«

»Das lag daran, dass sie mir eine Menge von ihrem Vater erzählt hat. Und da hab ich ihr eben auch meine Geschichte erzählt.« Ich hielt kurz inne, um dann hinzuzusetzen: »Wenn man es recht bedenkt, bin ich damals in der Garage eigentlich nicht sehr weit gegangen. Erinnerst du dich noch, dass Alex immer sagte, es könne gar nicht als echter Versuch gelten? Dass ich nicht versucht hätte, mich umzubringen, sondern versucht hätte, es zu versuchen.«

»Hältst du das für ’nen Wettbewerb oder was? Nach dem Motto: *Wer hat ernsthaftere Absichten, sich um die Ecke zu bringen?* Und der Gewinner endet dann in einer Kiste, ja? Toller Erfolg!«

»Weiß auch nicht.«

Sendepause. Der Cursor blinkte mich an.

»Du fehlst mir«, schrieb Val schließlich. »Solche Gespräche fehlen mir.«

»Mir auch.«

»Ich hab ein Lied geschrieben. Soll ich es dir schicken?«

»Klar.«

»Aber du musst es dir gleich anhören, okay?«

»Okay.«

Sie schickte mir den Link und ich spielte das Lied ab. Es war ein Instrumental für Klavier und Gitarre, in das an ganz unerwarteten Stellen eine Flöte einfiel. Das Lied war wie Val selbst, spiegelte ihre düstere und ihre humorvolle Seite wider, ihre Offenheit für alles, ihre Angewohnheit, das Leben über sich hinweg- und durch sich hindurchfließen zu lassen. »WOW«, schrieb ich.

»Gefällt’s dir?«

»Es ist unglaublich gut. Welches Instrument hast du gespielt?«

»Klavier und Flöte. Mein Bruder die Gitarre.«

Wir unterhielten uns noch eine Weile über das Lied – wie lange sie gebraucht hatte, es zu schreiben, wie sie es aufgezeichnet hatte, was ihr Bruder dazu meinte. Ich wollte mich einfach nicht von ihr trennen und hatte eine Heidenangst vor dem Moment, da unser Gespräch zu Ende sein würde.

Damals im Patterson Hospital dachte ich manchmal – vorausgesetzt, ich war nicht gerade damit beschäftigt, meine eigene Vernichtung zu planen –, dass Val mich möglicherweise mochte. Allerdings hatte sich in der Klinik nie etwas zwischen uns abgespielt, sah man einmal von dem Funken ab, der übergesprungen war, als sie mir nach ihrem Konzert die Finger ums Handgelenk gelegt hatte. Jetzt, wo wir wieder draußen waren, spielte ich manchmal mit dem Gedanken, ihr zu sagen, wie die Sache für mich stand und wie sehr ich sie mochte. Vielleicht hätte ich es schon längst gewagt, wenn sie nicht so weit weg gewohnt hätte.

Aber was, wenn sie kein Interesse hatte? Das würde unsere ganze Beziehung kaputt machen und ich stünde mit nichts da. Deshalb verabschiedete ich mich auch heute, ohne ihr etwas zu sagen.

Meine schlimmste Befürchtung dabei war, dass Val sich so verhalten könnte wie damals Amy Trillis. Obwohl Val ja völlig anders war als Amy.

Ich hatte Nicki erzählt, meine Probleme hätten angefangen, nachdem wir aus West Seaton weggezogen waren, aber das entsprach nicht ganz der Wahrheit. Von Zeit zu Zeit hatte ich dieses Glasscheibengefühl schon vorher gehabt, wenn auch nie so stark. Jedes Mal, wenn es sich einstellte, versuchte ich, mich abzulenken, indem ich joggte oder Baseball spielte oder sonst was machte, bis das Gefühl wieder verschwand.

Und dann war an meiner alten Schule auch noch diese Sache mit Amy Trillis gewesen.

Wenn ich so zurückdenke, bin ich mir nicht mal mehr sicher, warum ich Amy überhaupt mochte. Jedenfalls war ich schwer in sie verknallt, dachte nur noch an sie und bekam Herzklopfen, sobald sie in meiner Nähe war, obwohl ich nie ein Wort mit ihr wechselte. Jeder an der Schule kannte sie. Sie war damals im zweiten Jahr, war stellvertretende Klassensprecherin, ein Star des Fußballteams der Mädchen und eine der Redakteurinnen der Schülerwebsite. Sie schien immer genau zu wissen, was sie sein wollte und wer sie war.

Auch ihr Lachen mochte ich. Es hatte etwas Warmes an sich, etwas, das den Wunsch in mir weckte, mich sofort an sie zu schmiegen.

Wir waren im selben Geschichtskurs. Sie saß rechts vor mir, und so konnte ich sie beobachten, ohne dass es zu auffällig wurde. Sie benutzte einen glitzernden grünen Kugelschreiber, auf dem sie ständig herumkaute. Manchmal fielen ihr die schwarzen Locken seitlich ins Gesicht, sodass ich ihre Mimik nicht mehr verfolgen konnte. Unablässig wanderte mein Blick von der Rundung ihrer Schultern über ihren Pullover. Obwohl sie weder tief ausgeschnittene Shirts noch hautenge Kleidung trug, konnte man ihren Körper sehen. Alles, was sie anhatte, stand ihr und brachte ihre Formen zur Geltung.

Ich beobachtete sie, hatte aber nie den Mut, sie anzusprechen. Sie zu beobachten war, als sähe ich jemand auf dem Fernsehbildschirm, so weit weg schien sie mir zu sein.

Eines Tages, als wir beide fehlten, mussten die Schüler der Klasse für ein bestimmtes Projekt Zweiergruppen bilden. Am nächsten Tag kam die Lehrerin in den Aufenthaltsraum und teilte mir mit, dass nur noch Amy und ich übrig seien. Deshalb passte ich Amy vor dem Geschichtskurs im Gang ab. Da ich noch nie mit ihr gesprochen hatte, hatte ich meinen Text vorher gut einstudiert.

»Mrs Bruno hat gesagt, wir sollen dieses Projekt zusammen machen, weil alle anderen schon Partner haben.«

Amy trat einen Schritt zurück und musterte mich von oben bis unten, als hätte ich eine ansteckende Hautkrankheit. »Nein, danke«, sagte sie.

Ihre zwei besten Freundinnen, die ihr in den Pausen immer hinterherdackelten, kicherten. Mein Gesicht wurde rot und röter.

»Nur wir zwei sind übrig«, erklärte ich ihr noch mal. Es war ja schließlich nicht so, als hätte ich sie gefragt, ob sie ein Kind von mir bekommen wolle. Hier ging es nur um eine *Projektarbeit*.

Sie warf den Kopf zurück. »Dann tausche ich eben mit jemand.« Anschließend drehte sie sich um und packte eine ihrer Freundinnen beim Arm, worauf alle drei in Gelächter ausbrachen. Dieses Gelächter war für mich wie ein Schlag in die Magengrube. »Gott, das ist doch der bescheuerte Typ, der mich im Unterricht immer so anstarrt«, sagte Amy, ohne die Stimme zu senken. Mir wurde siedend heiß, und in meinem Kopf schien ein Bienenschwarm zu summen, so laut, dass er fast – aber nur fast – das Kichern der Mädchen übertönte.

Als sie sich davonmachten, lachten sie so sehr, dass sie sich kaum aufrecht halten konnten. Allen Blicken ausweichend, trottete ich schweißgebadet zu meinem Spind. Ich hatte das Gefühl, jeder in der Schule müsse gehört haben, was gerade passiert war. Immerzu gingen mir Amys Worte im Kopf herum, versetzten mir einen Stich nach dem anderen und demütigten mich immer wieder aufs Neue.

Und dann war die Glasscheibe da, und die Welt schien ein Stück zurückzuweichen, sodass ich zumindest wieder Luft bekam.

Später in der Klasse kam Martin Reyes zu mir, um mir mitzuteilen, er habe mit Amy getauscht. Ich sagte okay, sei mir auch recht. Solange wir an diesem Kurs teilnahmen, blickte ich nie wieder zu Amy hin. Ich hasste es, wenn die Lehrerin auf der rechten Seite stand, wo Amy in mein Blickfeld geraten wäre, und vermied es, in diese Richtung zu sehen, sodass Mrs Bruno mir vorwarf, nicht aufzupassen.

Das alles war schon schlimm genug – aber damit war die Geschichte mit Amy Trillis noch nicht zu Ende. Danach gab es noch den Vorfall in der Bibliothek, wo ich tatsächlich dachte, ich sei dabei, den Verstand zu verlieren. Dass wir aus West Seaton weggezogen, war zwar eine Erleichterung, doch dieses entsetzliche Gefühl der Demütigung und der Scham folgte mir und setzte sich in mir fest. Nichts von alldem ließ ich wirklich hinter mir.

9

WÄHREND DES ERSTEN JAHRS im neuen Haus war ich nur selten nach draußen gegangen. Es dauerte eine ganze Weile, bis ich mich in den Wald und die nähere Umgebung vorwagte. Doch im vergangenen Frühling hatte ich den Wasserfall entdeckt, was dann zu weiteren Streifzügen führte.

Am Morgen nach unserem Besuch bei dem Medium joggte ich durch den Wald. Um mich herum spritzte Schlamm auf und gelegentlich rutschte ich auf glitschigen Baumwurzeln aus. Von den Ästen der Kiefern und Schierlingstannen tropfte Tau, der trotz der frühen Stunde sofort verdampfte und die Umgebung in Dunst hüllte. Da ich seit mehr als einem Jahr nicht mehr gejoggt hatte, war ich in miserabler Form und keuchte mir die Seele aus dem Leib. Doch das machte mir nichts aus. Es gefiel mir, wie das Blut durch meine Adern brauste. Sogar dass ich schwitzte, gefiel mir. Von der Glasscheibe war weit und breit nichts zu spüren.

Dafür gingen mir ständig Nickis letzte Mails im Kopf herum. Keine Ahnung, wie sie es schaffte, sich mit ihren wisprigen Kleinbuchstaben in meinen Kopf zu drängen. Jedenfalls gelang es mir nicht, sie loszuwerden. Obwohl ich nur laufen und an gar nichts denken wollte, hörte ich in einem fort: »ich bin froh dass du dich nicht umgebracht hast … ich bin jetzt auch ziemlich sauer auf dich …«

Ich folgte dem Pfad, der vom Wasserfall wegführte und mich

zum Rand eines alten Steinbruchs brachte, wo der Weg abrupt aufhörte. Als ich nach unten blickte, sah ich eine schroffe Felswand. Der Boden des Steinbruchs war mit Gesteinsbrocken und Geröll bedeckt.

Obwohl mir der Schweiß über den Rücken lief und meine Beine vor Anstrengung zitterten, spazierte ich am Rande des Steinbruchs entlang. Die hohe Felswand fiel steil nach unten ab. Ich kickte einen Stein über den Rand und beobachtete, wie er unten aufschlug, und dabei fiel mir ein, wie ich Val einmal von meinem Wunsch, fliegen zu können, erzählt hatte.

Der Rand war mit einem Maschendrahtzaun gesichert, der aber inzwischen verrostet war und an verschiedenen Stellen Löcher hatte. Ich griff nach dem rostigen Draht.

Das Problem mit Nicki war, dass ich ihr helfen wollte, aber nicht wusste, wie ich das anstellen sollte. Sie schien immer anzunehmen, dass ich mehr wusste, als tatsächlich der Fall war, dass ich ihr ein entscheidendes »Geheimnis« vorenthielt.

Ich hatte zwar Geheimnisse, aber die hatten nichts mit Nickis Vater zu tun.

Ich hielt mich am Draht fest und beugte mich ein Stück über den Rand, wich aber sofort wieder zurück. Große Höhen hatten etwas an sich, das mich magisch nach unten zog, was aber nichts, wirklich rein gar nichts mit dem Wunsch zu sterben zu tun hatte. Vielmehr fühlte ich mich durch und durch lebendig, ein absoluter Kontrast also zu jener inneren Erstarrung, wegen der ich damals in die Klinik gekommen war.

Nickis Gewisper schlängelte sich wieder in meine Gedanken und nistete sich dort ein. Unwillkürlich musste ich daran denken, wie sie vor Andreas Haus geweint und wie sie mir die Hand auf den Rücken gelegt hatte, als ich ihr die Garagengeschichte erzählte.

Ich kickte einen weiteren Stein über den Rand.

Ich war wirklich noch nicht fertig mit Nicki, das wusste ich. Möglicherweise konnte ich ihr nie die Antworten geben, die sie hören wollte. Trotzdem waren wir noch nicht fertig miteinander.

Auf dem Rückweg kam ich am Wasserfall vorbei, doch Nicki war nicht da. Nachdem ich zu Hause geduscht hatte, ging ich zu ihrem Haus hinunter. Da der Weg steil bergab führte, zitterten mir wieder die Beine.

Kent saß in der Auffahrt und rauchte – diesmal nur eine Zigarette.

»Ist Nicki da?«, fragte ich.

Seine Augenbrauen schossen in die Höhe. »Was läuft denn da zwischen euch?«

»Ich möchte nur mit ihr sprechen.«

»Also, ich hab's dir ja schon mal gesagt. Geh vorsichtig mit ihr um.« Er starrte mein nasses Haar an. »Warst du wieder unter diesem beschissenen Wasserfall?«

»Heute nicht.« Ich verstand nicht ganz, warum ihn das so beschäftigte, es sei denn, er meinte, mein Verhalten sei ein schlechtes Beispiel für Nicki. »Warum interessiert dich das?«

Er zuckte die Achseln. »Tut's nicht. Von mir aus kannst du dich so lange da runterstellen, bis dir der Schädel platzt.« Er stieß eine dicke Rauchwolke aus, dann machte er eine ruckartige Kopfbewegung in Richtung Haus. »Nicki ist oben in ihrem Zimmer.«

Nachdem ich vorsichtig über einen leeren Motorölkanister, einen Steinhaufen und eine kaputte Harke gestiegen war, klopfte ich an die Haustür. »Geh einfach rein«, sagte Kent. »Nicki ist oben. Sonst ist niemand im Haus.«

Es war ein merkwürdiges Gefühl, die Tür eines fremden Hauses zu öffnen und hineinzugehen, doch da Kent mich beobachtete, machte ich es einfach. Die Decke des Wohnzimmers war so niedrig, dass ich Beklemmungen bekam. Der Raum war voller Sofas, Teppiche, Tische, Zeitschriften, Werkzeuge, Kaffeetassen und ich weiß nicht, was sonst noch. Jedenfalls hatte ich den Eindruck, von Sachen umzingelt zu sein und keine Luft mehr zu kriegen. Es roch nach Pfeffer, Kohl, Zimt, Hund, Benzin und Moder. Dann wurde mir klar, warum die Luft hier so zum Schneiden war: Die Klimaanlage war nicht an, die Fenster geschlossen.

Ich ging die knarrende Treppe hoch, die mit einem fadenscheinigen schmutzig braunen Teppich bedeckt war. Oben blieb ich stehen.

»Nicki!«, rief ich.

Eine der Türen im Gang öffnete sich. »Was machst du denn hier?«

»Ich möchte mit dir reden.«

Sie schob die Hüfte vor, und ich rechnete damit, dass sie mich gleich zum Teufel schicken würde. Doch dann machte sie die Tür weit auf und trat zurück. Ich ging in ihr Zimmer. Dieser Raum war noch vollgestopfter als das Wohnzimmer: ein Bett, übersät mit Kissen, zerknitterten Laken und Zeitschriften; eine Kommode, zwischen Wand und Bett gequetscht, auf der unglaublich viel stand und lag – Flaschen mit Nagellack, Saftgläser, Filzstifte, Batterien …

»Was willst du?« Nicki pflanzte sich auf einen Hocker vor der Kommode, über der ein großer Spiegel hing. »Die Trainingshose? Die ist noch in der Wäsche.«

Ich hatte ganz vergessen, dass Nicki sich gestern eine Trainingshose ausgeliehen hatte, nachdem ihre Kleidung völlig durchnässt gewesen war. »Oh … das eilt nicht.« Ich setzte mich hinter ihr aufs Bett, sodass unsere Blicke sich im Spiegel begegneten. Offenbar hatte ich mich auf einer aufgeschlagenen Zeitschrift niedergelassen. Trotzdem blieb ich sitzen, da ich ruhig und konzentriert wirken wollte, wenn ich sagte, was ich mir vorgenommen hatte.

»Es tut mir leid«, sagte ich.

»Was denn?«

»Dass ich gestern deine Mails nicht beantwortet habe.«

Sie schraubte eine Flasche mit Nagellack auf. Der Geruch verbreitete sich im Zimmer. Obwohl mir der Geruch gefiel, nahm ich an, dass er schädlich war und man diese chemischen Dämpfe nicht zu tief einatmen durfte. Sie strich sich mit dem kleinen Pinsel über den Daumennagel: Silber. »Warum bist du denn so ... so misstrauisch geworden? Was dachtest du denn, was ich vorhatte?«

Ich fuhr mir mit der Hand durchs Haar, sah im Spiegel, wie es zu Berge stand, und strich es schnell wieder glatt. »Weißt du, ich rede nicht mit vielen Leuten über diese Sache.«

»Ich habe niemandem erzählt, was du mir erzählt hast.« Sie lackierte ihren Daumennagel zu Ende und blies ihn trocken. Nachdem sie die Flasche wieder zugeschraubt hatte, begutachtete sie den silbernen Fingernagel. »Ich hatte immer vor, mit dir über meinen Dad zu reden, aber das heißt nicht, dass ich nur Informationen aus dir ... rausquetschen wollte, um dann wieder zu verschwinden.« Nicki blickte erneut in den Spiegel, um mich anzusehen. »Es macht mir Spaß, mit dir rumzuhängen und über Bücher zu reden und so. Meine Brüder lesen kaum was, und die anderen in der Schule reden nicht mit mir über solche Dinge, weil sie meinen, dafür sei ich zu dumm.«

Ich glaubte ihr – obwohl mir nicht ganz klar war, wie jemand den Fehler machen konnte, Nicki zu unterschätzen.

»Du vertraust mir doch ein bisschen, stimmt's?«, fuhr sie fort. »Sonst wärst du ja nicht hier.«

Das tat ich, Gott weiß, warum. Vielleicht hing es damit zusammen, dass sie mir immer so wehrlos vorkam. Vielleicht lag es auch an der Art und Weise, wie sie mich ansah. Oder daran, dass sie sich meine Garagengeschichte angehört hatte, ohne mir hinterher gute Ratschläge zu erteilen und mir zu sagen, was ich falsch gemacht hatte. Bevor ich etwas erwidern konnte, fragte sie: »Vertraust du *überhaupt* jemand?«

»Ja, doch.« Ich schluckte. »Meinem Dad. Meinem Freund Jake. Und Val.«

»Wer ist Val? Deine Freundin?«

»Nicht wirklich.« Jetzt zog ich doch die Zeitschrift unter meinem Hintern hervor und packte sie auf das Wandbrett neben mir, wo schon ein Volleyball und ein Fußball lagen. Über dem Brett hatte Nicki ein Poster an die Wand geklebt, auf dem ein braun gebrannter Typ zu sehen war, der kraftstrotzend auf einem Surfbrett über die Wellen ritt, was mir das Gefühl vermittelte, noch blasser und noch weniger in Form zu sein, als es ohnehin der Fall war. Rasch wandte ich den Blick vom Poster ab.

Nicki schraubte eine weitere Flasche auf und machte sich daran, ihren Zeigefinger hellblau zu lackieren. »Was soll das heißen? Ist sie es oder ist sie es nicht?«

»Sie ist es nicht.«

»Und warum nicht?« Sie hob den Kopf und sah mich an. »Hat sie dir einen Korb gegeben? Oder hast du sie nie gefragt?« Sie zeigte im Spiegel mit dem Nagellackpinsel auf mich. »Warte, lass mich raten. Du hast sie nie gefragt.« Mittlerweile kannte sie mich schon ganz gut.

»Es war schwer, den richtigen Moment zu finden, da in der Klinik die ganze Zeit für Elektroschocks und fürs Körbeflechten draufging.« Nicht dass ich je Körbe geflochten oder Elektroschocks bekommen hätte. Doch Nicki redete weiter, ohne auf meine Bemerkung einzugehen.

»Du solltest sie fragen«, sagte sie.

»Vergiss es.«

»Wieso denn? Geht sie schon mit jemand? Steht sie auf Mädchen? Will sie Nonne werden?«

»Nein.«

»Na also.« Sie streckte die Hand aus, um die zwei lackierten Fingernägel zu bewundern.

Ich fuhr mir mit der Zunge über die Unterlippe. Allmählich bedauerte ich es, hierhergekommen zu sein. Musste sie unbedingt mein nicht vorhandenes Liebesleben analysieren? Wie waren wir eigentlich auf dieses Thema gekommen? »Sie wohnt zu weit weg«, erwiderte ich.

»Wo denn?«

»In Pendleton.«

Nicki runzelte die Stirn. »Das ist nur drei Stunden von hier.«

»Mit dem Auto. Und ich hab keins.«

Sie seufzte. »Du gibst zu schnell auf«, stellte sie in oberlehrerhaftem Ton fest – was in bizarrem Kontrast zu ihren schmutzigen nackten Füßen, dem zu kleinen, mit lustigen Nilpferden bedruckten T-Shirt und dem knalligen Nagellack stand. »Wenn du im Leben was erreichen willst, musst du die Initiative ergreifen. Du musst hartnäckig sein.« Sie nahm eine Flasche mit Nagellack und schüttelte sie. »Wie ich zum Beispiel – *ich* suche nach einem anderen Medium.«

Ich stieß ein Stöhnen aus.

»Das meine ich ernst. Ich werd schon jemand Besseres finden. War doch irgendwie blöd, anzunehmen, ausgerechnet in Seaton, am Arsch der Welt, würde ein Medium wohnen, das was taugt.«

»Nicki«, sagte ich so sanft wie möglich. »Warum gibst du diese Sache nicht auf?«

»Weil ich meinen Dad geliebt habe. Und mit ihm sprechen will. Weil ich, wie ich gerade gesagt habe, nie aufgebe.«

Tja, darauf konnte man nicht viel erwidern. Höchstens, dass das alles völlig sinnlos war.

Sie trug Lack – diesmal irgendeine gräuliche Farbe – auf den Nagel ihres Mittelfingers auf. Auf der Flasche konnte ich das Wort »Zinn« entziffern, ein treffender Name für etwas so Hässliches.

»Ich werde dich zu Val bringen«, verkündete sie.

»Was?«

»Wir nehmen Matts Truck. Ich fahre, denn du kannst bestimmt keinen Truck fahren. Du brauchst nur das Benzin zu bezahlen. Und wenn wir da sind, werde ich dir sogar verraten, was du Val sagen musst, falls du das auch nicht allein auf die Reihe kriegst.« Sie wedelte die Hand mit dem frisch lackierten Fingernagel hin und her.

»Du kannst doch gar nicht fahren.«

»Natürlich kann ich das, auch wenn ich für einen Führerschein noch zu jung bin. In unserer Familie lernt man mit dreizehn Auto fahren. Ich mach das ständig.«

»Wir werden *nicht* zu Val fahren.« Ich sehnte mich so nach ihr, dass meine Nerven anfingen zu vibrieren, als Nicki mir ihren Plan unterbreitete. Trotzdem war ich nicht so verrückt, in Matt Thorntons Klapperkiste zu steigen und mich auf eine illegale Fahrt mit einem Mädchen einzulassen, deren Fingernägel zehn verschiedene Farben hatten und deren Hauptziel im Leben darin bestand, den Geist ihres verstorbenen Vaters aufzuspüren.

»Doch, werden wir.«

»Warum willst du das überhaupt machen?«

»Erstens mal, weil ich dir was schuldig bin. Du bist ja auch zu dem Medium mitgekommen.«

»Aber …«

»Zweitens fahre ich gern Auto. Macht mir Spaß.«

Und es macht dir Spaß, andere zu manipulieren, dachte ich bei mir.

»Außerdem musst du unbedingt aufhören, dich insgeheim nach diesem Mädchen zu verzehren. Tut richtig weh, das mit anzusehen.«

»Ich *verzehre mich nicht insgeheim.*« Gott, wie ich das hasste, weil es mich an Amy Trillis erinnerte. Ich war so aufgewühlt, dass ich fast ein Kissen nach Nicki geworfen hätte. »Kümmere dich lieber um deine eigenen Angelegenheiten.«

»*Willst* du denn nicht hinfahren?« Sie drehte sich zu mir um. »Wie lange kann man es denn durchhalten, etwas zu wollen und nichts dafür zu tun? Das ist wie …«

Sie verstummte. Ihre Worte hallten in meinen Ohren wider. Darum ging es in meinem ganzen Leben und das wusste sie: um Wollen statt um Tun. Um diese verdammte Unentschlossenheit.

10

MITTEN IN DER NACHT wurde ich von einem dumpfen, rhythmischen Stampfen aus dem Schlaf gerissen. Ich drehte mich auf die andere Seite und hoffte, die Geräusche würden wieder aufhören, was sie aber nicht taten. Immer stärker drang dieses Stampfen in mein Bewusstsein, bis ich schließlich hellwach war und zur Decke hochstarrte. Die Geräusche waren mir vertraut, obwohl ich sie nicht einordnen konnte und nicht wusste, warum ich sie ausgerechnet um – ich wälzte mich nach links, um einen Blick auf die Leuchtziffern meiner Uhr zu werfen – 1:12 morgens hörte.

Ich stieg aus dem Bett und folgte den Geräuschen, indem ich den Korridor entlang- und die Treppe hinunterging. Im Wohnzimmer blieb ich stehen. Der Mond schien durch die riesigen Fenster herein und tauchte die Möbel in silbernes Licht. Die Geräusche kamen von unten, aus dem Fitnessraum. Da mein Dad oben vor sich hin schnarchte, wusste ich, wer im Souterrain war. Nachdem ich kurz überlegt hatte, ob ich wirklich herausfinden wollte, warum sie mitten in der Nacht trainierte, begab ich mich nach unten.

Mom war auf dem Laufband zugange. Ihre Haut glänzte vor Schweiß und sie hatte sich mit Ohrstöpseln gegen ihre Umgebung abgeschottet. Offenbar spürte sie meinen Blick, denn sie drehte sich zu mir um und nahm einen der Ohrstöpsel heraus. »Wieso bist du denn um diese Zeit noch auf?«

Ich fuhr mir über den Kopf, wobei mein zerzaustes Haar noch mehr in Unordnung geriet. »Dasselbe könnte ich dich auch fragen.«

»Ich habe mein Training heute noch nicht absolviert. War ein langer Arbeitstag.«

Ich verkniff mir die Frage, warum sie nicht einfach zu Bett gegangen war und »scheiß aufs Laufband« gesagt hatte. An ihren Trainingstagen trainierte meine Mutter, egal was passierte. Wenn sie bis 1:12 morgens brauchte, um zu diesem Punkt auf ihrer Aufgabenliste zu gelangen, dann trainierte sie eben um 1:12. Während sie mit mir sprach, marschierte sie unverdrossen weiter auf dem Laufband.

»Stimmt was nicht?«, fragte sie.

Abgesehen davon, dass meine Mutter wie eine Irre mitten in der Nacht trainierte? »Nein, nein.«

»Ist wirklich alles mit dir in Ordnung?«

»Ja. Ich bin nur aufgestanden, um nachzusehen, was das für Geräusche sind.« Mir wurde bewusst, dass sie, wenn ich noch länger hier unten blieb, sich immer mehr Sorgen machen und mich ohne Ende mit Fragen wie *geht es dir wirklich gut* löchern würde. »Gute Nacht«, sagte ich und ging wieder nach oben.

Am nächsten Morgen war es drückend heiß. Trotzdem joggte ich durch den Wald, bis meine Arme mit Hitzepickeln bedeckt waren. Wenn man anfängt zu trainieren, findet man leicht irgendwelche Vorwände und Ausreden, es nicht zu tun. Der Trick besteht darin, all diese Vorwände zu ignorieren und die Sache fest entschlossen durchzuziehen.

Andererseits ist das vermutlich genau die Einstellung, die Leute veranlasst, mitten in der Nacht aufs Laufband zu steigen.

Ich rannte zum Steinbruch, spazierte am Rand entlang und kickte ein paar Steine in den Abgrund. Ich malte mir aus, wie es sich anfühlen würde, mich nach unten zu stürzen und durch die Luft zu fliegen. Das Problem war natürlich das Landen. Wenn es doch bloß eine Möglichkeit gegeben hätte, diesen Sturz zu erleben, den Wind auf der Haut zu spüren, ohne zum Schluss auf die Erde aufzuklatschen. Das erinnerte mich an ein T-Shirt, das Jake manchmal angehabt hatte, mit der Aufschrift: »Schwerkraft ist scheiße.«

Ich hatte Bücher gelesen über Leute, die mit kleinen Flugzeugen, Segelfliegern und Heißluftballons flogen, doch all das würde mir nicht das geben, worauf ich aus war. Ob ich es mit Bungeejumping probieren sollte? Oder mit Fallschirmspringen?

Als ich wieder zu Hause war, suchte ich im Internet nach Organisationen, die Fallschirmspringerkurse anboten, und entdeckte einige, die ganz in der Nähe waren. Nach nur einem Tag Training durfte man dort schon einen Tandemsprung machen.

Ich schickte Jake eine Mail (»Bist du da?«), weil ich wissen wollte, was er von der Idee mit dem Fallschirmspringen hielt, bekam aber keine Antwort. Was seltsam war, weil Jake eigentlich immer da war. Andererseits war es vielleicht gut, dass er es nicht war. Vielleicht hatte er endlich mal sein Zimmer verlassen.

Ich hatte eine Mail von Nicki, in der sie mir Einzelheiten über unsere Fahrt zu Val mitteilte, die morgen stattfinden sollte. Ich atmete tief durch und rief Val an.

»Wirklich?«, sagte Val. »Du bist morgen hier?«

»Ja. Eine Freundin von mir fährt zu ihrer Cousine und nimmt mich mit.« Das war die offizielle Version. Ich konnte Val ja schlecht erzählen, dass wir einzig und allein deshalb nach Pendleton kamen, um sie zu besuchen. Erst einmal musste ich herausfinden, ob sie mich überhaupt sehen wollte.

»Dann musst du unbedingt vorbeikommen. Falls du Zeit hast.«

»Denke schon. Gegen elf müssten wir da sein.«

»Dann können wir ja zusammen mittagessen. Ist ja toll. Kann's kaum erwarten, dich wiederzusehen.«

Kann's kaum erwarten. War das bloß eine nette Bemerkung, weil sie es schön fand, einem alten Freund wiederzubegegnen? Oder war da ein Unterton in ihrer Stimme, etwas, das sich damit vergleichen ließ, wie sie mich bei unserem letzten Treffen angefasst hatte?

Vielleicht sollte ich einfach froh sein, dass sie mich sehen wollte. Vielleicht sollte ich das Gespräch schnellstens beenden, bevor ich zu viel sagte.

»Dann bis morgen«, erwiderte ich. Mir war ganz flau im Magen und ich hatte einen Kloß im Hals. Morgen. Nach einem Jahr würde ich Val morgen endlich wiedersehen.

Beim Abendessen dachte ich immer noch über das nach, was mir am Rande des Steinbruchs durch den Kopf gegangen war, als ich mir vorgestellt hatte zu fallen, ohne unten aufzuschlagen.

»Als du heute Morgen gejoggt hast, war ein Mädchen hier und hat nach dir gefragt«, teilte Mom mir mit. »Ich hab sie schon mal in unserer Gegend gesehen ... kann mich aber nicht an ihren Namen erinnern ...«

»Ein Mädchen?«, erwiderte ich. Erst dann begriff ich, dass sie Nicki meinte. Nicki war für mich kein Mädchen, zumindest nicht in dem Sinne wie Val. »Oh, Nicki Thornton. Sie wohnt unten an der Route 7.« Ich spießte ein paar grüne Bohnen auf. »Da fällt mir ein, dass wir morgen eine Tageswanderung machen und was zu essen mitnehmen wollen und so.« Das würde erklären, warum ich den ganzen Tag weg war.

»Denk dran, dein Handy einzustecken, damit ich dich erreichen kann. Ist sie deine Freundin?«

»Nein.«

»Wenn sie eine Zahnspange getragen hätte, wäre sie ein sehr hübsches Mädchen geworden«, stellte meine Mutter fest. »Aber diese Zähne!«

»Was soll denn mit ihren Zähnen nicht stimmen?«

»Sie hat einen Überbiss.« Mom schob die Zähne vor, um es meinem Vater zu demonstrieren. »So sieht sie aus.«

»Ist ja gar nicht wahr.« Möglicherweise hatte Nicki einen leichten Überbiss, der mir aber nie besonders aufgefallen war. So, wie meine Mutter es demonstriert hatte, wirkte es jedenfalls monströs.

»Du brauchtest Gott sei Dank nie eine Zahnspange. Obwohl deine unteren Zähne eigentlich ein bisschen unregelmäßig sind. Man bemerkt es zwar kaum, aber manchmal denke ich, wir hätten das in Angriff …«

»Ryan braucht keine Zahnspange«, fiel Dad ihr ins Wort.

»Nein, *brauchen* tut er sie nicht, aber es wäre eine Verschönerung.«

»Ich brauche keine Verschönerung, vielen Dank«, sagte ich.

Dann widmeten wir uns alle wieder dem Kauen.

»Du bist heute sehr still«, meinte meine Mutter nach einer Weile.

Kurz bevor Dr. Briggs in Urlaub gegangen war, hatte unsere ganze Familie einen Termin bei ihr gehabt. Dabei hatte meine Mutter sich darüber beklagt, dass ich meinen Eltern nie erzählte, was in mir vorging. Deshalb sagte ich jetzt: »Ich hab mir was überlegt. Ich würde gern an einem Fallschirmspringerkurs teilnehmen.«

Beide hörten abrupt auf zu kauen, und ihre Hände, in denen sie die Gabel hielten, erstarrten mitten in der Bewegung. Vielleicht hörten sie auch auf zu atmen, aber da war ich mir nicht ganz sicher.

»Ich weiß, dass das teuer ist. Aber ich habe heute im Internet recherchiert. Ein Tageskurs kostet nur zweihundert Dollar. Wenn man eine Gruppe zusammenbekommt, noch weniger.« Nicht dass ich gewusst hätte, wen ich da hätte mitnehmen sollen. »Vielleicht könnte ich das an meinem Geburtstag machen. Die Kurse werden das ganze Jahr über angeboten.«

»Nein«, sagte mein Vater.

»Hast du den Verstand verloren?« Die Gabel meiner Mutter fiel klappernd auf den Tisch. »Glaubst du allen Ernstes, wir würden dich aus einem *Flugzeug* springen lassen?«

»Das ist absolut nicht drin«, sagte Dad, dessen Gesicht ganz grau und starr geworden war.

»Gibt es dafür denn kein Mindestalter?«, fragte Mom.

Das hatte ich vergessen nachzuprüfen. Aber jetzt, da sie es erwähnte, hielt ich es für mehr als wahrscheinlich.

»Das würde ich nie und nimmer erlauben. Und ich kann mir auch nicht vorstellen, dass es Eltern gibt, die ihr Kind aus einem Flugzeug springen lassen. Das ist doch verrückt.« Beim letzten Wort wurde Moms Gesicht knallrot, als sei ihr gerade eingefallen, dass ich ja mal in einer psychiatrischen Klinik war.

»Wie bist du denn auf diese Idee gekommen?«, fragte Dad, dessen Gesicht immer noch wie versteinert war.

»Ich habe …« Ich war drauf und dran, den Steinbruch zu erwähnen, aber so, wie sie sich gerade benahmen, würden sie mir dann sicher verbieten, je wieder dort hinzugehen. »Ich hab einfach gedacht, dass es mir Spaß machen würde.« Das entsprach der Wahrheit. Trotzdem brachte ich das Wort »Spaß« kaum heraus, weil sie so entsetzt dreinblickten. »Vor ein paar Wochen hat Mom gesagt, dass ich euch nie erzähle, was ich gern möchte.«

Schweigend aßen sie weiter. Meine Mutter schnitt ihre Bohnen in gleich große Teile, während das Gesicht meines Vaters immer noch leichenblass war. Okay, ich hatte also meinen Eltern erzählt, was in mir vorging. Nur dass das total schiefgelaufen war.

»Hast du schon mit Dr. Briggs darüber gesprochen?«, wollte Dad wissen.

»Die hat diesen Monat Urlaub.«

»Da brauchen wir gar nicht erst groß zu diskutieren«, sagte Mom, »weil Ryan das nicht machen wird. Ohne die Erlaubnis der Eltern würde man einen Jungen in diesem Alter nirgendwo aus einem Flugzeug springen lassen, und die werden wir ganz gewiss nicht erteilen, *stimmt's?*«

»Warum siehst du mich denn so an?«, entgegnete Dad.

»Weil du derjenige bist, der ihn ständig antreibt. Dauernd sagst du zu mir, wir müssen ihm vertrauen. Er soll sein Leben selbst bestimmen. Und dabei kommt dann solcher Unsinn heraus.« Sie atmete scharf ein und griff nach ihrem Glas Milch.

Mein Vater legte Messer und Gabel hin und sah mich unverwandt an. »Ryan.«

»Ja?«

»Bist du sicher, dass du nicht mit dem Gedanken spielst ...« Anscheinend wartete er darauf, dass ich den Satz beendete. Als ich das nicht tat, stieß er hervor: »Eben hast du gesagt, du möchtest aus einem Flugzeug springen. Hast du dann vor, auf dem Weg nach unten die Reißleine zu ziehen?«

Ich verschluckte mich und hustete Bohnen- und Kürbisstücke auf den Teller. »Was?«

Er schob mir mein Glas mit Milch hin. »Du hast gehört, was ich gesagt habe.«

Ich trank einen Schluck Milch und räusperte mich. Die Augen meiner Mutter waren riesig, ihr Gesicht grünlich gelb. Hätte ich dieses Thema bloß nie zur Sprache gebracht! »Natürlich werde ich die Reißleine ziehen! Außerdem macht man fast überall einen Tandemsprung, da zieht der Lehrer die Leine. Diese Frage stellt sich überhaupt nicht.«

»Ich verstehe nämlich nicht, warum du etwas so Gefährliches ausprobieren möchtest«, erklärte er.

»Meine Güte, ich hab einfach gedacht, dass es Spaß machen würde. Und für so gefährlich halte ich es gar nicht. Jedenfalls hört man fast nie von Unfällen. Autofahren ist viel gefährlicher und das tust du ja ständig.«

Vielleicht hätte ich das nicht sagen sollen, weil es ihn an die Garagengeschichte erinnerte. Nachdem er mich noch eine Weile durchdringend angesehen hatte, trank er bedächtig einen großen Schluck Milch. »Nun, die Antwort ist nein.«

»Ja, hab ich schon mitbekommen.«

Ohne ein Wort zu sagen, aßen wir weiter. Nur das Kratzen und Klappern des Bestecks war zu hören.

Ich hatte wirklich vor, die Reißleine zu ziehen. Etwas anderes war mir nie in den Sinn gekommen. Und obwohl ich es erstaunlich fand, dass mein Vater annahm, ich würde die Leine nicht ziehen, war es wahrscheinlich gar nicht so erstaunlich. Weil die Leute jetzt bei mir ständig mit so was rechneten. Möglicherweise würde das ewig so weitergehen. Wenn sie über mich Bescheid wussten, hielten sie nach bedenklichen Anzeichen Ausschau und sahen sie auch dann, wenn sie gar nicht vorhanden waren.

Sobald ich in meinem Zimmer war, schickte ich Jake einen Videoclip, in dem jemand Kohlrüben aus einem Hubschrauber warf.

»Was gibt's Neues?«, schrieb er.

»Nicht viel.« Fast hätte ich ihm erzählt, dass ich Val morgen sehen würde, aber ich wollte nicht, dass er sich ausgeschlossen fühlte. Wenn er und Val sich ohne mich getroffen hätten, dann hätte mir das schwer im Magen gelegen. »Und bei dir?«

»Nur Scheiß. Mein Großartiger Bruder hat gerade in einem beknackten Fußballcamp eine beknackte Trophäe gewonnen. Muss ungefähr seine 457. sein.«

Jakes Bruder war auch unter dem Namen der Prachtkerl, der Perfekte Sohn und der Junge-dem-alles-gelingt bekannt. »Aber fliegen kann er nicht, oder?«

»Vielleicht doch. Er hat's bloß noch nicht PROBIERT.«

»Übrigens, glaubst du, es ist verrückt, wenn man aus einem Flugzeug springen möchte?«

»Ja.«

»Mit einem Fallschirm, meine ich.«

»Ist trotzdem verrückt.«

»Meinst du nicht, es könnte Spaß machen?«

»Willst du damit sagen, du möchtest aus einem Flugzeug springen?«

»Ja, aber meine Eltern erlauben es nicht.«

»Ist ja wahnsinnig überraschend! Hört sich so an, als bräuchtest du psychiatrische Hilfe. Vielleicht würde dir ein Aufenthalt im Patterson Hospital …«

»Sehr witzig.«

»Ich persönlich finde: Wenn du aus einem Flugzeug springen willst, dann solltest du es auch tun. Obwohl ich keine Ahnung habe, warum zum Teufel du das möchtest.«

Nachdem wir weitere Mails ausgetauscht hatten, verabschiedeten wir uns voneinander.

Als ich mich umdrehte, fiel mein Blick auf die braune Tüte im Wandschrank. Sofort krampfte sich mir wieder der Magen zusammen. Denk nicht dran, ermahnte ich mich. Heute Abend wollte ich mich einfach nicht wie Scheiße fühlen, sondern mich auf Val freuen.

11

HINTER DEM LENKRAD des Trucks wirkte Nicki noch jünger als sonst. »Das wird nie klappen«, sagte ich.

»Klar wird es das.« Sie setzte eine Art Baseballcap mit langem Schirm und der Aufschrift COOZ'S LANDWIRTSCHAFTSBEDARF auf. Immerhin bewirkte die Mütze, dass sie nicht mehr ganz so jung aussah. »Ich mach das ständig. Und bin noch nie von der Polizei angehalten worden.«

Als ich ihr die Wegbeschreibung geben wollte, die ich mir ausgedruckt hatte, winkte sie ab. »Die musst du mir unterwegs vorlesen. Beim Fahren kann ich das nicht.«

Sie ließ den Motor an und legte den Rückwärtsgang ein. »Irgendwie erstaunlich, dass dein Bruder dir einfach so seinen Truck überlässt«, sagte ich.

»Tja, da er möchte, dass ich nicht verrate, was für Pflanzen er hinterm Haus anbaut und wie oft er Mädchen in sein Zimmer schmuggelt, bleibt ihm gar nichts anderes übrig. Allerdings sagt er immer, falls ich erwischt werde, würde er behaupten, ich hätte die Autoschlüssel geklaut.«

»Na toll.« Ich malte mir aus, wie meine Eltern mich auf dem Polizeirevier abholten. Das würde ihnen endgültig den Rest geben.

»Entspann dich, Ryan. Hat dir schon mal jemand gesagt, dass du ein sehr verkrampfter Mensch bist?«

Ich lachte. »Schon oft.«

»Kann ich mir vorstellen.«

Bevor wir auf den Highway fuhren, machten wir bei einem Donut-Laden halt, weil Nicki sagte, sie brauche etwas, »um in Form zu bleiben«. Dieses Etwas erwies sich als großer Kaffee, in den sie einen Spritzer Milch gab und so viel Zucker, dass ich allein vom Zusehen Zahnschmerzen bekam. Außerdem kaufte sie sich einen Donut mit Schokoguss und Himbeerfüllung.

»Diese Schokodinger mit Himbeer gibt es sonst nirgends«, erklärte sie mampfend, als wir wieder in den Truck stiegen. »Deshalb komme ich so oft wie möglich hierher.«

»Ah ja.« Ich trank einen Schluck Wasser. Auf Kaffee hatte ich verzichtet, um nicht noch nervöser zu werden.

»Echt wahr. Willst du mal abbeißen?«

»Nein, danke.«

»Nun komm schon, stell dich nicht so an. Du musst ihn unbedingt probieren.« Sie schob mir den Donut, aus dem rote Marmelade quoll, vor den Mund, bis ich davon abbiss, damit sie endlich Ruhe gab.

»Siehst du? Schmeckt gut, was?«

Der Zuckerguss klebte mir am Gaumen. Die Marmelade war nicht widerlich süß, wie ich erwartet hatte, sondern eher säuerlich. »Ja.«

Sie lachte. »Du hörst dich an, als hätte ich versucht, dich zu vergiften.«

Ich leckte mir die Schokolade von den Lippen und spülte sie mit einem Schluck Wasser runter. Zügig fuhren wir die Ausfahrt zum Highway runter. Während Nicki sich in den Verkehr einfädelte, hielt ich den Atem an, doch sie ordnete sich ganz profihaft in den Strom der Autos ein. Ehrlich gesagt machte sie das besser als meine Mutter, die immer ziemlich ruckartig fuhr.

»Warum wühlst du dir ständig in den Haaren rum?«, fragte Nicki. »Bist du nervös?«

»Natürlich bin ich nervös.« Um sie abzulenken, zeigte ich aus dem Fenster. »Hast du eben den Habicht gesehen?«

»Was für einen Habicht?«

»Da hinten auf dem Lichtmast. Die sitzen überall am Highway und warten auf totgefahrene Tiere.«

»Nein, ich muss mich auf den Verkehr konzentrieren.«

Der Habicht erinnerte mich ans Fliegen und das wiederum ans Fallschirmspringen. Ich erzählte Nicki von meinem Plan.

»Tolle Idee!«, sagte sie.

»Da sind meine Eltern anderer Ansicht.« Meinem Vater lag diese Sache offenbar immer noch im Magen. Am Morgen hatte er zugesehen, wie ich mein Antidepressivum nahm, was er seit einer Ewigkeit nicht mehr gemacht hatte. Gewöhnlich war meine Mutter diejenige, die dabei aufpasste, und selbst sie handhabte das Ganze inzwischen ziemlich lax. Doch heute Morgen hatte Dad gesagt: »Lass mal sehen.« Dann musste ich ihm die Pille auf der Zunge zeigen, und nachdem ich geschluckt hatte, hatte er meinen Mund kontrolliert.

»Ja, meine Mom würde wahrscheinlich auch nichts davon halten«, seufzte Nicki. »Die ist schon halb durchgedreht, als ich mir mal beim Volleyball den Knöchel verstaucht habe.«

Mein Dad hatte nie ein Fass aufgemacht, wenn ich mich beim Sport verletzt hatte. Ich glaube, er war sogar ein bisschen stolz, wenn ich leicht lädiert nach Hause kam. Nicht dass er gewollt hätte, dass ich mir ernsthafte Verletzungen zuzog oder so. Aber wenn ich mir mal das Knie verrenkt oder den Finger gequetscht hatte, klopfte er mir mitfühlend auf den Rücken, und damit hatte es sich dann. Nach jener Nacht in der Garage war jedoch alles anders geworden.

»Du hast Baseball gespielt, stimmt's?«, fragte Nicki.

»Ja.«

»An welcher Position?«

»Meistens an der Second Base. Ich war Reserveshortstop.«

»Sicher warst du ein guter Fielder. Hast du auch gebattet?«

»Das konnten andere im Team besser als ich. Aber ich war gut im Ablaufen der Bases. Deshalb haben sie mich bei der Aufstellung normalerweise ganz vorn platziert.«

»Warum hast du damit aufgehört, wenn du so gut warst?«

Ich starrte zum Fenster raus. »Hab ich dir doch schon gesagt. Wegen des Drüsenfiebers.«

»Aber das hast du doch nicht mehr, oder?«

»Nein. Ich hab einfach ... nicht wieder damit angefangen. Außerdem war das alles an meiner alten Schule. Ich hab keine Ahnung, wie ich an der Seaton Highschool abschneiden würde. Vielleicht würden sie mich gar nicht ins Team aufnehmen.«

Nicki schüttelte den Kopf. »Wenn ich aufhören würde, Volleyball zu spielen, würde mir was fehlen. Fehlt dir denn gar nichts, seit du nicht mehr spielst?«

Ich dachte an all die Spiele, die ich mir mit meinem Vater angesehen hatte, dachte daran, wie mein Arm manchmal zuckte, wenn der Second Baseman einen Wurf machte, wie die Muskeln meiner Beine sich anspannten, wenn ich einen Base Run beobachtete. »Keine Ahnung. Schon möglich.«

»Du hörst dich aber so an, als würde es dir fehlen.«

»Pass mal auf, Nicki, wenn ich eine Analyse meiner Gefühle brauche, geh ich zu meiner Seelenklempnerin.«

»Nun sei doch nicht so empfindlich! Warum gibst du nicht einfach zu, dass es dir fehlt?«

Ohne auf ihre Frage einzugehen, rieb ich einen Fleck auf der Windschutzscheibe weg, damit ich besser raussehen konnte.

»Mensch, Ryan, was hast du denn davon, dich wie ein Roboter zu benehmen? Wenn du redest, kann ich manchmal all diese unterschiedlichen Stufen in deiner Stimme hören. Ich merke, dass du über was nachdenkst, dass dich was interessiert, aber dann machst du die Schotten dicht, und deine Stimme wird völlig ausdruckslos.«

Ich antwortete ihr nicht, hörte aber gut zu.

»Du bist viel interessanter, wenn du kein Roboter bist. Und wenn du dich in Schweigen hüllst, wird das eine sehr lange Fahrt werden.«

»Warum soll denn immer ich reden?«, erwiderte ich. »Erzähl du doch mal was.« Da wir beim Thema Sport waren, konnte sie mir ja was über Volleyball erzählen. »Was macht man denn so als Zuspielerin?«

»Das interessiert dich doch gar nicht.«

»Doch, doch. Also, leg los.«

Sie schnaubte verächtlich. »So ein Quatsch. Nenn mir *eine* Sache, die *du* über Volleyball weißt.«

»Jedes Team darf den Ball dreimal berühren, Blocken nicht mitgerechnet.«

Daraufhin hielt sie kurz den Mund. Dann sagte sie: »Das weiß doch jeder.«

»Nun mach schon.« Ich trank den letzten Schluck meines Wassers. »Wer ist denn jetzt empfindlich?«

Sie lachte. »Okay. Es gefällt mir, Zuspielerin zu sein, weil ich da so oft zum Zug komme.« Sie verstummte, um ein Auto zu überholen, dessen Fahrer langsamer fuhr, weil er telefonierte. »Im Idealfall habe ich bei jedem Spiel den zweiten Schlag. Ich muss wissen, wie die anderen im Team gern annehmen, und ihnen den Ball dann entsprechend zuspielen.«

Ich konnte mir gut vorstellen, dass es Nicki gefiel, im Mittelpunkt der Action zu stehen und die Situation unter Kontrolle zu haben. Sie berichtete von Spielen, die auf der Kippe gestanden hatten, von Fehlern, die sie gemacht hatte, und wie schwierig es für sie gewesen war, den Aufschlag von oben zu lernen. Sie erzählte vom Spiel gegen eine Schule, wo die Decke der Sporthalle so niedrig gewesen war, dass die Bälle, die sie trafen, trotzdem nicht out waren. »Diese Mädchen hatten einen gewaltigen Vorteil, weil sie ständig in der Halle spielten und wussten, wie sie die von der Decke abprallenden Bälle annehmen mussten.«

»Deckenvorteil« sagte ich und sie lachte.

Als sie es satthatte, Volleyballgeschichten zu erzählen, nahm ich mir das Buch vor, das ich mitgenommen hatte. Doch obwohl meine Augen den Buchstaben folgten, sah ich im Geiste ständig Val vor mir. Ich legte das Buch wieder beiseite.

Nicki fuhr gut, ohne je zu rasen oder die Straße aus dem Blick zu lassen. »Wie wär's mit ein bisschen Musik?«, schlug sie vor und schaltete das Radio ein. Sie entdeckte einen Country-Sender und sang laut mit. Gerade als all die Cowboys und ihr Herzeleid anfingen, mir gewaltig auf die Nerven zu gehen, stellte sie die Musik leiser und sagte: »Wie heißt dieses Mädchen noch mal?«

»Val.«

»Val.« Sie wiederholte den Namen, als schmecke sie ihn ab. »Weiß sie, dass du sie magst?«

»Keine Ahnung. Schon möglich.«

»Hast du sie schon mal geküsst?«

Ich lachte. »Nein.«

»Hast du überhaupt schon mal jemand geküsst?«

»Ja.«

Sie spitzte die Lippen, um sich auf die Straße zu konzentrieren. Oder vielleicht auch auf die nächste Frage, die lautete: »Hattest du schon mal Sex?«

»Was? Warum willst du das denn wissen?«

»Aus reiner Neugier. Wir haben mindestens noch eine Stunde Fahrt vor uns. Über irgendwas müssen wir doch reden.«

»Warum erzählst du mir dann nicht von deinem Sexleben?«

Sie runzelte die Stirn. »Willst du das wirklich wissen?«

»Ja, warum nicht.« Ich kurbelte das Fenster runter und ließ mir den Wind ins Gesicht wehen.

»Also, letztes Jahr hatte ich einen Freund. Er war viel älter als ich – und meine Mutter hasste ihn.«

»Kann ich mir vorstellen.«

»Ich hab mit ihm geschlafen, obwohl das wahrscheinlich falsch war. Aber ich fand ihn einfach klasse und war schwer verliebt und so. Doch dann stellte sich raus, dass er während der ganzen Zeit, in der wir zusammen waren, immer noch mit seiner alten Freundin rummachte.«

»Wie bist du denn an ein solches Arschloch geraten?«

Sie verdrehte die Augen. »Er wohnte neben einer meiner Freundinnen.«

»Nein, ich meine, wie bist du überhaupt darauf gekommen, mit ihm zu gehen? So was hast du doch gar nicht nötig.«

Sie lachte verlegen. »Er hatte so tolle Augen. Und wenn er mit mir sprach, senkte er immer seine Stimme.« Sie machte es mir vor. »Als verrate er mir ein Geheimnis, das nur uns beide etwas anging. Jetzt weiß ich natürlich, dass er bloß eine Show abgezogen hat, aber damals wirkte er so *aufrichtig*. Und dann hatte er noch diesen tollen struppigen Bart …«

»Bart! Wie alt *war* denn dieser Typ?«

»Achtzehn«, sagte sie, den Blick auf die Straße gerichtet.

Ich wusste, dass sie jetzt fünfzehn war, was hieß, dass dieser Typ drei oder vier Jahre älter als sie gewesen sein musste. »Ist das nicht irgendwie …«

»Sag's lieber nicht.« Sie verzog den Mund. »Das haben meine Mutter und meine Brüder schon getan. Matt hätte den Typ beinahe zusammengeschlagen. Jedenfalls ...« Sie versuchte, eine lässige Handbewegung zu machen, stieß dabei aber an den Rückspiegel. »Aua. Jedenfalls kommt es mir jetzt so vor, als sei das vor langer, langer Zeit passiert. Als ich noch ein dummes kleines Mädchen war.«

Zunächst wusste ich nicht, was ich sagen sollte. Nachdem wir ein paar Kilometer zurückgelegt hatten, fragte ich: »Mochtest du ihn, *weil* oder *obwohl* er älter war?«

»Tja ... weil, glaube ich. Ja, weil. Die Typen in meinem Alter sind alle so dumm und unbeholfen.«

Plötzlich wusste ich nicht mehr, wohin mit meinen Beinen und meinen Ellbogen. Ich war ungefähr anderthalb Jahre älter als sie. Galt das in ihren Augen nun als älter oder als gleichaltrig? Dass mir ein Vollbart wuchs, war noch nicht zu erwarten, das stand fest. Ich prüfte nach, ob mir die Haare zu Berge standen, aber die wehten sowieso im Wind hin und her.

»Also ich finde, der war ein Scheißkerl«, sagte ich.

Sie lachte. »Hab ich doch gesagt. Jetzt bist du dran. Bist du noch Jungfrau?«

Ich hatte gehofft, dass sie diese Frage vergessen würde. »Nein.«

»Tatsächlich? Und wer war die Glückliche?«

»Niemand, den du kennst.«

»Bist du da sicher?«

»Sie ging auf meine alte Schule.«

»Komm schon, Ryan, lass Details hören.« Sie schnippte mit den Fingern. »Namen, Daten, wer den ersten Schritt gemacht hat ...«

»Lieber nicht.«

»Na, hör mal! Ich hab dir doch auch alles erzählt!«

»Also … es war nur ein Mal, es war nicht gerade die schönste Nacht meines Lebens, und danach hat sie nie wieder mit mir gesprochen. Mehr möchte ich dazu nicht sagen.«

»Mannomann«, meinte Nicki, nachdem sie eine Weile geschwiegen hatte. »Was haben wir bloß verbrochen, um uns so ein beschissenes erstes Mal einzuhandeln?«

Bei Nicki konnte ich das nicht beurteilen. Was ich falsch gemacht hatte, wusste ich jedoch ziemlich genau.

Als wir uns Pendleton näherten, fingen meine Nerven derart an zu flattern, dass ich am liebsten aus dem Truck gesprungen wäre. Ich rief mir in Erinnerung, dass Val mich ja schon im denkbar schlechtesten Zustand erlebt hatte. Diesmal würde ich nicht stumm bleiben, würde mich nicht unterm Bett verstecken oder wie ein Häufchen Elend auf dem Fußboden liegen. Was immer jetzt geschehen mochte – im Vergleich zu unserer letzten Begegnung würde meine Ausgangsposition um einige Grade besser sein.

Sie war meine Freundin, ganz gleich, was sich sonst noch ereignete oder nicht ereignete. Sie war nicht Amy Trillis. Trotzdem zitterten meine Hände so, dass ich sie gegen die Schenkel presste, damit Nicki nichts bemerkte.

Obwohl ich Val unbedingt sehen wollte, war ich innerlich noch nicht so weit, als wir vor ihrem Haus vorfuhren. Ich hatte das Gefühl, ich brauchte mehr Zeit – aber Zeit wofür? Würde ich je so weit sein?

»Wow«, sagte Nicki, als der Truck keuchend haltmachte. »Das Haus ist ja noch größer als euers.«

Das stimmte. Vor allem aber fiel mir auf, dass die Ishiharas ihre Sträucher spiralförmig beschnitten hatten. Wenn unser Haus von

Hecken umgeben gewesen wäre, hätte meine Mutter sie zweifellos genauso zurechtgestutzt.

Vals Mutter, der ich mehrmals in der Klinik begegnet war, öffnete die Haustür. »Kommt rein«, sagte sie und strahlte mich an. »Val übt noch, sie ist aber gleich fertig. Wie geht es dir, Ryan?«

»Gut«, antwortete ich, wobei mir durch den Kopf schoss, dass diese Frage immer viel hintersinniger war, wenn die Leute wussten, dass man mal in einer psychiatrischen Klinik gewesen war. Aber was ich an Vals Mutter am meisten mochte, war, dass sie nie darauf zu warten schien, dass ich vor ihren Augen zusammenbrach. Sie schien nie den Atem anzuhalten, wie es bei Jakes Mom manchmal der Fall war. »Das ist meine Freundin Nicki. Nicki, das ist Dr. Ishihara.«

»Schön, dich kennenzulernen.« Dr. Ishihara schüttelte Nicki die Hand, als warte sie schon ihr ganzes Leben darauf, ihr zu begegnen. Ja, Vals Mom war praktisch der netteste Mensch, den ich kannte. Ein weiteres Beispiel dafür, dass die Behauptung, es sei die Schuld der Eltern, wenn ihre Kinder durchdrehten, nicht immer zutraf. Nicht dass sie perfekt gewesen wäre. Aus Vals Erzählungen bei den Gruppensitzungen wusste ich, wie sehr sie Val zusetzte, damit diese in allem gut war – nicht nur gut, sondern überragend. Ob das nun absichtlich geschah oder nicht, jedenfalls übte sie gewaltigen Druck auf Val aus.

Dr. Ishihara bot uns Limonade an und stellte uns allerlei Fragen über die Schule. Nicki streckte die Beine unter dem Tisch aus und betrachtete die abstrakten Bilder an den Wänden, die alle von Val stammten: Auf einem Bild waren scharfkantige Kuben zu sehen, auf einem anderen grüne Wirbel – die mich sofort an das Bild in meinem Zimmer erinnerten. Die ganze Zeit hörte ich, wie Val oben Geige spielte, etwas Düsteres und Kompliziertes. Es klang, als würden die Saiten Schmerz empfinden, als wären sie Nerven, die zu Vals Körper gehörten. Es fiel mir unendlich schwer, am Küchentisch sitzen zu bleiben und Small Talk mit ihrer Mutter zu führen. Viel lieber wäre ich nach oben gerannt und Val um den Hals gefallen.

Nach einer Weile hörte die Musik auf. Kurz danach kam Val die Treppe heruntergesprungen.

»Warum hast du mir denn nicht gesagt, dass Ryan schon da ist?«, rief sie, während sie auf mich zulief. Val! Endlich!

12

NACHDEM VAL SANDWICHES gemacht hatte, saßen wir zusammen am Küchentisch und unterhielten uns über die imaginäre Cousine, die Nicki angeblich besuchen wollte – die Ausrede, die für unsere Fahrt hierher hatte herhalten müssen. Wir diskutierten auch darüber, dass Nicki eigentlich zu jung aussah, um einen Führerschein zu haben. (»Das bekomm ich ständig zu hören«, meinte Nicki in gelangweiltem Ton, der sie plötzlich wie eine Dreißigjährige klingen ließ.) Vals Haarschnitt kam ebenfalls zur Sprache. Sie drehte sich um, damit wir ihren Hinterkopf betrachten konnten, wo das dreieckige Stück ausrasiert worden war.

»Ist ja cool«, sagte Nicki, während sie in einen Kartoffelchip biss. »Ich wünschte, mein Haar wäre glatt. Dann könnt ich es mir auch so schneiden.«

Val saß mir gegenüber, und ich beobachtete sie ununterbrochen, obwohl ich versuchte, es nicht zu tun, da mir nur allzu gut in Erinnerung war, was Amy über den »bescheuerten Typ, der mich immer so anstarrt« gesagt hatte. Doch im Gegensatz zu Amy beobachtete Val auch mich. Die ganze Zeit schien sie ein Lächeln zu unterdrücken, als wolle sie nicht, dass ihre Mom und Nicki merkten, was in ihr vorging.

Sie biss kleine, manierliche Happen von ihrem Sandwich ab. Ich gab mir alle Mühe, keinen Hühnchensalat auf den Tisch zu kleckern und die Chips nicht zu laut zu kauen. Nicki textete Vals Mom zu, und ich war dankbar für jedes Wort von ihr, das Dr. Ishihara von Val und mir ablenkte. Ich hatte den Eindruck, Nicki habe es sich zur persönlichen Aufgabe gemacht, mich und Val zusammenzubringen – koste es, was es wolle.

Einmal streifte Vals Fuß unterm Tisch mein Bein. Ich wusste sofort, dass das kein Versehen war, denn der Tisch war so breit, dass sie ihr Bein ausstrecken musste, um mich zu erreichen. Nur ganz kurz berührten ihre Zehen mein Schienbein. Ich zuckte zusammen und ließ ein eingelegtes Stück Gemüse fallen. Über Vals Gesicht huschte ein Lächeln und ich lächelte zurück.

Nicki bekam alles mit. Sie fragte Vals Mom nach den Bildern an der Wand und zeigte auf das, das am weitesten von Val und mir entfernt hing. Ich leckte mir das Salz von den Lippen. Val wischte sich Mayo aus dem Mundwinkel.

»Tja«, sagte Nicki, nachdem sie zwei Thunfischsandwiches verputzt hatte. »Dann sollte ich wohl mal zu meiner Cousine gehen. In ein paar Stunden bin ich wieder da.«

Ich begleitete sie zur Haustür. »Was willst du denn wirklich machen?«, flüsterte ich.

»Einfach ein bisschen rumfahren. Auf dem Weg hierher sind wir an einem Park und an ein paar Läden vorbeigekommen. Werd schon was finden, wo ich rumhängen kann. Um vier bin ich zurück.« Dann zog sie mich zu sich herunter, bis sich mein Ohr direkt vor ihrem Mund befand. »Sag es ihr«, wisperte sie. »Wag es ja nicht zu kneifen.« Als ich ihren Atem im Ohr spürte, bekam ich eine Gänsehaut. Grinsend schlüpfte sie zur Tür hinaus. Ich blieb eine Minute lang in der Eingangshalle stehen, um all meinen Mut zusammenzunehmen.

Als ich in die Küche zurückkehrte, stellte ich fest, dass auch Dr. Ishihara verschwunden war.

»Mom hat gesagt, sie lasse uns allein, da wir einiges nachzuholen haben.« Val hob die Arme und reckte sich. Ich wollte sie einfach bloß ansehen. Es war so lange her, seit wir am selben Ort zusammen gewesen waren. Ohne ein Wort zu sagen, stand ich eine Zeit lang da und verschlang sie mit meinen Blicken.

»Schön, dich wiederzusehen«, meinte Val schließlich. »Das Rumhängen mit dir und Jake fehlt mir.«

»Mir auch.«

»Wie geht's dir denn so?« Sie spielte an den Fransen ihres Platzdeckchens herum.

»Prima. Und dir?«

Sie nickte und senkte den Kopf, ihr glänzendes Haar fiel ihr ins Gesicht. Ich hatte ganz vergessen, dass sie den Kopf senkte, wenn sie verlegen war. Dann sah sie wieder auf.

»Hast du in der letzten Zeit was von Jake gehört?«, fragte sie.

Ich nahm ihr gegenüber Platz. »Ja. Fast jeden Tag.«

Sie runzelte die Stirn. »Ich mache mir Sorgen um ihn. Er ist total fertig, weil demnächst die Schule wieder anfängt.« Sie zwirbelte eine Haarsträhne hin und her. »Er muss an der Schule eine Menge aushalten.«

»Woher weißt du das?«

»Aus seinen Mails. Das ist sein Dauerthema. Hat er dir denn nicht erzählt, dass die andern sich ständig über ihn lustig machen, ihm die Turnhose klauen, seinen Kopf in die Toilette tunken … na, du weißt schon, die üblichen miesen Sachen.« Sie fuhr sich mit der Fingerspitze über die Unterlippe. Ich stellte mir vor, sie dort mit *meiner* Fingerspitze – oder meinem Mund – zu berühren.

»Ist das bei dir auch so?«, fragte sie. Ich riss mich zusammen und konzentrierte mich wieder auf Jake und seine Probleme in der Schule.

»Nein. Im Großen und Ganzen lassen die andern mich in Ruhe. Ungefähr so, als hätte ich eine ansteckende Krankheit.« Doch wenn ich ganz ehrlich sein sollte, musste ich zugeben, dass ich den andern ebenso aus dem Weg ging wie sie mir. »Das hat Jake mir alles gar nicht erzählt. Er hat zwar Andeutungen gemacht, aber …«

»Dass er dir das Schlimmste nicht erzählt hat, überrascht mich nicht. Du bist ja auch sein großes Vorbild.«

Ich verschluckte mich an meiner Limonade. »Sein großes Vorbild? Wieso denn das?«

»Na ja, weil du vor ihm aus der Klinik entlassen wurdest. Vor allem aber, weil du zu denjenigen gehörst, die sich im Patterson Hospital wirklich geändert haben. Weil du es wirklich geschafft hast.«

Sie starrte mir über die Schulter, als liefe auf der Wand hinter mir ein Film über mein früheres Ich ab. »Als du dort ankamst, hast du dauernd davon gesprochen, dass du sterben willst. Aber dann hast du eine komplette Kehrtwendung hingekriegt.«

Das war mir anders in Erinnerung. Trotzdem ließ ich sie weiterreden.

»Jake macht sich ständig Gedanken darüber, was andere Leute von ihm halten. Du bist da wesentlich selbstbewusster.«

Ich hatte keine Ahnung, ob das tatsächlich für mich zutraf, aber wenn sie es so sah, wollte ich ihr nicht widersprechen.

»Ich würde dir gern einige der Mails zeigen, die er mir geschickt hat.« Val stellte die leeren Gläser in die Spüle und streckte die Hand nach mir aus. Da ich nicht wusste, ob ich sie ergreifen sollte oder ob das nur als auffordernde Geste gemeint war, folgte ich ihr, ohne sie anzufassen.

Vals Zimmer. Zigmal hatte ich versucht, es mir vorzustellen. Es passte perfekt zu ihr. Blassgrüne Wände – kein Krankenhausgrün wie in der Klinik, sondern die Farbe frischer Farne. Holzdielen, vor dem Fenster ein Schreibtisch aus Holz. An den Wänden Poster abstrakter Gemälde, kühne, scharfkantige Formen, verschlungene dicke schwarze Linien. In einer Ecke des Raums standen ihre Instrumentenkästen sowie ein Notenständer.

Dies war also der Ort, wo Val mir Mails schrieb. Und musizierte. Und schlief. Und sich auszog.

Sie setzte sich an den Computer. Ich stellte mich hinter sie, wobei ich versuchte, ihr nicht in den Nacken zu atmen, während sie eine alte Mail von Jake abrief.

»Val, ich halt's nicht mehr aus. An dieser Schule bin ich ein Loser & werde es immer sein. Bei dir läuft wegen deiner Musik alles gut. Bei Ryan scheint auch alles gut zu laufen, aber bei mir nicht. Ich weiß nicht, warum ich immer der Loser sein muss, derjenige, der nie was auf die Reihe kriegt, & ich hab's satt.«

In dem Moment tat es mir leid, dass ich Jake nicht mehr über die Glasscheibe erzählt hatte, hinter der ich lebte, und darüber, dass ich mich in der Schule in einer menschenfreien Zone bewegte. Vielleicht wäre er sich weniger allein vorgekommen, wenn ich ihm die volle Wahrheit gesagt hätte.

»Meine Eltern sind ständig dabei, an mir rumzunörgeln«, ging Jakes Mail weiter. »Zu Partys soll ich gehen und irgendwelchen Sportteams beitreten. Kriegen die denn nicht mit, dass mich niemand einlädt? Dass mich niemand haben will?«

»Scheiße«, murmelte ich. Val scrollte weiter, damit ich den Rest lesen konnte.

»An manchen Tagen komme ich noch nicht mal aus dem Bett. Ich hasse diesen Ort. Ich hasse mein Leben. Das ist schlimmer als in der Klinik, denn da hatte ich wenigstens euch.«

»Hast du ihm darauf geantwortet?«, fragte ich Val.

»Selbstverständlich. Ich hab mir schließlich große Sorgen gemacht. Aber Jake nahm alles zurück, entschuldigte sich für sein *Gewinsel* und sagte, er habe nur schlechte Laune gehabt.«

»Vielleicht war das ja der Fall.«

»Glaubst du das?«

»Nein.«

»Eben. Ich auch nicht.«

Wir starrten auf den Bildschirm, wo Jakes Elend dokumentiert war. Ich hörte, wie wir beide atmeten. Als ich schluckte, schien das Geräusch wie Donner von den Wänden widerzuhallen.

»Hat er dir irgendwas von dem erzählt?«, fragte Val.

»Nein.«

Sie seufzte. Dann klickte sie etwas an und aus den Lautsprechern erklang langsame, ein wenig düstere Klaviermusik. Es erinnerte mich an die Musik, die sie bei ihrem Besuch in der Klinik für uns gespielt hatte – erinnerte mich an jenen Abend, an dem ihre Finger sich um mein Handgelenk gelegt hatten.

Ich blickte auf ihr Handgelenk und stellte mir vor, es genauso zu umfassen. Das war die Geste, die mir immer einfiel, wenn ich an Val dachte, weil ich da das Gefühl gehabt hatte, dass sie mich auf die gleiche Weise wollte wie ich sie. Ich machte jedoch keine Bewegung, und sie schob ihren Stuhl zurück, um aufzustehen und sich mir zuzudrehen. Ich hätte einen Schritt zurücktreten müssen, um sie vorbeizulassen, tat es aber nicht. Stattdessen starrte ich sie wortlos an und wurde immer kribbeliger, weil ich mich danach sehnte, sie anzufassen.

Und dann tat ich es. Ich fasste sie beim Handgelenk.

Als ich sie berührte, erstarrte sie. Ich hatte keine Ahnung, ob das ein gutes oder ein schlechtes Zeichen war.

Ich konnte mich überhaupt nicht mehr erinnern, wann ich

jemandem das letzte Mal körperlich so nah gewesen war. Jemanden berührt hatte, insbesondere ein Mädchen. Es war fast, als hätte ich vergessen, dass auch andere Menschen eine warme Haut hatten und Blut in ihren Adern pulsierte. Als ich Nicki die Garagengeschichte erzählt hatte, hatte sie mich angefasst, mir die Hand auf den Rücken gelegt, aber das zählte nicht. Hier ging es um *Val*.

Ich wartete auf irgendeine Reaktion von ihr. Sie wich nicht vor mir zurück. Sie lehnte sich nicht an mich.

Ich strich ihr mit dem Daumen über das Handgelenk, ließ ihn über ihre samtweiche Haut gleiten, die an dieser Stelle so dünn war, dass man die bläulichen Blutgefäße sehen konnte. Sie war so still, dass ich mich fragte, ob sie den Atem anhielt; ich tat es jedenfalls.

Ich riss meinen Blick von ihrer Hand los und sah sie an. Sie erwiderte meinen Blick, fast ohne mit der Wimper zu zucken. Sie hatte braune Augen, kühl und von unendlicher Tiefe. Ihre Unterlippe zitterte, und ich dachte schon, sie wolle etwas sagen, aber ich hatte mich geirrt. Ich wollte noch dichter an sie herantreten – und wartete gleichzeitig auf ein Zeichen von ihr. Zumindest wich sie nicht vor mir zurück und überließ mir weiterhin ihren Arm.

Ich beugte den Kopf vor, meine Lippen streiften fast die ihren.

Aber nur fast.

Sie wandte den Kopf ab, nur ein kleines Stück, aber das reichte. Ich ließ ihr Handgelenk los und trat zurück.

»Ryan …«

»Vergiss es. Und entschuldige bitte«, erwiderte ich. In dem Moment wurde mir bewusst, wie unordentlich ich aussah. Mein Hemd hing halb aus der Hose, mein Haar war völlig verstrubbelt. Bevor wir an der Haustür der Ishiharas geklingelt hatten, hatte ich es mir auf Nickis Anordnung kämmen müssen, doch während des Lunchs hatte ich es mir wieder zerzaust, sodass es jetzt stachlig zu Berge stand.

»Ryan.« Val streckte die Hand nach mir aus. »Sei doch nicht … Bitte lass mich dir alles erklären.«

»Das brauchst du nicht.« Ich trat noch weiter zurück, bis ich gegen ihren metallenen Papierkorb stieß, der klappernd umfiel. Ich konnte wirklich darauf verzichten, mir ihre Erklärungen anzuhören – mir anzuhören, wie sie mich mit deutlichen, klaren, vernünftigen, unerträglich quälenden Worten abwies. *Ich musste schnellstens von hier weg.* Zumindest machte sie sich nicht über mich lustig, aber in gewisser Weise war das hier schlimmer als die Szene mit Amy Trillis.

»Ich mag dich wirklich«, sagte sie. Ich versuchte krampfhaft, nicht hinzuhören, weil ich erwartete, dass sie hinzusetzen würde *aber nur wie einen guten Freund*, doch das tat sie nicht.

Stattdessen fuhr sie fort: »Ich wünschte, wir würden nicht so weit voneinander entfernt wohnen.«

»Was?«

Sie wickelte sich eine Haarsträhne um den Finger und zog daran. Dabei sah sie mich unverwandt an. Ich konnte nicht weiter zurückweichen, da ich inzwischen an ihrem Bett angelangt war.

»Wenn wir dicht beieinander wohnen würden, wäre vielleicht alles anders. Ich kenne mich. Ich brauche jemanden, der in meiner Nähe ist. Das verstehst du doch, oder?«

Natürlich verstand ich das. Ich wollte ja auch die ganze Zeit in ihrer Nähe sein. Bloß dass ich mich mit einer Fernbeziehung zufriedengeben würde, wenn ich nicht mehr bekommen konnte. »Wir könnten es doch versuchen«, stieß ich mit heiserer Stimme hervor.

Sie presste die Lippen zusammen. »Ohne mich.« Sie ließ die Haarsträhne los. »Ich werde mich auf keine halben Sachen mehr einlassen. Erinnerst du dich noch, wie Dr. Coleman gesagt hat, dass man bei seinen Bedürfnissen nicht zurückstecken soll?«

Ich setzte mich aufs Bett und stöhnte. »Verschon mich mit diesem Therapiejargon, okay?«

Sie lachte und setzte sich neben mich. »Okay.«

Ich wandte den Kopf von ihr ab und sagte leise, aber so, dass sie es hören konnte: »Ich verstehe, was du meinst. Aber ich möchte es trotzdem versuchen.«

Ich glaube, eine ganze Minute verging, bis sie genauso leise erwiderte: »Das … kann ich nicht. Vielleicht mag ich dich dafür nicht genug. Oder vielleicht liegt es auch daran, dass wir einfach zu weit voneinander entfernt wohnen. Keine Ahnung, ich …«

Vielleicht mag ich dich dafür nicht genug. Damals hatten wir das Patterson-Aufrichtigkeit genannt: die reine Wahrheit, ohne Förmlichkeiten und Höflichkeitsfloskeln. In der Klinik hatten wir alle so miteinander geredet, aber im normalen Leben waren die Menschen gewöhnlich nicht so aufrichtig zueinander. Normalerweise.

»Vergiss es.«

Ich war drauf und dran, aufzustehen und das Haus zu verlassen, doch dann fiel mir ein, dass ich auf Nicki warten musste. Scheiße. Warum hatte ich Val bloß angefasst? Warum zum Teufel hatte ich nicht die Klappe gehalten?

»Ryan.« Sie legte mir die Hand auf den Arm, doch diesmal sprang kein Funke über wie damals in der Klinik, als sie mich beim Handgelenk gepackt hatte. »Ich hab dich wirklich gern.«

O Gott, der Ich-hab-dich-gern-Spruch – der Trostpreis, weil sie eigentlich meinte: *Aber ich liebe dich nicht.*

»Red lieber nicht weiter«, sagte ich.

Sie nickte.

Wenn man im Patterson Hospital etwas lernte, dann, dass man

die Klappe halten musste, wenn der andere es wünschte. Das hatten wir oft genug durchexerziert, auch bei Jake.

Am liebsten wäre ich im Erdboden versunken, als hätte es mich nie gegeben. Doch gleichzeitig wollte ich so lange wie möglich bei ihr bleiben, auch wenn sie mich so verletzt hatte, dass ich mich fragte, wie ich die Rückfahrt überstehen sollte. Ihre Finger, die auf meinem Arm lagen, waren voller Schwielen und ziemlich kräftig, was vom Musizieren kam, und von mir aus hätten sie ewig dort liegen bleiben können. Wie konnte man bloß so mitleiderregend jämmerlich sein?

13

MIT NICKI WAR ERST IN einer halben Stunde zu rechnen. Die Zeit bis dahin verbrachte ich im Wohnzimmer, wo ich krampfhaft versuchte, mich mit Val und ihrer Mutter zu unterhalten. Als Dr. Ishihara merkte, dass die Gesprächspausen immer länger wurden, schlug sie Val vor, etwas zu spielen. Ich war kurz davor, ihr zuzustimmen, denn dann hätte ich wenigstens nichts mehr sagen müssen, doch ich wusste, es würde mir den Rest geben, wenn ich Val jetzt spielen hörte. Und da ich es vermeiden wollte, mich vor ihren Augen in meine Bestandteile aufzulösen, sagte ich: »Val hat doch vorhin schon geübt, sie ist bestimmt müde.«

»Stimmt«, meinte Val. »Meine Arme tun mir weh. Außerdem möchte Ryan die Lieder bestimmt nicht noch einmal hören.«

Nach weiterem ausgiebigen Schweigen machte ich die brillante Bemerkung, dass der Himmel sehr bewölkt sei. Die zwei bestätigten meine Beobachtung.

Als Nicki endlich aufkreuzte, sprang ich erleichtert von der Couch und lief ihr entgegen. Vals Mutter erkundigte sich nach der imaginären Cousine, und Nicki sagte, es ginge ihr gut. Ich dankte den Ishiharas für den Lunch und manövrierte Nicki, ohne Val ein einziges Mal anzusehen, zur Haustür hinaus.

Nachdem wir in den Truck gestiegen und losgefahren waren, hielt ich so lange durch, bis Vals Haus außer Sicht war, weil ich nicht wusste, ob wir vom Fenster aus beobachtet wurden. Dann beugte ich mich nach vorn und rammte meine Stirn mehrmals gegen das Armaturenbrett.

Nicki bremste. »Ryan!«

Ich stöhnte.

»Wie ich sehe, hattest du keinen Erfolg.«

Ich sagte nichts. Was hätte ich auch sagen sollen.

»Also, dann ist sie einfach dumm.« Nicki nahm einen großen Schluck aus einem Plastikbecher mit Eistee, den sie sich irgendwo gekauft hatte, als sie allein herumgelaufen war.

Ich setzte mich gerade hin und legte den Sicherheitsgurt an. »Fahr weiter.«

Erst spritzten nur ein paar Regentropfen auf die Windschutzscheibe, dann fing es an zu schütten. Die Reifen zischten über den Asphalt. Nicki konzentrierte sich auf die Straße.

Mir schoss durch den Kopf, dass die Situation nicht ganz ungefährlich war, aber eigentlich war es mir egal, ob wir auf die Gegenfahrbahn gerieten oder in einem Graben landeten – zumindest was meine Person betraf. Ich wollte jedoch nicht, dass Nicki was passierte. Es gefiel mir, wie sie mit beiden Händen am Steuer vorgebeugt dasaß und durch die regengepeitschte Scheibe nach draußen starrte.

»Du kannst wirklich gut fahren«, sagte ich.

»Wie ich dir schon erzählt habe, können wir das alle. Wir haben früh damit angefangen und keiner von uns hat je einen Strafzettel bekommen.« Sie biss sich auf die Lippe. »Allerdings mache ich mir langsam Sorgen um Kent. Ich meine, weil er jetzt so oft high ist. Früher oder später wird er sich in dem Zustand auch ans Steuer setzen.« Sie warf mir einen kurzen Blick zu. »Glaubst du, er ist zu oft high?«

Ich sah vor mir, wie Kent auf der Schultoilette Joints rauchte, mit glasigem Blick im Lesesaal saß und am Wasserfall kiffte. »Er ist eigentlich jedes Mal, wenn ich ihn treffe, high.«

Sie seufzte.

Der Regen ließ nach. Jetzt, da das Eis gebrochen war, redete Nicki in einem fort – über alles und nichts. Sie erzählte mir ein paar Geschichten über Kent, unter anderem die, dass er mal versucht hatte, einen Waschbären zu fangen, um ihn als Haustier zu halten, und ich glaube, sie erwähnte auch, dass er Höhenangst hatte. Ich achtete nicht groß auf das, was sie sagte. Ich hörte nur den Klang ihrer Stimme, der etwas Beschwichtigendes hatte. Ihr Geplapper war eine Art Hintergrundgeräusch, das die entsetzliche Stille ausfüllte, in der nur Vals Stimme zu vernehmen war, die sagte: »Vielleicht mag ich dich dafür nicht genug.« Die Patterson-Aufrichtigkeit. Die nackte Wahrheit, ganz gleich, ob ich sie verkraften konnte oder nicht.

Nicki fuhr auf den Parkplatz einer Raststätte. Obwohl es noch nicht ganz dunkel war, waren wegen des regnerischen, trüben Wetters bereits überall die Lichter an. Auf dem halb leeren Parkplatz roch es nach Benzin, nassem Asphalt und Frittierfett. Nicki parkte bei den Picknicktischen, wo niemand picknickte. Ein Mann führte seinen Hund aus und rauchte dabei eine Zigarette – eine dunkle Gestalt, an deren Mund ein orangefarbener Stern leuchtete.

Wir gingen in die Raststätte, um auf die Toilette zu gehen und am Automaten Limonade zu kaufen. Ich starrte auf die Landkarte, die an der Wand hing. Im Neonlicht brannten mir die Augen. Die grelle Beleuchtung hob jeden kleinen Makel in Nickis Gesicht hervor: die rötlichen Pickel, die Sommersprossen, die grauen

Ringe unter ihren Augen. Trotzdem fand ich sie schön, selbst ihre oberen, wie bei einem Hasen vorstehenden Vorderzähne gefielen mir. Sie hatte tatsächlich einen Überbiss, obwohl meine Mutter das Ganze übertrieben hatte. Und bei Nicki sah es irgendwie gut aus.

Nicki kratzte sich an der Wange und stellte sich neben mich, um die Landkarte zu studieren. Ich spielte mit dem Gedanken, ihr vorzuschlagen, nicht nach Haus zurückzukehren, sondern den Highway immer weiter entlangzufahren, bis wir das Meer erreichten.

Und dann? Was dann?

Über solche Fantasien hatte ich schon zigmal mit Dr. Briggs gesprochen: Wie es wäre, aus dem undichten Glashaus und von der Schule wegzuziehen, wo jeder wusste, was in der Garage geschehen war. Weg von der braunen Papiertüte in meinem Wandschrank. Weg von den Träumen, die sich um Val drehten und mir immer mehr zu schaffen machten. Dr. Briggs hatte mich darauf hingewiesen, dass *Flucht* nicht nur hieß, einen Ort zu verlassen, sondern auch, an einem anderen anzukommen, und dass mir mein Schmerz überallhin folgen würde. »Wäre es da nicht besser, zu bleiben und sich mit allem auseinanderzusetzen?«, hatte sie gefragt.

Nicki trank einen Schluck Limonade und leckte sich über die Lippen. »Wollen wir?«, sagte sie.

Wir kehrten zum Truck zurück, aber ich hatte keine Lust einzusteigen. »Lass uns noch kurz hierbleiben«, schlug ich vor und setzte mich auf einen der Picknicktische. Am liebsten hätte ich mich jetzt unter den Wasserfall gestellt, doch im Moment war da nur der Regen.

Sie setzte sich neben mich auf das nasse Holz. Die Limonade in den Dosen zischte und prickelte. Autos kamen auf den Parkplatz gefahren oder verließen ihn. Der Mann mit dem Hund war verschwunden. Es war so still, dass ich Nicki schlucken hören konnte.

»Bist du okay?«, fragte sie schließlich.

Diese Frage hatten wir einander immer in der Klinik gestellt, bloß dass wir sie ernst meinten und nicht als Floskel, die automatisch ein Ja nach sich zog. Da sie möglicherweise wirklich wissen wollte, wie es mir ging, riskierte ich es, ihr die Wahrheit zu sagen. »Nein.«

Sie räusperte sich. »Möchtest du darüber reden?«

»Nein.«

Sie legte ihre Hand auf meine. Von der Dose waren ihre Finger feucht und kühl, wurden jedoch schnell wieder warm. Dann nahm sie die Hand weg, um noch einen Schluck zu trinken.

Ich legte ihr die Hand aufs Knie. Sie hatte ein Loch in den Jeans, sodass ich statt Stoff die warme glatte Haut ihres nackten Knies zu spüren bekam.

Sie zog scharf den Atem ein. Ihre Augen huschten über mein Gesicht, ihr Mund öffnete sich ein wenig. Obwohl sie nicht erstarrte wie Val, hatte ich keine Ahnung, was in ihr vorging. Ihren Gesichtsausdruck hätte ich jedenfalls als *erstaunt* bezeichnet. Dann hob sie die Hand, um mit den Fingerspitzen meine Wange zu berühren.

Mir wurde bewusst, dass ich erwartet hatte, dass sie zurückweichen oder sich abwenden würde – wie Val es getan hatte, wie Amy Trillis es getan hatte. Doch ihre Hand blieb, wo sie war, und gab ihre Wärme an mich weiter. Durch ihre Finger auf meiner Wange und meine Hand auf ihrem Knie waren wir miteinander verbunden. Sie hatte den Kreis geschlossen.

Ich nahm ihr die Mütze mit der Aufschrift COOZ'S LANDWIRTSCHAFTSBEDARF vom Kopf und warf sie auf den Tisch.

Da sie nichts sagte und mich nur ansah, holte ich tief Luft und beugte mich zu ihr.

Bereitwillig hob sie den Kopf und ich küsste sie. Sie öffnete den Mund und presste ihn auf meine Lippen.

So hatte mich noch nie ein Mädchen geküsst. Bei meinem ersten und einzigen sexuellen Erlebnis waren wir beide betrunken und ich so hinüber gewesen, dass es schon an ein Wunder grenzte, dass ich überhaupt etwas zustande gebracht hatte. Ganz zu schweigen davon, dass ich nicht so recht gewusst hatte, was ich da eigentlich machte, und das Mädchen kaum kannte, die während der ganzen Sache den Kopf wegdrehte. Als Krönung hatte sie dann, als wir fertig waren, sämtliches Bier wieder ausgekotzt. Sie hieß Serena. An ihren Nachnamen konnte ich mich nur noch vage erinnern. Hunter? Huntington? Wir hatten uns auf einer Riesenparty kennengelernt, nur ein paar Wochen vor unserem Umzug in das große neue, undichte Haus auf dem Hügel. Ich war mir ziemlich sicher, dass sie nur mit mir geschlafen hatte, um ihren Exfreund eifersüchtig zu machen. Der war ebenfalls auf der Party und baggerte ein Mädchen namens Monica an, die mir selbst auch immer irgendwie gefallen hatte.

Nicki schlang die Arme um mich und hörte gar nicht mehr auf, mich zu küssen. Wir legten uns auf den Picknicktisch, sodass ich ihren ganzen Körper spürte. Ich strich ihr mit den Händen über die Arme und den Rücken. Wegen der feuchten Luft klebte ihr das Shirt an der Haut. Obwohl sie ihre Brust, ihre Hüften und ihre Schenkel an mich presste, traute ich mich nicht, sie woanders anzufassen.

Ich küsste ihren Hals, der ganz salzig schmeckte. Ständig erwartete ich, dass sie mich von sich schieben würde, obwohl sie die ganze Zeit seufzte und mir etwas ins Ohr murmelte.

Als ich mich wieder ihrem Mund zuwandte, öffnete sie ihn

und ließ mich die Limonade auf ihrer Zunge schmecken. Schließlich wälzte ich mich auf sie, was sie geschehen ließ, ohne im Küssen innezuhalten.

Bisher hatte ich nie daran gedacht, Nicki zu küssen – zumindest hatte ich solche Gedanken, falls es sie gab, nie in mein Bewusstsein dringen lassen –, doch jetzt, da ich sie küsste, kam es mir so vor, als sei das eines der vielen Dinge, von denen ich vorher nicht gewusst hatte, dass ich sie wollte.

Ein Auto kam angefahren und parkte neben unserem Truck. Das Licht der Scheinwerfer fiel zwar nicht direkt auf uns, sondern streifte uns nur, trotzdem hatte ich das Gefühl, als hätte mir jemand die Haut vom Leib gerissen. Der Parkplatz war doch halb leer. Musste sich der Fahrer da ausgerechnet DIESE Stelle aussuchen? Verärgert hob ich den Kopf und hörte unter mir Nickis stoßweises Atmen.

In dem Moment verspürte ich den Wunsch, sie zu beschützen, ihr zu raten, nicht mit einem ehemaligen psychiatrischen Patienten, der eigentlich in jemand anders verliebt war, an einer Raststätte rumzuknutschen.

Und gleichzeitig hatte ich den Wunsch, mich wieder nach unten zu beugen und sie weiterzuküssen. Hin- und hergerissen, wie ich war, blieb ich in dieser Stellung, bis sie sagte: »Was ist denn los? Sind das Cops oder was?«

Ihre Stimme riss mich aus meiner Erstarrung. »Nicki«, sagte ich und richtete mich vollends auf. »Es tut mir leid.«

»Was denn?« Sie setzte sich ebenfalls hin. Ihr Haar war völlig zerzaust. Ich versuchte, es glatt zu streichen.

Ich brachte kein Wort heraus. Sie nahm ihre Mütze, die wir total zerdrückt hatten, und setzte sie sich wieder auf den Kopf.

»Dieser Ort hat kein Flair«, verkündete sie. Dann schnappte sie sich ihre Limo und führte mich zum Truck zurück.

»Flair«, wiederholte ich.

Dieses Wort, Nickis ganzes Verhalten, die Art und Weise, wie sie sich die Mütze über die Haare gestülpt hatte – all das drang wie ein Lichtstrahl durch die Schwärze, die sich wieder in meinem Innern ausgebreitet hatte, und ich musste lachen.

14

VOR SICH HIN SUMMEND ließ Nicki den Motor des Trucks an. Ich hatte nicht die geringste Ahnung, was in ihr vorging. Und eine Zeit lang wusste ich auch nicht, was in *mir* vorging, weil ich immer noch erhitzt war und mir nach wie vor die Beine zitterten. Ich fuhr mir über den Mund und sah sie von der Seite an.

»Also, damit habe ich nicht gerechnet«, stellte sie fest, nachdem sie einen Schluck Limo getrunken hatte.

»Ich auch nicht.« Mein Mund war so trocken, dass ich auch gern etwas getrunken hätte, doch ich hatte meine halb volle Dose auf dem Picknicktisch stehen lassen. Und sie um einen Schluck zu bitten, kam nicht infrage. Wenn ich aus ihrer Dose getrunken, mit meinem Mund die Stelle berührt hätte, wo ihrer gewesen war, hätte das so gewirkt, als wolle ich das fortsetzen, was eben angefangen hatte. Was immer das sein mochte.

Sie hielt mir ihre Dose hin. »Möchtest du einen Schluck?«

Ich zuckte zusammen.

»Was ist denn?«

»Gar nichts. Das war nur so, als hättest du eben meine Gedanken gelesen.« Vorsichtig griff ich nach der Dose, als könne ich mich am Metall verbrennen.

Sie lachte. »Ich dachte, du glaubst nicht an Hellseherei.«

»Ha, ha.« Ich nahm einen Schluck. Am liebsten hätte ich den Rest der Limonade hinuntergekippt, riss mich aber zusammen.

»Jedenfalls kann *ich* deine Gedanken nicht lesen, das kannst du mir glauben.«

»Ich wünschte, du könntest es«, erwiderte ich. »Dann könntest du mir sagen, was zum Teufel gerade in meinem Kopf vorgeht.«

»Ryan, ich weiß ja noch nicht mal, was in *meinem* Kopf vor sich geht.«

Ich konzentrierte mich auf das Scheinwerferlicht der Autos auf der Gegenfahrbahn, um mich von dem abzulenken, was sich in meinem Innern abspielte.

»Ich weiß nicht, was hier abläuft«, sagte Nicki. »Ich bin … verwirrt.«

»Hey, ich war mein ganzes Leben verwirrt.« Ich zerrte am Sicherheitsgurt und brachte meine Beine in eine andere Position, um nicht mit den Knien gegen das Handschuhfach zu stoßen.

Wir schwiegen eine Weile. Die glänzend nasse Straße spiegelte das Licht der Scheinwerfer wider. Ich versuchte abzuschätzen, wie weit Nicki und ich voneinander entfernt waren. Dreißig Zentimeter? Sechzig? Mal kam mir der Abstand so gering vor, dass sich mein Atem beschleunigte. Und dann wieder hatte ich den Eindruck, als sei das Lenkrad kilometerweit entfernt.

»Aber manchmal ist es ganz okay, verwirrt zu sein«, meinte sie schließlich.

»Das hoffe ich«, gab ich zurück. »Weil das eins der wenigen Dinge ist, worin ich gut bin.«

Sie trommelte mit den Fingern auf das Lenkrad. »Lach mich jetzt bitte nicht aus, aber … aber ich hab mir mal ein Buch aus der Bücherei geholt, über einen buddhistischen Lehrer, der immer zu seinen Schülern gesagt hat, es sei okay, etwas nicht zu wissen. Ich glaube, damit meinte er, dass man Antworten nicht erzwingen soll.«

»Warum sollte ich dich denn auslachen?«

»Keine Ahnung. Kent zieht mich immer durch den Kakao, wenn ich so was lese oder über solche Sachen nachdenke. Weil er mich für dumm hält.«

»Du bist nicht dumm.« Ich beobachtete, wie die Scheibenwischer hin und her gingen.

Nachdem wir einige Kilometer zurückgelegt hatten, schaltete Nicki das Radio ein und summte leise mit. Auf der Herfahrt hatte sie laut mitgesungen.

Ich gab ihr die Limonade zurück. »Danke«, sagte ich.

Ich hatte mich fast wieder okay gefühlt, doch dann kam mir die ganze Geschichte mit Val erneut in den Sinn. Sobald ich an sie dachte, wurde mir mulmig zumute. Deshalb hörte ich auf, an sie zu denken. Obwohl es noch regnete, kurbelte ich das Fenster runter und ließ mir den Wind ins Gesicht wehen, damit er mir alle Gedanken aus dem Kopf blies.

Ich tappte durch das dunkle Haus und ging in die Küche, um irgendetwas zu essen aufzutreiben. Dad war am Vormittag wieder zu einer Geschäftsreise aufgebrochen, Mom saß oben am Computer. Ohne das Licht anzuschalten, machte ich mir in der Mikrowelle ein Fertiggericht warm, das ich, an der Spüle stehend, gleich aus der Plastikschale aß.

Dann meldete ich mich bei meiner Mutter zurück. Sie hatte mir im Laufe des Tages vier oder fünf Mal eine SMS geschickt, die ich alle beantwortet hatte, damit sie nicht in Panik geriet. »Du siehst ein bisschen blass aus«, stellte sie fest, hatte aber ansonsten nichts an mir auszusetzen.

Ich war kaum in meinem Zimmer, als ich eine Mail von Val bekam: »Ich hoffe, du bist okay. Ich hoffe, du verstehst mich.«

»Mach dir darüber keine Gedanken«, schrieb ich zurück.

Als ich ins Bett ging, spukten mir immer noch Val und Nicki im Kopf herum. Val, die vor mir zurückwich. Nicki, die die Arme um mich schlang. Ich träumte von beiden, wachte von Zeit zu Zeit auf, um sofort an sie zu denken. Einmal meinte ich, das Telefon klingeln zu hören, war mir aber nicht sicher, ob ich das nur geträumt hatte. Später wurde ich aus dem Schlaf gerissen, weil meine Mutter wieder auf dem Laufband zugange war. Ich packte mir das Kissen über den Kopf, konnte so aber nicht schlafen und hatte das Gefühl zu ersticken.

Um sechs wachte ich auf. Obwohl meine Augen brannten, als hätten sie über Nacht in Tabascosauce gelegen, war ich überhaupt nicht müde. Alles, was ich wollte, war, zum Wasserfall zu gehen und das Wasser auf mich niederprasseln zu lassen, damit ich wieder einen klaren Kopf bekam. Ich schlich mich aus dem Haus. Es war so früh, dass selbst meine Mutter noch nicht am Computer saß.

Draußen war es überall nass, obwohl es aufgehört hatte zu regnen. Der Himmel war mit tief hängenden grauen Wolken bedeckt und alles machte einen aufgeweichten Eindruck. Während ich den Pfad entlangging, quatschte der Boden unter meinen Füßen. Von den Bäumen tropfte es, das Gras und die Farne am Weg hinterließen feuchte Spuren auf meiner Haut. Als ich am Wasserfall ankam, fiel mir ein, dass ich vergessen hatte, ein Handtuch mitzunehmen. Trotzdem zog ich mir das T-Shirt aus. In dem Moment richtete sich jemand, der am Ufer gelegen hatte, auf. Ich fuhr erschrocken zusammen.

»Hey«, sagte Nicki.

»Was machst du denn so früh hier?«

»Dasselbe könnte ich dich auch fragen.« Sie warf eine Eichel nach mir.

»Konnte nicht mehr schlafen.«

»Ich auch nicht.«

Gott, sie wollte doch nicht etwa über das reden, was gestern Abend passiert war? Sie biss sich auf die Lippe und senkte den Blick, während ich mir die Schuhe auszog.

»Das Wasser ist zu kalt«, sagte sie, als ich zum Rand des Teichs ging.

»Nein, ist es nicht.« Ich schwitzte und zitterte gleichzeitig am ganzen Körper. Ich sprang in den Teich und arbeitete mich, immer wieder auf den glatten Steinen ausrutschend, zum Wasserfall vor. Nicki schrie mir etwas hinterher, das ich aber nicht verstand, weil das Wasser zu laut rauschte. Dann trat ich unter den Wasserfall.

Ich hatte nicht bedacht, wie heftig es in den letzten Tagen geregnet hatte.

Ich hatte nicht genau hingesehen, hatte mir keine Gedanken darüber gemacht, warum das Wasser heute stärker und lauter brauste als beim letzten Mal.

Mit voller Wucht klatschte es mir auf den Kopf, toste in meinen Ohren, schlug auf meine Schultern ein. Und dann riss es mir die Beine weg. Ich versuchte, mich festzuhalten – an den Felsen, am Wasser. Die Haare hingen mir ins Gesicht, ich ging unter. Verzweifelt umhertastend, schaffte ich es irgendwie, mich mit Händen und Knien abzustützen und keuchend aufzutauchen.

Nicki kam angewatet und packte mich beim Haar. Sobald ich dazu in der Lage war, machte ich ihre Finger los. »Wollte dir nur helfen, den Kopf über Wasser zu halten«, schrie sie, um das Tosen zu übertönen. »Alles in Ordnung?«

Ich nickte und schleppte mich zum Ufer, wo ich mich mit dem

Gesicht nach unten zu Boden fallen ließ. Sie setzte sich neben mich. Als das Dröhnen in meinen Ohren aufhörte und ich wieder klar denken konnte, sagte ich: »Ziemlich heftig heute, das Wasser.«

Sie lachte. »Kann man wohl sagen.« Dann legte sie mir die Hand auf den Rücken. »Bist du wirklich okay?«

»Ja.«

»Ich meine, nicht nur körperlich. Ich meine ... es war ein bisschen verrückt, heute da runterzugehen.«

»Tja.« Ich wälzte mich auf den Rücken. »Ich bin nun mal ein bisschen verrückt.«

»Finde ich auch«, erwiderte sie. Verlegen spielte sie an einer Haarsträhne herum. »Ich bin froh, dass du gekommen bist, weil ich dich um etwas bitten wollte.«

»Worum?«

»Könntest du morgen mitkommen? Ich will zu einem anderen Medium.«

»Ist das dein Ernst?«

»Klar. Ich hab dir doch gesagt, dass ich nach einem neuen Medium suchen würde.«

»Nicki, ich weiß wirklich nicht, was du von denen erwartest.«

Sie zwirbelte ihre Haarsträhne und zerrte daran herum. Als ich einen rotblauen Fleck an ihrem Hals entdeckte, zuckte ich innerlich zusammen, weil ich sofort wusste, was das war. Rasch wandte ich den Blick von der Stelle ab.

»Ich muss es versuchen«, sagte sie.

»Das ist reine Geldverschwendung«, entgegnete ich. »Wo kriegst du das Geld überhaupt her?«

Sie schwieg. Vielleicht war ich da einen Schritt zu weit gegangen. Wir hatten nie groß darüber gesprochen, dass wir über unterschiedlich viel Taschengeld verfügten und in grundverschiedenen Häusern wohnten. Gestern hatte Nicki es akzeptiert, dass ich das Benzin bezahlte, weil sie gefahren war und es sich schließlich um meine Freundin handelte, die wir besuchten. Das war nur fair. Trotzdem wusste ich, dass wir in puncto Geld nicht gleichstanden, egal was Nicki vorzutäuschen versuchte.

»Als wir klein waren, hat meine Großmutter für jeden von uns ein Bankkonto eröffnet«, erklärte sie. »Sie hatte die Vorstellung, dass wir damit unser Studium finanzieren könnten.« Sie stieß ein Schnauben aus. »Als ob wir uns vier Jahre Harvard leisten könnten, wenn sie im Jahr ein paar Hundert Dollar einzahlt.«

»Du nimmst das Geld für dein Studium?«

»Nur einen Teil davon. Aber sehr viel ist sowieso nicht da. Wenn ich Glück habe, kann ich mir von dem, was übrig bleibt, zumindest meine Lehrbücher kaufen. Matt hat zwei Kurse am Community College belegt, das kann er sich mit dem, was er in seinem Job verdient, gerade mal so leisten.« Sie zuckte die Achseln. »Ich werd's genauso machen – arbeiten und nebenher studieren.«

»Deinem Dad wäre es wahrscheinlich lieber, wenn du das Geld fürs Studium benutzen würdest, statt zu all diesen …«

»Halt den Mund!«, zischte sie. »Ich hab dir doch gesagt, dass es nicht um *entweder – oder* geht. Außerdem ist das nicht deine Sache.«

Ich wischte das Wasser weg, das mir aus den Haaren über den Hals gelaufen war. »Okay.«

»Ich werde mit dir oder ohne dich hingehen, aber ich wünschte, du würdest mitkommen. Schließlich bist du mir was schuldig, immerhin habe ich dich gestern zu …« Sie vermied es, Vals Namen auszusprechen.

»Ja, ich weiß. Ich komme mit. Wann willst du los?« War doch egal, dass ich nicht an Medien glaubte, dass ich nicht glaubte,

Nicki würde eine befriedigende Erklärung von ihrem Vater erhalten, falls es uns wider Erwarten gelingen sollte, mit ihm zu sprechen. Ich ging nicht mit, weil ich glaubte, man könne mit einem Geist reden, sondern wegen Nicki. Weil ich das Gefühl hatte, dass sie jemanden brauchen würde.

In der Küche wurde ich bereits von meiner Mutter erwartet. Als ich hereinkam, sprang sie auf und verschüttete ihren Kaffee. »Wo bist du gewesen?«

»Ich hab im Bach gebadet.«

»Zu dieser Zeit? Na, egal … Ich muss mit dir reden.«

Offenbar musste sie wirklich mit mir reden, da sie noch nicht einmal etwas zu meiner durchnässten Kleidung sagte. Die Haare standen ihr wild zu Berge. Schockiert stellte ich fest, dass sie sich nicht gekämmt hatte – und das, obwohl es schon nach sieben war. Auch das Gesicht hatte sie sich nicht gewaschen und sie hatte immer noch ihren Bademantel an.

»Was ist los?«, fragte ich, wobei mir einfiel, dass mitten in der Nacht das Telefon geklingelt hatte. Ob es um Dad ging? War sein Flugzeug abgestürzt?

»Mrs Carson hat angerufen. Sie mussten Jake wieder ins Patterson Hospital bringen.« Sie beugte sich vor und sah mich forschend an, als hätte sie Angst, dass ich umkippen könnte.

Meine Kehle war wie zugeschnürt. »Ist er okay?«

»Wie man's nimmt. Körperlich … fehlt ihm nichts, wenn ich es richtig verstanden habe. Aber er ist nicht okay.«

Ich dachte daran, dass Val und ich erst gestern Jakes Mails gelesen und uns Sorgen um ihn gemacht hatten. Doch dann war diese verkorkste Beziehungssache dazwischengekommen und hatte alles andere verdrängt.

Ich schenkte mir einen Kaffee ein. »Kann ich ihn besuchen?«

Mom ließ mich nicht aus den Augen. Sie umklammerte ihren Kaffeebecher so fest, dass ihre Hände wie Klauen wirkten. »Ich weiß nicht, ob ich das zulassen sollte.«

»Warum nicht?«

»Wenn ich bloß wüsste, was Dr. Briggs davon halten würde. Wer vertritt sie während ihres Urlaubs eigentlich? Dr. Solomon? Vielleicht sollte ich den anrufen. Obwohl er dich natürlich längst nicht so gut kennt …«

»Ruf an, wen du willst. Ist mir egal. Ich will Jake sehen.«

»Aber wenn, dann nur in meiner Begleitung. Wenn ich bloß wüsste, ob es gut für dich ist, diese Klinik wieder aufzusuchen.« Sie berührte den Rand des Bechers mit den Lippen, ohne zu trinken. Dann ließ sie den Becher sinken. »Ryan, wusstest du, dass Jake wieder Probleme hat?«

»Irgendwie schon.«

»Irgendwie schon? Was soll das heißen?«

»Ich wusste, dass er nicht sonderlich glücklich darüber ist, dass die Schule wieder anfängt.« Ich fuhr mir mit der Hand durch das nasse Haar, von dem Wasser auf den Fußboden tropfte, was Mom aber noch nicht bemerkt hatte.

»Warum hast du mir das nicht erzählt? Warum hast du seinen Eltern nichts erzählt?«

»Was denn?«

»Dass Jake Probleme hat.«

»Ich konnte doch nicht … ich meine, wenn jemand nicht zur Schule gehen will, heißt das doch nicht zwangsläufig, dass er Probleme hat.«

»Wenn er nicht ganz glücklich war, hättest du uns sofort darüber informieren müssen! Weißt du denn nicht, wie gefährlich es ist, wenn jemand mal depressiv war …«

»Nicht ganz *glücklich?*« Ich trank einen großen Schluck schwarzen Kaffee und verbrannte mir die Zunge, was aber irgendwie fast angenehm war. »Niemand ist ständig glücklich. Wenn ich jedes Mal, wenn jemand nicht ganz glücklich ist, zu dir rennen würde …«

Abrupt verstummte ich, da ihr die Augen derart aus dem Kopf quollen, dass es mir Angst einjagte – ein Gefühl, das durch ihr hexenhaft abstehendes Haar noch verstärkt wurde.

»Was? Was sagst du da? Willst du damit andeuten, dass du auch nicht glücklich bist?«

»Nein, ich …«

Sie knallte ihren Becher auf den Küchentresen. »Was soll ich bloß mit dir machen? Du hast jeden Grund, glücklich zu sein, alles, wofür zu leben …«

»Ich weiß.« Ich wusste es wirklich, und es tat mir leid, mehr, als sie wahrscheinlich für möglich gehalten hätte.

Schwer atmend packte sie ihren Becher beim Henkel. Ich trank einen weiteren Schluck Kaffee, weil mir nichts Besseres einfiel.

»Das ist alles meine Schuld«, fuhr sie mit leiser, gepresster Stimme fort. »Ich hätte viel früher dafür sorgen müssen, dass du Hilfe bekommst. Schon damals, als die Sache mit Frank rauskam.«

Als dieser Name fiel, bekam ich eine Gänsehaut. Ich konnte es einfach nicht fassen, dass sie ihn erwähnte. »Hör auf«, sagte ich.

»Er hat mich so lange hinters Licht geführt, und als ich dann Bescheid wusste …«

»Mom …«

»Es heißt, dass man nie über sexuellen Missbrauch hinwegkommt.«

Ich zuckte so zusammen, dass ich Kaffee auf den Fußboden verschüttete, gewöhnlich ein schweres Vergehen in der sterilen Küche meiner Mutter. Heute schien sie es jedoch überhaupt nicht zu bemerken. »Das war kein Missbrauch.«

Ihre Augenbrauen schossen in die Höhe.

»Ich meine, ich weiß, es war seltsam, aber es war ja nicht so, dass …« Die Hand, in der ich den Becher hielt, wurde feucht.

Sie schüttelte mit verkniffenem Mund den Kopf. Dann verließ sie die Küche.

Sexueller Missbrauch. Meine Güte. Ich wusste, dass sie das auch Dr. Briggs erzählt hatte, und bei meinem ersten Besuch bei der Ärztin hatte ich mit ihr gleich darüber gesprochen, damit die Sache vom Tisch war und sie ihr nicht die Bedeutung zumaß, die meine Mutter ihr zuzumessen schien.

Ich presste meinen feuchten Rücken gegen die Kühlschranktür. Ich wusste, warum Mom solch ein Aufhebens darum gemacht hatte, warum sie Dr. Briggs die Geschichte vor die Füße geworfen hatte wie eine Katze, die eine tote Maus anschleppt. Sie meinte nämlich, das erkläre, warum ich in der Klinik gelandet war. Das musste der Grund sein, warum ich so war, wie ich war. In ihren Augen war Frank das Schlimmste, was mir je passiert ist.

Mein Großvater heiratete drei Mal. Mit seiner ersten Frau setzte er Frank in die Welt, mit seiner zweiten meine Mutter, und ich glaube, mit seiner dritten Frau hatte er mehrere Kinder. Da er jedoch mit seiner Familie in Kalifornien lebte, sahen wir uns nie. Jedenfalls war Frank mein Halbonkel. Als ich klein war, kam er manchmal zu Besuch.

An einem Sommernachmittag, als meine Eltern im Garten eine Grillparty veranstalteten, bat Frank mich, mit ihm ins Schlafzimmer zu kommen. Obwohl ich nicht wusste, was das sollte, ging ich mit, da ich mich langweilte und nichts Besseres zu tun hatte.

Zuvor war ich schon so lange im Pool geschwommen, bis meine Finger runzlig wie Rosinen aussahen.

»Setz dich«, sagte Frank und zeigte aufs Bett. Ich gehorchte.

Er stellte sich vor mich, machte seine Hose auf und ließ sie fallen. Darunter trug er nichts. Ich nahm an, er wolle sich eine Badehose anziehen, denn mein Vater und einige Jungs aus der Nachbarschaft, die jetzt unten im Garten rumtobten, hatten sich ebenfalls hier oben umgezogen. Deshalb hielt ich das Ganze für keine große Sache. Frank blieb jedoch vor mir stehen und beobachtete mich, als warte er auf eine Reaktion. Ich starrte ihn lediglich an und wurde allmählich ungeduldig. Dann zog er die Hose wieder hoch, machte sie zu, holte einen zusammengefalteten Geldschein aus der Tasche und gab ihn mir.

»Das darfst du niemandem erzählen«, flüsterte er.

»Okay«, erwiderte ich und dachte, er meine das mit dem Geld, weil meine Mutter etwas dagegen hatte, dass Verwandte mir Geld zusteckten. Sie war der Ansicht, mein Taschengeld reiche aus und zusätzliches Geld würde mich zu sehr verwöhnen.

Die Sache wurde zur Routine. Immer wenn Frank zu Besuch kam, fand er eine Gelegenheit, mich ins Schlafzimmer mitzunehmen und die Hose runterzulassen. Danach gab er mir dann Geld und schärfte mir ein, nichts zu verraten. Ich dachte immer noch, es gehe darum, das mit dem Geld geheim zu halten, obwohl er inzwischen damit angefangen hatte, sich zu reiben, während ich zusah, was ich merkwürdig fand, aber ohne mir groß Gedanken darüber zu machen. Wenn mich etwas beunruhigte, dann die Art und Weise, in der er mich immer anstarrte, als warte er darauf, dass ich etwas sagte, ihm etwas mitteilte. Seine Augen schienen um etwas zu bitten, doch ich hatte keinen Schimmer, worum.

Eines Tages vergaß ich, meine Hosentaschen zu leeren und das Geld in einem Kästchen zu verstecken, bevor ich meine Kleidung in den Wäschekorb warf. Kurz darauf kam meine Mutter zu mir, in einer Hand meine Hose, in der anderen die Scheine.

»Von wem hast du das?«, fragte sie.

»Von niemand.« Was natürlich eine blöde Antwort war, aber ich war damals erst fünf oder sechs. Was Besseres fiel mir auf Anhieb nicht ein.

»Hast du es aus Daddys Portemonnaie genommen? Oder aus meinem?«

»Nein.« Da das die Wahrheit war, konnte ich ihr dabei in die Augen sehen.

»Hast du es Onkel Frank gestohlen, als er hier war?«

Jetzt wandte ich den Blick ab.

Sie packte mich bei der Schulter. »Hast du es ihm gestohlen?«

»Ich hab es nicht gestohlen. Er hat es mir gegeben.«

»Nun, dann wirst du es eben zurückgeben. Geschenke bekommst du nur bei besonderen Gelegenheiten, das weißt du.«

»Das war kein Geschenk. Das hat er mir fürs Zusehen gegeben.« Ich war so erpicht darauf, zu beweisen, dass ich im Recht war, dass ich vergessen hatte, dass es ein Geheimnis war.

»Fürs Zusehen wobei?«

Erst da fiel mir ein, dass ich nichts verraten sollte, doch meine Mom setzte mir so lange zu, bis ich ihr schließlich alles erzählte. Inzwischen hatte ich begriffen, dass die ganze Situation irgendwie seltsam war, doch ich dachte, wenn sie erfuhr, wie harmlos alles war, würde sie lachen und mich das Geld vielleicht sogar behalten lassen. Jedenfalls erwartete ich nicht, dass sie Augen und Mund aufriss, entsetzte Schreie ausstieß, ständig sagte: »Was? *Was?*«, und ich ihr die ganze Sache wieder und wieder erzählen musste. Und ich erwartete auch nicht, plötzlich das Gefühl zu haben, als hätte ich etwas wirklich Schlimmes getan – viel schlimmer, als nur ein bisschen Geld zu verstecken.

Tatsache war, dass mir das mit dem Geld gefallen hatte.

Tatsache war, dass ich über die ganze Angelegenheit nicht viel nachgedacht hatte. Die Erwachsenen verlangten ständig Dinge von mir, die keinen Sinn ergaben: in den Gängen der Schule nur auf der einen Seite zu laufen; mich hinzusetzen, wenn sie es sagten, und aufzustehen, wenn sie es sagten; löffelweise grässlich schmeckendes Zeug zu schlucken, das sie »Medizin« nannten; mir in einem Raum, der nach Alkohol roch, von einem fremden Mann, den man »Arzt« nannte, mit einem Holzstäbchen die Zunge runterdrücken zu lassen, bis es mich würgte.

Tatsache war, dass ich mich nicht bedroht gefühlt hatte, obwohl Franks seltsamer Blick mir Unbehagen bereitet hatte. Alles in allem hatte ich das Gefühl gehabt, als wäre eine Glasscheibe zwischen uns, als würden wir einander wie im Zoo aus sicherem Abstand betrachten, ohne direkt miteinander zu tun zu haben.

»Hat er dich angefasst?«, fragte meine Mutter zigmal. Mein Vater ebenfalls. Und auch der Arzt, zu dem sie mich brachten. Nein, das hatte er nicht. Aber das schien mir niemand zu glauben, sodass ich mir vorkam wie ein Lügner, obwohl ich das gar nicht war.

Ich schob mich vom Kühlschrank weg, ging nach oben und zog trockene Sachen an. Die Schlafzimmertür meiner Mutter war zu; vermutlich zog sie sich gerade um. »Sobald es dir passt, können wir zur Klinik fahren«, teilte ich der Tür mit.

Sie steckte den Kopf zur Tür raus. Mittlerweile hatte sie sich gekämmt und Lippenstift aufgetragen. »Bin in einer Minute fertig«, sagte sie.

15

AUF DER LANGEN FAHRT zum Patterson Hospital redeten wir nicht viel miteinander. Mir fiel ein, dass meiner Mutter dieser Weg wesentlich vertrauter war als mir. Ich hatte ihn nur zwei Mal zurückgelegt – bei meiner Einweisung und bei meiner Entlassung aus der Klinik –, sie hingegen unzählige Male, da sie mich regelmäßig besucht hatte.

Unterwegs fing es an zu regnen. Mein Haar war noch vom Wasserfall nass. Nachdem Mom die Klimaanlage angestellt hatte, trockneten mir allmählich Augen und Mund aus. Trotz des kalten Zugs, der mir gegen Kinn und Hals blies, wurde mir immer wärmer. Die Luft roch modrig und nach abgestandenem Zigarettenrauch, obwohl meines Wissens in diesem Auto noch nie jemand geraucht hatte. Ich drehte die Düse von meinem Gesicht weg.

»Jake wird sich freuen, dich zu sehen«, sagte meine Mutter.

»Hm«, erwiderte ich. Ich überlegte, ob Val wohl da sein würde, wobei ich nicht wusste, ob sie das mit Jake überhaupt schon mitgekriegt hatte. Ich hätte sie anrufen sollen, doch bei dem Gedanken, mit ihr zu sprechen, krampfte sich mir der Magen zusammen. Sofort musste ich wieder daran denken, dass sie vor mir zurückgewichen war, dass sie gesagt hatte: »Vielleicht mag ich dich dafür nicht genug.« Ich sah vor mir, wie ich ihr die Finger ums Handgelenk gelegt hatte, spürte ihre Haut, vergegenwärtigte mir die Nähe ihres Gesichts, als sie den Kopf abgewandt hatte ... Verdammt. Ich wollte nicht an sie denken. Nicht jetzt. Ich schloss die Augen und versuchte, mir den Wasserfall, den Steinbruch oder sonst was vorzustellen. Jake. Ich war auf dem Weg zu Jake. Ich musste mich am Riemen reißen, um für Jake da zu sein.

Das Erste, was mir beim Betreten der Klinik auffiel, war der Geruch. Selbst mit geschlossenen Augen hätte ich sofort gewusst, wo ich mich befand. Es roch nach Schweiß und Putzmitteln, verbrauchter Luft und Essen, das vor Stunden zubereitet worden war. Außerdem stank es nach Angst. Als Zweites nahm ich das Piepen und Summen der Türsicherungen wahr, das dumpfe Zufallen der Türen und das bläuliche Neonlicht in den Gängen. Es kam mir vor, als sei ich vor hundert Jahren hier gewesen, und gleichzeitig hatte ich das Gefühl, als sei es nur ein paar Tage her.

Mir schoss durch den Kopf, dass mein altes Zimmer nicht mehr mir gehörte und dass jetzt jemand anders dort untergebracht war. Und obwohl ich in keiner Weise das Bedürfnis hatte, in die Klinik zurückzukehren, wurde mir bei diesem Gedanken eiskalt. Das ergab natürlich überhaupt keinen Sinn, aber andererseits rechnete ich schon lange nicht mehr damit, dass mein Leben einen Sinn ergab.

Sie ließen mich nicht zu Jake. Ich hatte völlig vergessen, dass es hier die Regel gab, dass man in den ersten Tagen keinen Besuch empfangen durfte.

»Könnten Sie ihm dann sagen, dass ich hier war?«, fragte ich Marybeth, die am Empfang saß. Meine Mutter schnaubte vor Empörung. Sie hatte bereits gegen besagte Regelung protestiert und darauf hingewiesen, welchen weiten Weg wir zurückgelegt hatten, doch all das beeindruckte Marybeth nicht im Geringsten.

»Wenn du möchtest, kannst du ihm ja ein paar Zeilen schreiben«, schlug Marybeth mir vor.

»Das ist eine gute Idee«, sagte Mom. »Gleich um die Ecke ist ein Laden, wo es Glückwunschkarten und so was gibt, Ryan. Warum sehen wir uns da nicht mal um?«

Wir gingen in den Laden, doch ich hatte keine Ahnung, was für eine Art Karte ich kaufen sollte. Beste Genesungswünsche? Kopf hoch? Sorry, dass du wieder in der Klapse bist? Schließlich entschied ich mich für eine Karte mit einer furzenden Eidechse, weil mich die an die beknackten Sachen erinnerte, die wir uns immer zumailten. Meine Mutter kaufte eine überdimensionale Glitzerkarte mit Rosen, was ich irgendwie merkwürdig fand, da sie Jake kaum kannte. Aber vermutlich kannte sie seine Mutter – wie gut, entzog sich meiner Kenntnis, obwohl ich den Verdacht hatte, dass sie öfter miteinander sprachen, als mir bewusst war. Allmählich wurde mir klar, wie viel ich nicht wusste. Wie viel hinter den Kulissen vor sich ging, ohne dass ich etwas davon merkte.

Nachdem wir die Karten am Empfang abgegeben hatten, schickte ich Val eine SMS, um ihr das mit Jake mitzuteilen. Nach einer Weile stellte ich mein Handy ab, da ich so angestrengt auf das Klingeln lauschte, dass mir die Ohren wehtaten.

Mom ging mit mir zum Lunch in einen Diner, wo sie ihr Essen wie üblich auf dem Teller arrangierte. Ich quetschte Ketchup aus einer schmierigen Plastikflasche, tunkte eine Fritte in den roten Klecks und gab mir alle Mühe, die geometrischen Exerzitien meiner Mutter zu ignorieren. Während sie ihren Obstsalat aß, berührten ihre Lippen nicht ein einziges Mal die Gabel; bei jedem Bissen bleckte sie die Zähne.

»Ich bin froh, dass Dr. Briggs bald wieder da ist«, sagte sie.

»Wieso? Brauchst du Hilfe, um deinen verrückten Sohn unter Kontrolle zu halten?«

Das sagte ich einfach so dahin. Val, Jake oder Nicki hätten dabei noch nicht mal mit der Wimper gezuckt. Doch meine Mutter fuhr zusammen, als hätte ich ihr mit meiner sauren Gurke ins Auge gestochen.

»Sorry«, sagte ich.

Sie legte ihre Gabel hin. »Vielleicht ist dir nicht ganz klar, Ryan, dass das mit deiner Krankheit nicht leicht für mich war.«

»Hab ich nie angenommen.«

Sie sah mich starr an. Ich pulte am Rand meines Sandwichs herum.

»Hast du eigentlich eine Vorstellung davon, wie dein Vater und ich uns gefühlt haben, als du so krank warst?«

Ich dachte daran, wie ihr Mund immer zitterte, wenn sie mich ansah, dachte an die lautstarken Auseinandersetzungen am Telefon, als sie mit der Versicherungsgesellschaft über die Deckung meiner Behandlungskosten gesprochen hatte, dachte an den Seufzer, den sie jedes Mal unwillkürlich ausstieß, wenn sie mich in Dr. Briggs' Praxis ablieferte. Und ich dachte an das Gesicht, das mein Vater gemacht hatte, als er mich in der Garage erwischte, sowie an die Falte, die zwischen seinen Augen entstand, wenn er meinen Mund inspizierte, um sich zu vergewissern, dass ich meine Pille geschluckt hatte.

Einmal hatte ich zufällig einen Streit meiner Eltern mitgehört. Meine Mutter hatte geschrien: »Natürlich wusste ich nicht, dass er in der Garage ist!«, worauf mein Vater erwidert hatte: »Ich gebe dir ja keine Schuld …« Um den Rest nicht hören zu müssen, hatte ich mir Kopfhörer in die Ohren gestöpselt und Musik angestellt.

»Weißt du überhaupt«, sagte meine Mutter jetzt, »wie das war, als wir dich in dieser Klinik lassen und ohne dich nach Hause fahren mussten? Dass wir uns ständig gefragt haben, was wir falsch gemacht hatten?«

»Es hat nichts mit euch zu tun«, sagte ich in Richtung meines Tellers, auf dem der Rest meines Schinkensandwichs lag.

»Was?«

»Ich meine, es ist nicht eure Schuld.« Ich hob den Kopf und sah sie an. Ihr Gesicht war voller roter Flecken.

»Weißt du, was es heißt, einen Sohn zu haben, der sich umbringen will? Nein? Dann werde ich's dir verraten.« Die Worte sprudelten ihr aus dem Mund, als hätten sie ein Eigenleben, als könnte sie sie nicht länger zurückhalten. Die Leute am Nebentisch sahen sich nach uns um, doch meine Mutter, die ausnahmsweise mal nicht darauf achtete, ob jemand in der Nähe war und alles mitbekam, redete einfach weiter. »Das ist das Schlimmste, was du dir vorstellen kannst. Du kannst dich nicht auf deine Arbeit konzentrieren. Du kannst nicht schlafen.«

Ich zermatschte eine kalte Fritte im Ketchup und wünschte inständig, sie würde den Mund halten. Wie ein eisiger Nebel stiegen Schuldgefühle in mir auf. Ich war noch nicht so weit, mir all das anzuhören. Vor allem jetzt nicht, da Jake wieder in der Klinik war und Val mir einen Korb gegeben hatte und Dr. Briggs noch im Urlaub war. Trotzdem hörte ich zu, weil ich wusste, dass ich mir das selbst eingebrockt hatte.

»Am liebsten möchtest du ihn beim Genick packen und durchschütteln, damit er dir verspricht, gesund zu werden. Und dann hasst du dich, weil du diesen Wunsch hattest. Du möchtest ihn zurechtbiegen, kannst es aber nicht. Und was noch viel schlimmer ist: Auch die sogenannten Experten können dir nicht garantieren, dass sie es schaffen, ihn wieder zurechtzubiegen.«

Auf dem Tisch hatte jemand Salz verstreut. Ich presste meine

Finger in die weißen Körnchen und grübelte über den Ausdruck »wieder zurechtbiegen« nach. Das Kältegefühl in mir nahm zu.

»Du weinst die ganze Nacht, und wenn du ihn am nächsten Tag besuchst, weigert er sich, mit dir zu reden.« Ihre Stimme wurde immer schriller. »Und wenn er was sagt, dann nur, dass er sterben möchte. Du fragst ihn, warum, worauf er sich einfach auf dem Bett zusammenrollt und die Hände gegen die Ohren presst.«

Die Salzkristalle bohrten sich in meine Haut. Ich gab mir alle Mühe, ihr weiterhin zuzuhören, weil ich ihr das schuldig war. Doch in meinen Ohren setzte ein eigenartiges Rauschen ein, das ihre Stimme dämpfte.

»Du durchsuchst sein Zimmer und entdeckst, dass er genug Schmerzmittel gehortet hat, um einen Elefanten zu töten. Wenn du versuchst, mit ihm zu reden, kratzt er sich lediglich den Kopf oder die Arme. Du versicherst ihm, dass du immer für ihn da bist, aber er sieht dich noch nicht einmal an.«

Auch jetzt konnte ich sie nicht ansehen. Ich drückte noch fester auf die pikenden Salzkörnchen. Meine Atemgeräusche hallten in meinem Kopf wider, während die Kälte bis zu meinen Knochen vordrang.

»Die Ärzte teilen dir mit, er habe Depressionen. Und das nach allem, was du für ihn getan hast. Seine Windeln hast du gewechselt, und mitten in der Nacht bist du aufgestanden, um sein Erbrochenes wegzuwischen. Du hast ihm alles gegeben, was er haben wollte. Aber offenbar war das nicht genug. Du hast dein Bestes getan, aber es war nicht genug.«

Mittlerweile sprach sie immer abgehackter. Vielleicht war sie aber auch kurz davor, in Tränen auszubrechen, und hatte ihre Stimme nicht mehr unter Kontrolle. »Er hat Depressionen. Warum hat er Depressionen? Die Ärzte können es dir nicht sagen. Er *will* es dir nicht sagen.«

Ich streute Pfeffer neben das Salz. Sie legte ihre Hand auf meine. Ich fuhr erschrocken zusammen. Ihre Hand war kühl und feucht. Als ich die Feuchtigkeit auf meiner Haut spürte, fing diese an zu jucken. »Ryan«, sagte sie.

»Ich weiß nicht, warum ich Depressionen hatte«, erwiderte ich. Es hatte nicht nur daran gelegen, dass Amy Trillis mich gehasst hatte beziehungsweise – was noch schlimmer war – gemeint hatte, dass ich es noch nicht mal wert sei, gehasst zu werden. Es hatte nicht nur daran gelegen, dass ich fast alles verloren hatte, was mir etwas bedeutete: Baseball, Joggen, meine alte Wohngegend, meine alte Schule.

»Danach habe ich dich gar nicht gefragt. Warum hörst du mir denn nicht zu?«

Hatte sie nicht genau danach gefragt? Obwohl ich ihr zuhörte, war nach wie vor diese Kluft zwischen uns, diese Glasscheibe. Wenn sie keine Erklärung von mir haben wollte – die gleiche Erklärung, die Nicki von ihrem Vater haben wollte –, was wollte sie dann?

Sie schluckte schwer und fuhr fort: »Dann kommt dein Sohn aus der Klinik zurück. Du suchst dir einen Job, der es dir erlaubt, ständig mit ihm zu Hause zu sein, obwohl er sich bei jeder Gelegenheit in den Wald verdrückt. Du hast Angst, ihn aus den Augen zu lassen, tust es aber trotzdem, weil er wieder unter Menschen muss und sein Leben selbst bestimmen sollte. Zumindest behauptet das sein Vater, und du hoffst, dass er recht hat. Das Problem dabei ist, dass du unter ständiger Spannung stehst, die nie nachlässt. Nie.«

Ich senkte den Kopf, wie Val es oft tat, während meine Mutter weiterredete. Und weiterredete. Anscheinend sagte sie all das, was sie mir seit jener Nacht in der Garage hatte sagen wollen. Ihre Stimme prasselte auf mich ein wie der Wasserfall, unter den ich mich immer stellte. Ich zählte die Salz- und Pfefferkörnchen, die auf dem Tisch lagen, und war nicht mehr in der Lage, ihren Worten irgendeine Bedeutung abzugewinnen.

Die Glasscheibe zwischen uns wurde so dick, dass ich meine Mutter nicht mehr hören konnte. Ich hörte nichts mehr, ich fühlte nichts mehr. Die Übelkeit in meinem Magen verdichtete sich zu einem schweren Klumpen.

Abrupt hörte Mom auf zu reden. Dann sah sie sich im Restaurant um, als sei sie gerade von Außerirdischen hier abgesetzt worden und müsse herausfinden, wo sie sich befand. Anschließend drehte sie sich mir wieder zu und schaute mich mit erwartungsvollem Blick an. Doch ich brachte kein Wort heraus.

»Hörst du mir noch zu, Ryan?«, fragte sie.

Ich verrieb das Salz auf dem Tisch, spürte jedoch kein Piken mehr. Es fühlte sich nur noch tot und glatt an.

Sie wischte sich den Mund ab und nestelte an ihrer Serviette herum. »Verdammt noch mal. Eigentlich wollte ich damit bis zum nächsten Besuch bei Dr. Briggs warten.« Das letzte Mal hatte ich meine Mutter fluchen hören, als meine Eltern mich in die Klinik gebracht hatten, doch selbst dieser ungewohnte Ausbruch hinterließ noch nicht mal einen Kratzer auf der Glasscheibe. Sie schob mir mein Glas Wasser hin. »Trink einen Schluck. Bist du okay?«

Ich starrte auf das Glas und dachte bei mir *Wasser, Wasser,* um mir in Erinnerung zu rufen, was das eigentlich war. Um in die Gegenwart und das Restaurant zurückzufinden. Ich sehnte mich danach, mich vom Wasserfall aus meiner Erstarrung reißen zu lassen. Gleichzeitig fiel mir ein, dass Dr. Briggs von einer Extrasitzung zusammen mit meiner Mutter gesprochen hatte, eventuell im September.

»Verdammt noch mal. Das habe ich völlig falsch angepackt.«

Mom klaubte sich eine Haarsträhne aus dem Gesicht. »Ich wollte dir nur sagen ... dass ich wünschte, wir hätten gewusst, was wir tun sollen ... dass wir unser Bestes getan haben ... und das wollte ich auf die richtige Weise sagen ... und dann diese Sache mit Jake ... da bin ich einfach ... als ich wieder in dieser Klinik war ...«

Mom stützte den Ellbogen auf den Tisch und bedeckte die Stirn mit der Hand, sodass ich ihr Gesicht nicht sehen konnte. Ich hatte wieder mal alles vermasselt. Und obwohl mein Inneres zu Eis erstarrt war, spürte ich, wie heiße Schuldgefühle in mir aufstiegen. Ich konnte nur vermuten, um wie viele Jahre ich das Leben meiner Mutter bereits verkürzt hatte. Alles, was ich jetzt sagte, würde es nur noch schlimmer machen.

Mom hob den Kopf und versuchte, ein paar Papierservietten aus dem silbernen Spender zu ziehen, der jedoch so vollgestopft war, dass die Servietten zerrissen. Sie fummelte und kratzte am zerfetzten Papier herum, bis ich auf den Hebel drückte, damit sie eine ganze Lage herausziehen konnte.

Nachdem sie sich erneut den Mund abgewischt hatte, sah sie mich mit müdem Blick an. »Kannst du mir vergeben?«

»*Dir* vergeben?«, entgegnete ich überrascht und auch bestürzt, denn darum ging es nicht.

Überhaupt nicht.

Während wir zum Auto zurückgingen, legte sie den Arm um mich, um mich unbeholfen an sich zu drücken – eine Geste, die ich nicht erwiderte. Die Glasscheibe war inzwischen so dick, dass ich kaum noch etwas hörte und lautlos den Bürgersteig entlangzugehen schien. Wie aus weiter Ferne drang das Gehupe von Autos an mein Ohr. Die Stimme meiner Mutter konnte ich überhaupt nicht mehr hören.

Den Rest des Tages gingen meine Mutter und ich uns aus dem Weg.

Ich joggte durch den Wald, bis ich zum Steinbruch kam, wo ich mich keuchend gegen die verrosteten Überreste des Maschendrahtzauns lehnte, ohne zu wissen, ob sie mein Gewicht aushalten würden. Verzweifelt versuchte ich, alle Gedanken aus meinem Kopf zu verscheuchen, denn ob ich nun an Val, Jake oder meine Eltern dachte – jedes Mal hatte ich das Gefühl, gegen eine scharfe Kante zu prallen, die mich aufzuschlitzen drohte.

Als ich am Nachmittag in meinem Wandschrank nach einem Sweatshirt suchte, warf ich einen Blick nach oben und sah ein Stück pinkfarbenen Pullover aus der Einkaufstüte lugen. Toll. Genau das hatte mir noch gefehlt. Ich spielte mit dem Gedanken, die Tüte samt Inhalt zum Steinbruch mitzunehmen und in den Abgrund zu werfen, aber damit würde ich das Ganze nicht wirklich aus der Welt schaffen. Ich langte nach oben, schob den Pullover wieder in die Tüte und machte diese fest zu.

Am Abend ging ich früh zu Bett. Noch bevor ich eingeschlafen war, klingelte mein Handy: Val.

»Ja«, sagte ich, mit dem Handy am Ohr im Dunkeln liegend.

»Du durftest also nicht mit Jake sprechen? Weißt du, wie es ihm geht?«

»Nein. Wir durften nur Karten für ihn abgeben.«

»Gott, ich hatte befürchtet, dass er so was anstellen würde. Erst gestern …«

»Ich weiß. Ich war dabei.«

Sie schwieg eine Weile. Ich presste mir das Handy noch fester ans Ohr.

»Und wie steht es mit dir, Ryan? Bist du wirklich okay?«

»Ja.«

»Bist du sicher? Mir ist klar, dass das gestern irgendwie ... ungünstig gelaufen ist. Ich will nicht, dass du dich verletzt fühlst. Besonders jetzt nicht.«

Ich schloss die Augen, weil ich sie auf diese Weise so deutlich vor mir sah, dass ich sie hätte berühren können ...

Aber nur fast.

Da war es wieder, dieses *Fast*, diese nicht zu überbrückende Kluft, die alles, was ich wollte, unerreichbar machte. »Na, hör mal, Val«, sagte ich mit rauer Stimme, »was denkst du denn? Dass ich mich deinetwegen umbringen würde?«

»Nein, ich ...«

»Mach dir Sorgen um Jake, nicht um mich.«

»Ich mache mir Sorgen um euch beide. Mir Sorgen zu machen ist so meine Art, weißt du das nicht mehr?« Ihre Stimme war ganz brüchig geworden, was mich an ihre schlimmsten Tage in der Klinik erinnerte und daran, dass auch sie ihre Schwachpunkte hatte.

»Doch, doch«, erwiderte ich, während mein Zorn verrauchte. »Wie geht es *dir* so?«

»Gut, glaube ich. Manchmal hab ich eine Heidenangst, und manchmal bin ich wegen Jake so fertig, dass ich ihm am liebsten ein bisschen Hoffnung in den Schädel *rammen* würde, aber im Großen und Ganzen ... bin ich okay. Ich komponiere, das hilft.«

Obwohl wir nicht mehr viel sagten, blieben wir beide am Telefon – so wie wir früher in der Klinik immer zusammengesessen hatten, im Aufenthaltsraum, im Garten oder auf dem hässlichen Sofa im Gang. Wir hatten es immer geschafft, uns gegenseitig Kraft zu geben, und ich konnte es nicht ertragen, dass sie das, was wir füreinander empfanden, nicht vertiefen wollte, dass ihr das, was zwischen uns war, reichte, dass nicht auch sie das Verlangen hatte, mehr daraus zu machen. Aber gestern hatte sie die Grenze zwischen uns festgelegt und das würde ich respektieren. Diesmal war ich derjenige, der sagte: »Ich muss Schluss machen.«

»Gute Nacht, Ryan«, erwiderte sie.

Als ich auflegte, kam mir das Klicken vor wie das Zerreißen eines Fadens.

Am nächsten Morgen lag mir all das noch im Magen wie eine unverdaute Mahlzeit. Trotzdem stand ich auf und ignorierte das Völlegefühl in meinem Innern.

Im Moment war ich einfach nicht in der Lage, mir Gedanken über meine Mutter, Jake, Val oder sonst jemand zu machen. Ich würde joggen gehen, und nach dem Lunch hatte ich eine Verabredung, um mit einem Toten zu sprechen.

16

NICKI ERWARTETE MICH an der Auffahrt. Sie trug eine Kostümjacke mit einem dazu passenden Rock und hatte sich das Haar zu einem Knoten hochgesteckt. Mir lag schon auf der Zunge zu sagen: »Du bist ja aufgestylt wie meine Mutter«, aber das verkniff ich mir. Stattdessen fragte ich: »Warum hast du dich denn so angezogen?«

»Weil ich älter aussehen will. Das letzte Medium hat mich nicht respektiert, weil sie mich für ein Kind gehalten hat.«

Ich warf einen Blick auf den Truck, anschließend auf meine Jeans und mein T-Shirt. Der Truck und ich passten in keiner Weise zum Image – ganz abgesehen davon, dass auch Nicki nicht hundertprozentig überzeugend wirkte. »Aber ... ich finde, du hast es übertrieben. Dadurch siehst du noch jünger aus.«

Sie funkelte mich wütend an, öffnete die Tür des Trucks und machte sich daran, alte Plastikbecher und Einwickelpapier aus dem Wagen zu werfen. Ich trat hinter sie und zog ihr die Spange aus dem Haar.

»Hey!« Ihre Hände fuhren zum Kopf, während ihre Locken nach unten fielen und sich um ihren Hals ringelten.

»So siehst du viel besser aus. Auch älter, falls es dir darauf ankommt.«

Sie spähte in den Seitenspiegel. »Na ja, kann schon sein.« Sie zeigte rüber zur Beifahrertür. »Geh du auf die andere Seite und hol dort den Müll raus. Einfach nicht zu fassen, wie viel Mist Matt hier in nur zwei Tagen hinterlassen hat.«

Nachdem wir im Wagen aufgeräumt hatten, fuhren wir los. »Wo geht's denn hin?«, fragte ich, als Nicki zum Highway abbog.

»Nach Harrisville.« Sie gab mir einen Zettel. »Lies mir die Wegbeschreibung vor, sobald wir bei der Ausfahrt 23 sind.«

Am Fenster zog eine endlose Kette von Tankstellen und Minimärkten vorbei. Ich verbrachte die Fahrt weitgehend damit, mir wieder und wieder die Szene in Vals Zimmer in Erinnerung zu rufen, vor allem den Teil, als sie vor mir zurückgewichen war. Vielleicht wollte ich die Szene dadurch entschärfen, wollte zu einem Punkt gelangen, wo das Ganze nicht mehr schmerzte, doch nach einer Weile stellte ich fest, dass mir das nicht gelang. Als ich es satthatte, mich damit zu quälen, dachte ich daran, was ich mit meiner Mutter im Diner erlebt hatte. Nun ja, ich verstand es durchaus, mir einen vergnüglichen Tag zu machen.

Und dann fragte ich mich: Was spricht eigentlich dagegen, dass *wir* uns einen vergnüglichen Tag machen? Die Sonne schien, Nicki und ich hatten den Truck, niemand wusste, wo wir waren.

»Heute ist es viel zu heiß«, sagte ich. »Lass uns doch lieber zum Strand fahren!« Das Meer war in drei Stunden zu erreichen. Natürlich hätte mir klar sein müssen, dass Nicki sich durch nichts von ihrer großen übersinnlichen Mission abbringen lassen würde. Trotzdem stellte ich mir vor, wie wir weit von hier entfernt unsere Zehen in nassen Sand gruben und dem Rauschen der Wellen zuhörten.

»Zum Strand! Wie kommst du denn jetzt darauf?«

»Keine Ahnung. Wahrscheinlich weil es so heiß ist.«

»Das ist es jeden Tag. Deshalb nennt man diese Jahreszeit *Sommer.*« Sie leckte sich über die Lippen. »Ich hoffe wirklich, dass dieses Medium was von ihrer Sache versteht.«

»Erwarte nicht zu viel.«

»Hör mal, Ryan, irgendwas muss an diesem übersinnlichen Zeug doch dran sein, oder?«

»Und warum?«

»Weil viele Leute daran glauben und übernatürliche Erlebnisse haben. Die können sich schließlich nicht alle irren.«

»Doch, können sie.«

Sie stieß laut den Atem aus. »Warum bist du dann überhaupt mitgekommen?«

»Weil ich finde, dass du das nicht allein machen solltest.«

Einen Kilometer lang huschten Fast-Food-Restaurants, Banken und Tankstellen am Fenster vorbei. »Glaubst du denn an gar nichts?«, fragte Nicki nach einer Weile. »Ich meine an Dinge, die man nicht sehen kann.« Als ich keine Antwort gab, fuhr sie fort: »Was dachtest du eigentlich, was mit dir geschehen würde?«

»Wie meinst du das?«

»Als du ... du weißt schon, als du es versucht hast. Was hast du da erwartet?«

Ich presste die Finger gegen das Seitenfenster. »Ehrlich gesagt habe ich darüber nicht groß nachgedacht.«

»Wieso denn nicht?«

»Tja ...« Mir war, als würde ich den Benzingeruch in der Garage wieder wahrnehmen, den Zündschlüssel wieder zwischen meinen Fingern spüren. »Ich dachte, es wäre wie Schlaf.«

»Der ewig dauert?« Sie schüttelte den Kopf. »Gott, ich hoffe, es ist mehr als das.«

Harrisville war der ödeste Ort, den ich je gesehen hatte – ein Vorort wie der, in dem ich gewohnt hatte, bevor meine Mutter das Verlangen packte, in ihrem exklusiven Walddomizil zu leben. Die Grundstücke und Häuser, die alle im Ranchstil gebaut waren, glichen einander wie ein Ei dem andern. Ich sagte Nicki, wo sie abbiegen musste, und wir machten an einem gelben Haus halt.

»Sie soll sehr gut sein«, erklärte Nicki und starrte das Haus an, machte jedoch keine Anstalten, die Autotür zu öffnen.

»Sagt wer? Die Amerikanische Akademie für Übersinnliches?«

»Sagen Leute, die ihre Dienste in Anspruch genommen haben.« Nickis Entschlossenheit kehrte zurück. »Na komm, lass uns reingehen.«

Andrea war sanft und ruhig gewesen und hatte ständig gelächelt. Paula hingegen war groß und breit, ihr Gesicht grobschlächtig und wie aus Holz geschnitzt. Sie musterte uns, als hätte sie einen Röntgenblick. Nicki wurde blass und schien förmlich zusammenzuschrumpfen. Ich dachte bei mir, dass Paula zumindest die richtigen Augen hatte, falls sie wirklich übersinnlich begabt sein sollte. Doch dann fiel mir wieder ein, dass ich ja nicht an diesen ganzen Zauber glaubte.

Sie führte uns in ein Büro mit dunkler Wandtäfelung und rotem Teppich. Nicki und ich nahmen auf zwei Stühlen Platz, Paula setzte sich uns gegenüber und fuhr fort, uns zu studieren. Als ich mich am Kinn kratzte, folgten ihre Augen meiner Hand. Als ich die Hand in den Schoß sinken ließ, verfolgte sie auch das mit ihrem Blick. Nicki räusperte sich und Paula drehte sich ihr zu.

»Du möchtest mit jemandem sprechen, der wichtig für dich ist und eine große Bedeutung in deinem Leben hat«, sagte Paula mit einer Stimme, die so tief wie die eines Mannes war.

»Ja«, erwiderte Nicki.

Paula stierte Nicki an, Nicki starrte zurück. Ich überlegte, ob Paula wohl versuchte, Nicki zu hypnotisieren. Vielleicht würde sie Nicki auf diese Weise suggerieren, sie habe ihren Vater kontaktiert.

»Er hört dich«, verkündete Paula.

Nicki hüstelte. »Äh … was?«

»Er hört dich. Die Person, nach der du suchst.«

Nicki scharrte mit den Füßen auf dem roten Teppich. »Was … was hat er mir denn zu sagen?«

Sie fixierten einander, ohne ein einziges Mal zu blinzeln. Ich hatte das Gefühl, allmählich unsichtbar zu werden und mit dem Muster des Stuhlbezugs zu verschmelzen. Die Luft hier war so stickig, als stehe sie schon seit Jahrzehnten in diesem Zimmer. Sie roch nicht direkt schlecht – nur alt und verbraucht.

Paula seufzte und legte sich ihre breite Hand mit gespreizten Fingern auf den Schenkel. »Es gibt viele unbeantwortete Fragen.«

Ja, dachte ich bei mir, *das kannst du laut sagen. Genau deshalb sind wir hier.*

Blitzschnell drehte Paula den Kopf in meine Richtung. Ihr bohrender Blick rief ein Prickeln auf meiner Haut hervor. »Du blockierst.«

»Wie bitte?«

»Deine negative Energie blockiert den Geist.« Zur Veranschaulichung hob sie die Hand. »Deshalb kann er nicht zu mir durchdringen.«

Sie drehte sich zu Nicki zurück. »Dein Freund muss gehen und draußen warten.«

Nicki sah mich an.

Ich wollte sie nicht allein lassen. Schließlich wussten wir nicht das Geringste über Paula mit dem Jenseitskontakt. Andererseits wusste ich, dass Nicki unbedingt mit ihrem Vater sprechen wollte. Vielleicht sollte ich mich also draußen vor die Tür setzen – wie ein Wachhund. Genau das wollte ich ja auch sein.

Nicki rieb sich über den Mund. Paula saß reglos wie eine wuchtige Statue da.

Als ich Anstalten machte aufzustehen, sagte Nicki: »Nein. Er bleibt hier.«

»Aber er stört die Verbindung«, grummelte Paula.

»Er *ist* die Verbindung.«

Was?

Paula und Nicki starrten einander so lange an, dass ich schon dachte, die Augen würden ihnen aus dem Kopf fallen. Paula wandte als Erste den Blick ab und sah in Richtung Decke. »Wenn er weiterhin blockiert, kann ich keine Verbindung herstellen. Ich habe mein Möglichstes getan; du stehst dir selbst im Weg.«

Nicki leckte sich mit der Zungenspitze über die Mundwinkel. Paula saß nach wie vor reglos da, den Blick immer noch zur Decke gerichtet, als erwarte sie von dort eine Antwort auf die Frage, was sie mit derart bockigen Klienten anfangen sollte.

Nicki stand auf. »Das war's dann wohl.«

»Wie du willst.«

Als Nicki und ich bereits an der Tür waren, sagte Paula: »Du hast vergessen zu bezahlen.«

Nicki fuhr herum. »Wofür denn? Sie haben doch gar nichts gemacht.«

»Das ist nicht meine Schuld. Du hast meine Zeit in Anspruch genommen und aufgrund deiner Entscheidung verhindert, dass es zu einer Kontaktaufnahme kam. Wenn dein Freund bereit ist zu gehen, kann es immer noch dazu kommen, aber im einen wie im anderen Fall schuldest du mir Geld.«

Nicki umklammerte die Handtasche, die sie mitgenommen

hatte – ich konnte mich einfach nicht daran gewöhnen, Nicki mit so einem Ding zu sehen –, als befürchte sie, Paula könne sie ihr entreißen. Paulas Blick bohrte sich in uns und nagelte uns an der Tür fest.

Nicki marschierte in den Korridor. Bevor ich ihr folgen konnte, war Paula vom Stuhl aufgesprungen und hatte mich bei der Schulter gepackt.

»Lassen Sie mich los«, sagte ich. »Sie bekommen Ihr Geld ja.«

Sie gab meine Schulter frei, blieb aber dicht neben mir stehen, während ich die Scheine hervorkramte. »Ich bezahle Ihren *Zeitaufwand*«, erklärte ich, »weil ich glaube, dass Sie ansonsten nichts weiter als Unsinn zu bieten haben.«

»Das ist mir klar. Deine ganze Engstirnigkeit kann mir nur leidtun.« Sie reckte ihr massiges Kinn in Richtung Tür. »Und jetzt raus.«

»Nichts lieber als das.«

Hoch erhobenen Hauptes verließ ich das Haus, verspürte jedoch ein merkwürdiges Zittern in den Beinen – wahrscheinlich die Nachwirkung eines Adrenalinstoßes. Schließlich hatte ich es noch nie erlebt, dass ein angebliches Medium mich brutal packte und Geld von mir verlangte.

Nicki, die draußen auf mich wartete, sah mich missmutig an. »Hast du sie etwa bezahlt?«

»Vergiss es.«

»Ich wollte nicht, dass du ihr Geld gibst!«

»Andernfalls hätte sie keine Ruhe gegeben. Außerdem hatte sie nicht so ganz unrecht. Nicht dass die Kontaktaufnahme irgendetwas gebracht hätte, wenn es dazu gekommen wäre …«

»Dann gebe ich dir das Geld wieder.«

»Vergiss es.«

»Ich will nicht, dass du …«

»Nun lass das doch, Nicki. Einigen wir uns einfach darauf, dass es meine Schuld war, dass du nicht bekommen hast, was du haben wolltest. Also sind wir jetzt quitt.«

Ich folgte ihr zum Truck. Erst als wir durch die Straßen des Vororts fuhren – wobei ich versuchte, in umgekehrter Reihenfolge aus der Wegbeschreibung schlau zu werden –, sagte Nicki wieder etwas. »Ich kann es einfach nicht fassen.«

»Was denn? – Hier musst du links abbiegen.«

»Dass sie versucht hat, dich rauszuschmeißen.«

»Tja, offenbar hat sie gemerkt, dass ich die ganze Sache für Stuss halte. Sie wollte mich wahrscheinlich aus dem Weg haben, um dich besser einwickeln zu können.«

Nicki zog einen Flunsch. »Glaubst du wirklich, ich bin so beschränkt, dass sie mich hinters Licht hätte führen können, wenn du nicht dabei gewesen wärst?«

»Jedenfalls hat sie es angenommen. Hattest du den Eindruck, dass sie wirklich mit deinem Dad in Verbindung stand?«

Nicki atmete tief durch. »Keine Ahnung.« Nachdem ich ihr weitere Anweisungen gegeben hatte, sagte sie: »Aber wenn es mein Dad *war*, dann würde er, glaube ich, wollen, dass du dabei bist.«

»Ja, das hast du vorhin schon angedeutet. Und was meinst du damit?«

Sie starrte so auf die Straße, wie sie vorhin Paula in die Augen gestarrt hatte. »Irgendwie ist es so – das hört sich jetzt merkwürdig an –, als hätte mein Dad mich überhaupt erst zu dir geführt. Ich hab von Anfang an das Gefühl gehabt, dass du mir etwas über ihn sagen kannst.« Sie riss das Steuer nach rechts und machte an der Bordsteinkante halt.

»Also sollte ich vielleicht lieber dich fragen statt all diese Medien.« Sie drehte sich zu mir.

»Nicki, ich habe keine Ahnung, was ich deiner Ansicht nach wissen sollte. Ich kann dir die Antworten, die du haben willst, nicht …«

»Doch, kannst du. Weil du da gewesen bist, wo er war. Das ist so, als ob ich jemand, der in China war, frage, wie es da so ist, und er sich weigert, es mir zu erzählen.« Sie schluckte. Ihr Gesicht hatte sich gerötet. »Ich weiß, dass es schwer für dich ist und du nicht darüber sprechen möchtest, okay … deshalb versuche ich ja, über ein Medium was rauszufinden. Aber ich glaube trotzdem, dass du aus einem ganz bestimmten Grund ein Teil von all dem bist. Ich meine, als ich dich am Wasserfall angesprochen habe, hättest du ja sagen können, ich soll mich verpissen, aber das hast du nicht. Seitdem bist du bei mir geblieben. Und deshalb vertraue ich keinem Medium, das mich auffordert, dich aus dem Zimmer zu schicken.«

Sie trat aufs Gaspedal und fuhr weiter. »Jedenfalls war Paula nicht unser letzter Versuch. Um drei haben wir noch einen Termin.«

»Was?«

»Ja, ich habe beschlossen, es bei zwei verschiedenen Medien zu versuchen, um die Ergebnisse miteinander vergleichen zu können. Der Besuch bei Paula hat nichts gebracht – egal. Mal sehen, was die Nächste zu bieten hat.«

Als ich ihren entschlossenen Gesichtsausdruck sah, fragte ich mich, ob wir wohl jedes Medium im Land aufsuchen würden. Wo würde das Ganze enden, wenn sie das, worauf sie aus war, auch vom nächsten Medium nicht bekam? Wie viele Besuche bei Medien waren nötig, bis Nicki aufgab? Ich hatte angenommen, dass sie nach ein oder zwei Versuchen einsehen würde, wie sinnlos die Sache war. Und damit sie in dem Moment nicht allein war, war ich bei ihr geblieben. Doch allmählich kam mir der Verdacht, dass sie, selbst wenn sie fünfzig war, ihr Geld wahrscheinlich immer noch für Medien verplempern und in der Welt herumreisen würde, um endlich jemand zu finden, der ihr sagen konnte, was sie unbedingt wissen wollte.

»Nicki«, sagte ich.

»Hör mal, Ryan, wenn du über das, was du erlebt hast, nicht sprechen möchtest, dann respektiere ich das. Aber dann darfst du dich auch nicht darüber beschweren, dass ich zu diesen Medien gehe. Wenn du mir nicht helfen willst, muss ich eben jemand finden, der dazu bereit ist.«

Und was, wenn dir niemand helfen kann?, hätte ich am liebsten gefragt, aber ich ließ es.

17

NICKI HOLTE EINEN WEITEREN ZETTEL mit einer Wegbeschreibung hervor, die uns zu einem kurvenreichen, ausgefahrenen Schotterweg am Rande von Kirkville brachte. Auf einigen der Grundstücke, an denen wir vorüberkamen, grasten Ziegen oder Pferde. Hunde waren fast überall zu sehen. Es roch so stark nach Klee, Dung, Erde und Gras, dass man es fast auf der Zunge schmecken konnte.

Dass hier draußen, in dieser ländlichen Umgebung, ein Medium wohnte, hätte ich nicht erwartet. Aber andererseits war ja auch keins der anderen Medien so gewesen, wie ich erwartet hatte. Ich musste mich wohl endlich von der Vorstellung verabschieden, ein Medium müsse in wallende Gewänder gekleidet sein und eine Kristallkugel auf dem Tisch stehen haben.

Nicki zog ihre Kostümjacke aus, weil ihr zu heiß war. Das T-Shirt klebte ihr am Leib, und ich gab mir alle Mühe, nicht hinzusehen. Den größten Teil des Tages war es mir gelungen, nicht an das zu denken, was an der Raststätte auf dem Picknicktisch geschehen war. Doch von Zeit zu Zeit fiel es mir wieder ein – und dann spürte ich förmlich, wie die Luft zwischen uns vibrierte. Ich hatte keine Ahnung, ob sie es auch spürte, aber fragen würde ich sie ganz bestimmt nicht.

Nicki fuhr mit dem Truck auf eine schlammige Auffahrt voller Schlaglöcher. Ich stemmte meine Arme gegen das Wagendach, um mir nicht den Kopf zu stoßen. »Scheiße«, sagte sie. »Hoffentlich bleibe ich nicht stecken.«

»Das schaffen wir schon«, erwiderte ich. Keine Ahnung, warum ich mir ausgerechnet diesen Moment ausgesucht hatte, um Optimismus an den Tag zu legen. Beim nächsten Schlagloch riss es mir fast den Kopf vom Hals.

Die Auffahrt quetschte sich zwischen Bäumen hindurch, die dicht am Weg standen. Wir machten halt, um die Fenster hochzukurbeln. Als wir weiterfuhren, peitschten Zweige gegen das Glas. Schließlich erreichten wir ein kleines braunes Haus, das einen ziemlich heruntergekommenen Eindruck machte. Der Fußboden der Veranda hing in der Mitte durch, die Holzpfosten waren rissig und verwittert. Von der untersten Stufe blinzelte uns eine Katze mit verfilztem Fell an.

»Tja«, sagte Nicki. »Ich denke, wir sind da.«

Ich wartete darauf, dass sie ausstieg, weil ich ihr klarmachen wollte, dass wir nicht in dieses Haus gehen *mussten*, dass sie jederzeit einen Rückzieher machen konnte. Aber das war wahrscheinlich gar nicht nötig, denn wenn ich Nicki richtig einschätzte, würde sie die Sache auf jeden Fall durchziehen.

Sie griff nach meiner Hand und schlang ihre feuchten Finger um meine. »Wird schon klappen, was?«, sagte sie mit glänzenden Augen – nicht vor Freude, sondern eher fiebrig.

»Keine Ahnung«, erwiderte ich, weil ich sie nicht anlügen wollte. Schon im nächsten Moment wünschte ich, ich hätte Ja gesagt, weil deutlich zu merken war, dass sie eine Bestätigung brauchte. Doch sie lachte und schlug mir auf die Schulter, während der fiebrige Glanz aus ihren Augen verschwand.

»Auf dich ist doch immer Verlass«, meinte sie und kletterte aus dem Truck (was, wie ich bemerkte, gar nicht so einfach war, wenn man einen Rock trug; jedenfalls bekam ich flüchtig ein vanillefarbenes Spitzenhöschen zu sehen). Ich folgte ihr die Treppe hoch. Die Katze strich uns miauend um die Beine.

Die Frau, die uns an der Tür empfing, sah fast so jung aus wie wir. Ihre blonden Locken reichten ihr bis zur Taille und sie blinzelte uns aus großen Kulleraugen an. »Kommt rein«, sagte sie mit einer unglaublich hohen Kleinmädchenstimme, bei deren Klang es mir kalt über den Rücken lief. Wenn sie tatsächlich übernatürlich begabt war, dann mussten ihre Kräfte in ihrer Stimme liegen, so wie Paulas Kräfte in ihren Augen gebündelt gewesen waren.

Wir traten in ein heißes, stickiges Zimmer, wo es so dunkel war, dass ich kaum meine Füße erkennen konnte. Celestia – so hieß das Medium – führte uns in einen winzigen Raum, der nur von Kerzen beleuchtet wurde. Zunächst dachte ich, das Zimmer habe keine Fenster, doch als meine Augen sich an die Lichtverhältnisse gewöhnt hatten, stellte ich fest, dass die Fenster mit dicken dunklen Handtüchern oder Decken verhangen waren. Dieses Haus kam dem, was ich für ein Treffen mit den Toten erwartet hatte, bisher am nächsten, auch wenn ich nirgendwo eine Kristallkugel entdecken konnte.

Auf eine Geste von Celestia hin setzten wir uns ihr gegenüber auf niedrige Stühle, die an einem Tisch standen.

Nicki zerrte an ihrem verschwitzten Shirt herum. Am liebsten hätte ich meine Lippen auf ihren Hals gepresst und ihr zugeflüstert, sie solle dieses ganze verrückte Zeug vergessen. Daraufhin wandte ich sofort den Blick von ihrem Hals ab.

Celestia beugte sich zu uns. Ich an ihrer Stelle hätte Angst gehabt, von den Kerzen versengt zu werden, besonders wenn ich so langes Haar gehabt hätte wie sie. Doch sie schob furchtlos den Kopf zwischen die Flammen vor und legte die Arme auf den Tisch. »Ich nehme an, ihr seid hier, um jemand ganz Bestimmten zu kontaktieren.«

»Richtig«, antwortete Nicki, während ich über Celestias Worte nachdachte. Wollte denn nicht jeder, der hierherkam, mit jemand ganz Bestimmtem sprechen? Gab es wirklich Leute, die den langen Weg hierher zurücklegten, um dann aufs Geratewohl mit irgendwelchen Toten zu reden, die zufällig zwischen Diesseits und Jenseits rumhingen?

Ich zwang mich, mich auf das zu konzentrieren, was sich vor mir abspielte.

Celestia schloss die Augen und sagte in leierndem Tonfall: »O ihr Geister, wir rufen euch an, besonders jenen Geist, mit dem unsere liebe Freundin Nicki sehnsüchtig zu sprechen wünscht. O ihr Geister, bitte hört ihren Ruf und schickt ebendiesen Geist zu uns. O ihr Geister, bitte macht den Weg frei und lasst diesen einen erscheinen. O ihr Geister …«

Nickis Augen huschten im Zimmer umher, als rechne sie jeden Moment damit, dass die Geister Celestias Anrufung folgen und sich materialisieren würden. Die schwüle Luft machte mir das Atmen schwer, Schweiß sickerte mir über den Rücken. Die Kerzen schienen den Raum immer stärker aufzuheizen, so klein ihre Flammen auch waren.

Celestias Kopf sank nach unten. Nicki und ich warfen uns einen Blick zu. Ich stellte mich darauf ein, aufzuspringen und die Flammen zu ersticken, falls Celestias Haare Feuer fingen.

Ringsum Stille. Nur unser Atem war zu hören sowie das Zirpen der Zikaden draußen, ein monotones An- und Abschwellen, das mich schläfrig machte. Das Blut schien immer träger durch meine Adern zu fließen.

»Ich höre sie«, murmelte Celestia schließlich.

»Was?«, sagte Nicki.

Celestia hob den Kopf und öffnete die Augen. »Wir haben Kontakt aufgenommen.«

»Mit meinem Dad?«

»Mit jenen Geistern, die bereit sind zu erscheinen. Möchtest du ihre Botschaft hören?«

Nicki nickte.

Celestia warf einen kurzen Blick auf mich. Ich blieb reglos sitzen. Sie schloss erneut die Augen und sagte: »In Ordnung. Dann werden wir jetzt hören, was sie uns mitzuteilen haben.«

Nachdem sie tief Luft geholt hatte, legte sie wieder mit ihrem Geleiere los: »Im Namen der Geister sprechen wir zu euch! Ihr habt die Unsichtbaren herbeigerufen und sie sind eurem Ruf gefolgt. Wir wollen euch an unserer Weisheit teilhaben lassen und euch Dinge verkünden, die von großer Wichtigkeit für euch, euer Leben und euer zukünftiges Glück sind. Zwischen zweien von euch gibt es ein Band, ein Band, das nicht ignoriert werden darf, weil es nicht nur ein irdisches, sondern auch ein spirituelles Band ist, ein Band, das um eures spirituellen Heils willen geschmiedet wurde, auf dass ihr die Gaben eures Geistes austauscht, voneinander lernt und der eine dem anderen spirituell den Weg weist.«

»Moment mal«, fiel Nicki ihr ins Wort. »Meinen Sie damit Ryan und mich? Weil ich nämlich nicht hierhergekommen bin, um mir Beziehungsratschläge anzuhören. Ich möchte mit meinem Vater sprechen.«

»Die Antworten, nach denen du gesucht hast, sind nicht da zu finden, wo du sie vermutest, und sind nicht so beschaffen, wie sie deiner Ansicht nach beschaffen sein sollten. Möglicherweise sind sie dir bereits zuteilgeworden, ohne dass du es gemerkt hast. Achte auf deinen spirituellen Führer und die Botschaft, die er für dich hat, und verzweifle nicht, wenn die Antwort nicht so ist, wie du erwartet hast. Es ist Zeit, dass du die Wahrheit erfährst.«

Auf diese Weise sülzte Celestia noch eine Weile weiter, ohne viel Neues zu sagen. Der Kernpunkt ihres Geschwafels schien zu sein, dass Nicki und ich irgendwie schicksalhaft miteinander verbunden waren. Vermutlich war das der hauptsächliche Grund, warum die Leute zu Celestia kamen: um zu hören, dass schon hinter der nächsten Ecke die große Liebe auf sie wartete – und Celestia erzählte ihnen, was sie hören wollten. Mir war jedoch nicht ganz klar, warum sie Nicki nicht zugehört hatte und nicht auf ihren Wunsch, etwas über ihren Vater zu erfahren, eingegangen war. Konnte Celestia denn nicht einfach was erfinden, das sich wie eine Vaterbotschaft anhörte?

Schließlich öffnete Celestia die Augen und seufzte. »Es ist anstrengend«, erklärte sie, »auf diese Weise als Sprachrohr zu dienen, und es kostet mich viel Energie, ihre Botschaften zu übermitteln, aber ich mache es, weil ich es für eine wichtige Aufgabe halte.«

Nicki starrte sie lediglich mit offenem Mund an.

»War Nickis Vaters da irgendwo mit dabei?«, fragte ich.

Celestia lächelte. »Wenn die Menschen ins Jenseits übertreten, verlieren sie ihre individuelle menschliche Gestalt und verschmelzen bis zu einem gewissen Grad mit der spirituellen Energie anderer. Deshalb kann ich nicht immer genau unterscheiden, wer da ist – aber ich halte es für durchaus möglich, dass er da war, weil ich nämlich deutlich einen Energiestrom gespürt habe, der mit euch beiden kommunizieren wollte.«

Nicki schürzte die Lippen.

»Ich kann sehen, wie durcheinander du bist«, fuhr Celestia fort, »aber hör auf das, hör unbedingt auf das, was ich gesagt habe. Die Antworten sind alle für dich da. Du bist wieder und wieder in die Irre gegangen – hast die Antworten ignoriert, weil sie nicht so beschaffen waren, wie du es erwartet hast.«

Nicki zahlte. Was auch immer Celestia zuwege gebracht haben mochte oder nicht, zumindest hatte sie uns verdammt lange die

Ohren vollgesülzt. Als wir in die grelle Nachmittagssonne hinaustraten, blieben wir blinzelnd auf der Veranda stehen, während die räudige Katze unsere Füße inspizierte.

Nicki machte den Mund auf, schloss ihn aber gleich wieder. Dann holte sie die Autoschlüssel raus und ging zum Truck.

»Na, was meinst du?«, fragte ich, als sie den Motor anließ. Ich wollte gern wissen, ob sie diesem ganzen Wortschwall irgendeine Bedeutung entnommen hatte oder eine Bedeutung hineingelesen hatte. Letzteres war wahrscheinlich das, worauf Celestia baute.

»Halt die Klappe«, erwiderte Nicki. Als sie wendete, bockte der Truck. »Falls du jetzt sagen solltest *ich hab's dir ja gleich gesagt …*«

»War nicht meine Absicht.« Ich stemmte die Hände gegen die Wagendecke, während wir die Auffahrt hinunterholperten. »Ich möchte wirklich wissen, was all dieses Zeug deiner Ansicht nach zu bedeuten hatte.«

Sie schniefte und wischte sich die Nase am Handrücken ab. »Was hatte es *deiner* Ansicht nach denn zu bedeuten?«

»Keine Ahnung. Es geht ja schließlich um deinen Vater, nicht um meinen.«

Sie trat aufs Gaspedal, worauf das Geruckel so schlimm wurde, dass ich dachte, mein Kopf würde das Wagendach durchstoßen. Nachdem die Räder eine Minute lang im Schlamm durchgedreht hatten, gelangten wir endlich auf den etwas festeren Untergrund des Schotterwegs. Nicki beschleunigte das Tempo, sodass links und rechts kleine Steine hochflogen.

Ich hielt den Mund, bis sie auf den Parkplatz einer kleinen Tankstelle fuhr. »Ich brauch unbedingt ein Eis«, sagte sie. »In diesem Haus hab ich mindestens zwei Liter ausgeschwitzt und mir ist schweineheiß.«

Wir kauften uns große Doppelwaffeln mit Schokoeis, die wir

auf dem Parkplatz aßen, wobei das Eis sofort anfing zu schmelzen und zu tropfen, sobald wir es auswickelten. Ich war ganz froh, dass wir uns nicht unterhalten konnten, weil wir uns aufs Eislecken konzentrieren mussten. Als wir fertig waren, ging ich noch einmal in den Laden, um eine große Flasche mit Wasser zu kaufen. Nachdem ich etwas Wasser über unsere klebrigen Hände gegossen hatte, tranken wir jeder einen Schluck.

»Jetzt fühle ich mich fast wieder wie ein Mensch«, sagte Nicki und nahm noch einen Schluck Wasser. Dann brach sie in Tränen aus.

Ich wusste nicht, was ich tun sollte. Eigentlich hatte ich angenommen, dass die Krise vorüber war und sie sich wieder beruhigt hatte. Ich stand wie ein Idiot da, während sie schluchzend die Flasche umklammerte und sich die Tränen von den Wangen wischte.

»Nicki …« Ich nahm ihr die Flasche ab und streckte die Hand aus, um ihr den Rücken zu tätscheln. Ich hatte einen Horror davor, andere anzufassen, weil ich immer Angst hatte, dass ich zu sanft oder zu grob war. Außerdem befürchtete ich, dass Nicki meine Hand abschütteln würde. Wenige Zentimeter vor ihrem durchgeschwitzten T-Shirt machte ich halt.

Sie schniefte. »Ich bin okay«, sagte sie. »Lass uns von hier verschwinden.«

»Kannst du denn jetzt überhaupt fahren?«

Sie nickte und wir stiegen in den Truck. Nachdem wir ein paar Kilometer gefahren waren, bog sie wieder von der Straße ab, diesmal zum Parkplatz eines Friedhofs. Der Parkplatz hatte nur wenige Stellplätze und war mit Kies aufgeschüttet, aus dem Unkraut spross. Außer unserm Truck waren keine Fahrzeuge da. Nicki ging auf den Friedhof und legte sich in den Schatten eines gewaltigen Ahornbaums. Ich setzte mich neben sie.

»Mein Dad wurde nicht beerdigt«, erklärte sie.

»Oh«, erwiderte ich. Eine bessere Antwort fiel mir nicht ein.

»Er wurde verbrannt. Seine Asche haben wir von der Spitze des Mount Pembroke gestreut.«

In der Klinik hatte ich Kids kennengelernt, die ausgiebig darüber nachgedacht hatten, was nach ihrem Tod mit ihrem Körper geschehen sollte. Mir selbst war das egal gewesen – ich wollte nur rasch ein Ende machen, um keine Entscheidungen mehr treffen zu müssen. Ob man mich nun verbrannte oder begrub, war mir schnurz.

»Wenn er beerdigt worden wäre, könnte ich sein Grab besuchen. Glaubst du, dass ich mich ihm dann näher fühlen würde? Auf dem Mount Pembroke fühle ich überhaupt nichts.«

»Weiß auch nicht. Zwei meiner Großeltern wurden beerdigt, aber wir gehen nie zu ihren Gräbern. Die sind irgendwie weit weg.«

In den Bäumen zirpten die Zikaden. Auf meiner Stirn und unter meinem Hemdausschnitt sammelten sich Schweißtropfen.

Nicki drehte mir den Kopf zu. »Celestia hat dasselbe wie ich über dich gesagt.«

»Was?«

»Zuerst ist mir das gar nicht aufgefallen. Aber sie hat praktisch das gesagt, was ich nach unserm Besuch bei Paula gesagt habe. Dass du die Verbindung zu meinem Vater bist.«

»Das hat sie doch gar nicht gesagt.«

»Sie hat gesagt, dass du ein spiritueller Führer bist und eine Botschaft für mich hast. Ist doch dasselbe, oder?«

»Ich glaube nicht, dass ich irgendwelche spirituellen Botschaften für dich habe.« Ich hätte ihr gern das zerzauste, verschwitzte Haar glatt gestrichen, hatte aber Angst davor, sie anzufassen. Nur zu deutlich nahm ich die Rundung ihrer Hüften und ihre sich unter dem weißen Stoff abzeichnenden Brüste wahr. Außerdem bemerkte ich, dass ihr Rock ihr die Schenkel hochgerutscht war. Mit aller Kraft versuchte ich, nicht daran zu denken, dass ich vorhin, als sie aus dem Truck geklettert war, kurz ihr Höschen zu sehen bekommen hatte. Und ich hasste mich dafür, dass mir all das ausgerechnet auf einem Friedhof auffiel, während wir über ihren toten Vater sprachen.

»Doch, hast du.« Sie schloss die Augen. »Du weigerst dich bloß, sie mir mitzuteilen!«

»Nicki, was erwartest du denn von mir? Was in der Garage passiert ist, hab ich dir doch schon erzählt.«

»Du hast mir erzählt, *was* du getan hast, aber nicht, *warum* du es getan hast. Genau das will ich wissen.« Sie öffnete die Augen und sah mich unverwandt an. Ihre Pupillen waren wie schwarze Löcher, die mich einzusaugen drohten.

Was sollte ich ihr erzählen? Dass ich über einige der Dinge, nach denen sie mich fragte, noch nicht mal mit Dr. Briggs gesprochen, geschweige denn sie mir selbst gegenüber eingestanden hatte? Dass ich manchmal nicht begriff, was zum Teufel mich dazu getrieben hatte, und manchmal wiederum meinte, dass die Gründe sonnenklar waren?

»Was willst du denn wissen?«

»Wie du dich gefühlt hast. Warst du wütend? Oder traurig? Hat dir irgendwas leidgetan?«

Ich wollte Nicki nicht erzählen, wie es gewesen war. Sobald ich an das zurückdachte, was meine Mutter mir im Diner alles an den Kopf geworfen hatte, war ich fest davon überzeugt, dass ich mich nie so elend hätte fühlen dürfen. Außerdem wurde mir klar, dass ich Angst davor hatte, in diese Kammer meines Gehirns zurückzukehren. Vor allem Angst davor, sie nicht wieder verlassen zu können.

Ich rieb mir den Schweiß von der Stirn. Ich hatte keine Ahnung, wie etwas von dem, das ich ihr erzählen konnte, ihr helfen sollte, doch nachdem ich miterlebt hatte, wie sie sich bei diesen Medien ins Zeug gelegt hatte, war ich zumindest bereit, es zu versuchen. Ich hatte es satt, dass sie überall, wo sie nach Antworten suchte, leer ausging. Ich wollte ihr wenigstens *etwas* geben.

Vielleicht machte ich mir aber auch was vor; vielleicht war *ich* derjenige, der etwas wollte. Und vielleicht brauchte ich es sogar, dass sie Bescheid wusste.

»Okay«, sagte ich und begann zu erzählen.

Von der Glasscheibe, unserm Umzug und dem todschicken Haus, das perfekt hatte sein sollen, aber aus den Fugen ging, hatte ich ihr bereits berichtet.

Jetzt erzählte ich ihr, wie ich die Kopfschmerztabletten gehortet hatte. Ich wusste, dass ich keine zehn Flaschen brauchte – dass eine ausreichen würde, um mich umzubringen, doch der Kauf der Flaschen gab mir ein gutes Gefühl. Sobald ich mich schlecht fühlte, kaufte ich mir eine weitere. Manchmal holte ich die Flaschen unter meinem Bett hervor, strich mit der Hand über die Verpackungen und weidete mich an meiner Sammlung, als wäre sie ein Goldschatz.

Vom Sprechen war meine Kehle völlig ausgetrocknet. Nicki ging zum Truck und kam barfuß mit der Wasserflasche zurück. Ich trank einen Schluck. Der Schatten des Baumes wurde immer länger.

»Ich hab mal gehört, dass Männer es lieber mit einer Waffe als mit Pillen machen«, sagte Nicki. Ich dachte sofort an ihren Vater, sie sicher auch, obwohl keiner von uns es aussprach.

»Meine Eltern haben nie Waffen besessen. Ich hätte gar nicht gewusst, wo ich eine herbekommen soll – und selbst wenn ich eine gehabt hätte, hätte ich überhaupt nicht damit umgehen können.« Um mir eine Waffe zu besorgen, hätte ich mit fremden Leuten reden und Fragen stellen müssen – etwas, das immer unmöglicher wurde, weil die Glasscheibe sich mehr und mehr verdickte. Ich hätte ein Waffengeschäft ausfindig machen, mir möglicherweise sogar einen Waffenschein besorgen müssen. Dann hätte ich herausfinden müssen, was für Munition ich brauchte, und schließlich und endlich hätte ich jemanden finden müssen, der mir zeigte, wie man mit dem verdammten Ding schoss. Allein der Gedanke an all diese Schritte machte mich fertig. Es kostete mich ja schon genug Kraft, durch den Tag zu kommen. Doch bei den Kopfschmerztabletten brauchte ich nur die Flasche aus dem Regal des Drugstores zu nehmen, damit zur Kasse zu gehen und zu bezahlen. Ohne dass ich mit jemandem reden oder dumme Fragen stellen musste.

»Nicht dass ich denke, du hättest dir eine Waffe besorgen sollen«, sagte Nicki. »So habe ich das überhaupt nicht gemeint.«

»Ich weiß. Hab ich auch nicht so verstanden.«

»Ryan, ich hoffe, du weißt, wie ich es meine, aber ich begreife immer noch nicht, warum du sterben wolltest.«

Ich trank einen weiteren Schluck Wasser und nahm all meinen Mut zusammen.

Dann erzählte ich ihr mit stockender Stimme von Amy Trillis. Wie sie durch mich hindurchgesehen hatte, bis mir heiß und kalt wurde. Wie sie mich ausgelacht hatte, sodass ich mir ganz klein vorkam.

Nach und nach näherte ich mich dem pinkfarbenen Bündel in meinem Wandschrank. Nachdem ich noch mehr Wasser in mich hineingekippt hatte, machte ich einen Rückzieher und kam auf die Glasscheibe zurück.

»Wie meinst du das mit der Glasscheibe eigentlich?«, fragte Nicki, die sich auf die Seite gelegt und den Kopf in die Hand gestützt hatte, um mich besser ansehen zu können. Ihr Shirt und ihr Rock hatten Grasflecken.

»Es ist so, dass ich alle sehen und hören kann, aber nicht wirklich bei ihnen bin. Niemanden anfassen kann. Und dann ist da plötzlich diese Starre, die sich anfühlt, als sei man irgendwie scheintot. Jedenfalls habe ich das immer so empfunden.«

Sie nickte, als ob das irgendeinen Sinn ergebe, und ich redete weiter. Bisher hatte sie alles, was ich gesagt hatte, mit einem verständnisvollen Ausdruck in den Augen aufgenommen und mir zu verstehen gegeben, dass sie noch mehr hören wollte, auch das letzte Geheimnis, weil nichts, was sie bislang gehört hatte, schlimm genug war.

Ich erzählte ihr von Frank und wie ich ihm hatte zusehen müssen. Wie ich Geld von ihm genommen hatte, ohne etwas zu verraten, und dass die Sache nur durch einen blöden Zufall herausgekommen war und nicht etwa, weil ich mich richtig verhalten hätte.

Irgendwann fing sie an, meinen Arm zu streicheln. Ich war so überrascht, dass sie mich nach der Story mit Frank noch anfasste, dass ich überlegte, ob ich mich nicht deutlich genug ausgedrückt hatte.

»Hast du nicht verstanden, was ich gesagt habe? Ich habe das Geld genommen.«

»Na und? Wie alt warst du da? Sechs? Und er war erwachsen. Er hat seine Hose runtergelassen, nicht du. Was ist eigentlich mit ihm passiert? Wurde er vor Gericht gestellt?«

»Das habe ich erst später herausgefunden. Anscheinend hat mein Dad, der natürlich stinkwütend war, ihn angerufen und ihm gedroht oder so. Als Nächstes erfuhren wir dann, dass er das Land verlassen hatte. Vor ungefähr fünf Jahren ist er gestorben, an irgendeinem Leberleiden. Wir haben ihn nie wiedergesehen.«

Der Himmel über uns hatte sich inzwischen verdunkelt, während der Horizont im Licht der untergehenden Sonne leuchtete. Nickis Hand lag auf meinem Knie. Vom vielen Sprechen war ich ganz heiser, meine Kehle fühlte sich an, als hätte ich versucht, eine Käsereibe zu verschlucken. Noch nie im Leben hatte ich so viel auf einmal gesagt – selbst zu Val und Jake nicht. Nicki trommelte mir mit den Fingern aufs Knie, und jeder Kontakt löste unsichtbare Funken aus, die wie elektrische Impulse über mein Bein und meine ganze Haut huschten. Die Äste über uns hoben sich schwarz gegen den Himmel ab. Ich legte ihr einen Finger auf den Handrücken, was sie geschehen ließ, ohne zusammenzuzucken.

»Wenn ich bloß wüsste, was mein Vater wollte«, sagte sie mit ruhiger Stimme. Gewöhnlich klang ihre Stimme aufgeregt, wenn sie ihn erwähnte.

Ich legte meine ganze Hand auf ihre. Mehr wollte ich gar nicht von ihr. Ich wollte nur die Wärme unter meiner Hand spüren und dabei wissen, dass Nicki real und lebendig war und nicht vor mir zurückwich.

Es hatte nie den magischen Moment gegeben, wo ich gewusst hatte, warum ich mich nach dem Tod sehnte, ebenso wenig wie es den magischen Moment gegeben hatte, wo ich beschloss weiterzuleben. Meine Mutter hatte, wie ich wusste, nach dem magischen Grund gesucht und neigte dazu, Onkel Frank die Schuld an allem zu geben. Sie wollte eine Erklärung. Und verdammt noch mal, die verdiente sie auch.

Auch Nicki suchte, was ihren Vater betraf, nach dem magischen Grund, aber das hier war alles, was ich ihr zu bieten hatte – dass ich ihr all das Schlechte, das in mir war, erzählte. Wir saßen unter dem Baum, während um uns herum die Grillen zirpten und sich Tau auf den Grashalmen bildete. Mein Knie unter ihrer Hand brannte wie Feuer.

»Tut mir leid«, flüsterte ich.
»Was denn?«
Vieles, unendlich vieles.

Ein Geheimnis hatte ich noch auf Lager: die Sache mit Amy Trillis und der Schulbibliothek.

Nicki leckte ihren Daumen an und rieb damit an einem grünen Fleck auf ihrem Rock herum. »Das Kostüm gehört meiner Mutter«, sagte sie. »Die bringt mich um.«

Ich reichte ihr die Wasserflasche, doch sie seufzte und sagte: »Vergiss es. Ich werd's zu Hause mit Seife versuchen.«

Dunkelheit senkte sich herab. Die noch ausstehende Geschichte lag mir schwer im Magen. Ich hatte sie nie jemandem erzählt, weder Dr. Briggs noch sonst wem. Ich hatte noch nicht einmal mit dem Gedanken gespielt, es zu tun. Doch jetzt drängte auch dieses Geheimnis nach draußen. Irgendetwas in mir wollte herausfinden, ob Nicki imstande war, auch das zu ertragen, nachdem sie alles andere gehört hatte. Ich räusperte mich.

»Was ist?«, sagte Nicki.

Ich brachte kein Wort heraus. Sie setzte sich hoch und flüsterte mir ins Ohr: »Was ist denn?«

Ich war froh, dass uns Dunkelheit einhüllte.

Vor unserem Umzug ging ich auf die Highschool von West Seaton. In meinem ersten Jahr dort hatte ich in der fünften Stunde eine Freistunde. Wenn die Glasscheibe so dick wurde, dass ich die Nähe anderer Menschen nicht mehr ertragen konnte, zog ich mich in die Schulbibliothek zurück und setzte mich allein an einen Tisch.

Amy Trillis und ihre Freundinnen gingen ebenfalls in die Bibliothek, wo sie die bequemsten Stühle im Kreis aufstellten, herumkicherten, ihren Freunden eine SMS nach der nächsten schickten und Lipgloss herumreichten – zumindest *schienen* das ihre Beschäftigungen zu sein. Von meinem Platz aus konnte ich sie zwar sehen und hören, vermied es aber, direkt zu ihnen hinüberzublicken. Nachdem Amy mich vor einigen Monaten ausgelacht und beschuldigt hatte, dass ich ihr ständig hinterherstarrte, wollte ich nicht, dass sie auf mich aufmerksam wurde. Mittlerweile schien sie mich vergessen zu haben, und ich wollte, dass es so blieb.

Eines Tages standen sie und ihre Freundinnen von den Stühlen auf, um aus dem Fenster zu gaffen, weil ein Junge, über den sie gerade gesprochen hatten, draußen vorbeiging und eines der Mädchen wissen wollte, wie er aussah. Ihre Jacken, Büchertaschen, Notebooks, Bleistifte und den Lipgloss ließen sie über Stühle und Fußboden verteilt zurück. Von Amys Stuhl hing ein pinkfarbener Pullover herab. Die Mädchen hatten mir den Rücken zugekehrt.

Dieser Pullover schien Amys Körperbewegungen und ihren Duft in sich aufgenommen zu haben. Einen Moment lang durchströmte mich heißes Verlangen, das jedoch sofort in Starre überging. Die Glasscheibe war wieder da. Mir war alles egal.

Ohne nachzudenken, schlich ich mich mit meinem Rucksack in der Hand zu den Stühlen hinüber, stopfte den Pullover rasch in den Rucksack, machte den Reißverschluss zu und versteckte mich hinter dem Bücherregal nahe der Tür. Als die Mädchen zu ihren Stühlen zurückkehrten, fiel Amy das Verschwinden des Pullovers zunächst gar nicht auf. Erst nach einer Weile bemerkte sie es, stand auf, bückte sich und suchte den Fußboden ab. »Mein Pullover! Habt ihr meinen Pullover gesehen? Wo steckt er bloß? Nein, pink … Nein, er lag hier auf dem Stuhl …«

Dann machten sie sich daran, die ganze Umgebung abzusuchen. »Jemand muss ihn gestohlen haben! Das ist doch einfach nicht zu glauben! Ob jemand was gesehen hat?« Die Bibliothekarin kam herbei, um sich zu erkundigen, was los sei. Anschließend gingen sie durch die ganze Bibliothek und fragten die anderen Schüler, ob sie etwas gesehen hätten. Ich schlüpfte ungehindert zur Tür hinaus.

Der Hammer dabei ist, dass mich später nie jemand dazu befragt hat. Die Mädchen hatten meine Anwesenheit überhaupt nicht bemerkt. Amy und ihre Freundinnen hängten eine Liste mit den Namen von allen, die sich während des Diebstahls in der Bibliothek aufgehalten hatten, ans Schwarze Brett. Meiner war nicht darunter. Ich hatte mitten in der Bibliothek gesessen, jeder hätte sehen können, wie ich aufstand, doch niemand nahm mich zur Kenntnis oder achtete auf das, was ich machte. Es war noch schlimmer, als hinter der Glasscheibe zu sein. Ich war unsichtbar geworden.

Ich redete immer schneller, ohne eine einzige Pause, weil ich Nicki nicht die Möglichkeit geben wollte, etwas zu sagen. Denn wenn ich jetzt aufgehört und sie nichts gesagt oder das Falsche gesagt hätte – ich glaube, ich hätte es nicht ertragen.

Mag sein, dass ich unsichtbar war, der Pullover jedenfalls war es nicht. Er war vom pinkesten Pink, das ich je gesehen hatte, außerdem stank er förmlich nach Parfüm. Als ich damit nach Haus kam, hasste ich ihn bereits. Es war so offensichtlich, dass er nicht mir gehörte, dass jeder, der ihn sah, fragen würde, wo ich ihn herhatte. Deshalb packte ich ihn in die braune Einkaufstüte und verstaute ihn im obersten Regal meines Wandschranks, zuerst in unserm alten Haus, später dann im neuen. Als wir vorübergehend auszogen, weil das Haus abgedichtet werden musste, ließ ich ihn im Wandschrank und hoffte, dass er in der Zwischenzeit wie durch Zauberhand verschwinden würde. Doch als ich aus der Klinik entlassen wurde, erwartete er mich bereits. Ich konnte von dem, wofür er stand, einfach nicht loskommen.

Mit dem Diebstahl hatte ich eine Art Grenze überschritten. Ich besaß den Pullover und Amy wusste nichts davon. Das war nichts anderes als das jämmerliche Verhalten eines Stalkers.

Ich schämte mich für diese Sache mehr als für fast alles, was ich je angestellt hatte. Ich *war* ein erbärmlicher Stalker.

Das waren also die Geheimnisse, die ich hatte. Im Gegensatz zu den großen Geheimnissen, bei denen einen jeder bedauert und Verständnis für einen hat – zum Beispiel wenn man ein Elternteil verliert oder ernsthaft krank wird –, waren meine Geheimnisse schändlich und schmuddelig und von einer Abnormität, die bei anderen nur Abscheu hervorrufen konnte.

Ich wohnte in diesem todschicken Haus, das meine Eltern für absolut großartig hielten, und war in Wirklichkeit ein Typ, der nicht richtig tickte und Mädchenkleidung klaute. Der es zwar nur einmal getan hatte, aber trotzdem.

»Was hast du denn mit dem Pullover gemacht?«, fragte Nicki.

»Ich hab ihn immer noch. Ich wusste nicht, was ich damit machen sollte.«

Sie blieb reglos liegen und sagte kein Wort. Ich wünschte, sie würde mich wegstoßen, damit ich es endlich hinter mir hatte. Mir fiel wieder ein, wie Amy mich ausgelacht hatte, wie Val vor mir zurückgewichen war.

Nicki strich mir zerstreut mit den Fingern übers Knie. Ich war so erschöpft, dass ich mich am liebsten gegen den Baumstamm gelehnt hätte, doch gleichzeitig wollte ich, dass ihre Hand auf meinem Knie blieb. Solange sie bereit war, mich anzufassen – was bestimmt nicht mehr lange der Fall war –, würde ich mich nicht vom Fleck rühren.

»Ich weiß, das ist krank«, sagte ich.

»Was ist krank?«

»Dass ich ihren Pullover gestohlen habe.«

»Also, ich würde es eher traurig nennen. Weil du dir dringend etwas gewünscht haben musst, aber dann nur einen Pullover genommen hast.« Ihre Finger trommelten auf mein Knie. »Du sagst immer, dass du wie erstarrt warst, aber das glaube ich nicht, denn du warst ja noch imstande, dir dringend etwas zu wünschen.«

Sie schien die Sache mit dem Pullover nicht für so grässlich zu halten wie ich, aber ich war mir nicht sicher, wer von uns beiden da richtiglag. Denn immer wenn ich diesen Pullover betrachtete, sah ich mein zukünftiges Ich vor mir: einen durchgeknallten Stalker, der sich in dunklen Gassen rumdrückte und durch seine Glasscheibe hindurch lüstern nach Frauen schielte. Einen Typ, dessen Blick jeder auf der Straße ausweicht. Einen Typ, der mit sich selber redet, weil niemand sonst mit ihm reden will. Einen Typ, der die Kleidung anderer Menschen hortet, weil das die einzige Möglichkeit für ihn ist, anderen Menschen nahezukommen.

»Ich wollte den Pullover loswerden, aber …«, sagte ich und verstummte, weil ich wusste, dass das, was ich sagen wollte, verrückt klang. Ich hatte den Pullover nicht wegwerfen wollen, weil ich dachte, meine Fingerabdrücke seien darauf oder meine Haut hätte DNA-Spuren hinterlassen. Als ob jemand, der ihn im Müll fand, sofort wüsste, dass er gestohlen war. Als ob man Geld für gerichtsmedizinische Tests ausgeben würde, die wahrscheinlich sowieso nichts bringen würden. Offenbar hatte ich im Fernsehen zu viele Krimis gesehen. Aber Schuldgefühle haben nun mal nicht viel mit Logik zu tun.

Aus dem gleichen Grund hatte ich ihn nicht anonym an Amy zurückschicken wollen – weil ich glaubte, dass meine Schuld überall an ihm klebte. Ich hatte sogar Angst davor, ihn im Fundbüro der Schule abzugeben oder ihn irgendwo in der Schule hinzulegen, damit ihn jemand fand.

Deshalb versteckte ich den Pullover in meinem Wandschrank und wünschte, er würde zerfallen, sich in Luft auflösen. Ich hoffte, dass ich die braune Papiertüte eines Tages aufmachen und keine einzige pinkfarbene Faser, keine einzige Fussel mehr finden würde.

»Du könntest ihn verbrennen«, schlug Nicki vor.

Aber wo? Unser weißer Marmorkamin wurde nie benutzt. Wenn meine Mutter dort einen Rußfleck entdeckte oder feststellte, dass es nach Rauch roch, würde sie der Sache wie ein Spürhund nachgehen. Draußen konnte ich es auch nicht machen, weil da die Gefahr bestand, dass ich versehentlich den Wald in Brand steckte. Ich malte mir aus, wie ich versuchte, meinen Eltern und der Feuerwehr alles zu erklären. Dann könnte ich mir überlegen, was mir lieber war: dass sie mich für einen Stalker oder einen Brandstifter hielten. Eine tolle Alternative.

Oder würden sie mich selbst da verdächtigen, einen Selbstmordversuch unternommen zu haben? Dabei war Selbstverbrennung nie mein Ding gewesen. Ich hatte gehört, dass Verbrennungen zu den schmerzhaftesten Verletzungen gehörten, die man haben konnte, und mein Ziel hatte ja darin bestanden, Schmerzen zu vermeiden, das heißt so schnell wie möglich in den ewigen Schlaf zu sinken. Aber wer würde mir glauben? Wenn schon die Idee mit dem Fallschirmspringen meine Eltern in Panik versetzt hatte, konnte man sich gut vorstellen, wie sie auf einen Waldbrand reagieren würden.

Darüber hinaus zweifelte ich daran, dass ein Brand den Pullover völlig vernichten würde, selbst wenn die Fingerabdrücke vielleicht beseitigt worden wären. Die Stelle, wo ich ihn verbrannt hatte, würde zu einem neuen pinkfarbenen Pullover für mich werden – zu einem Ort, den ich mied, um den aber ständig meine Gedanken kreisten.

»Ich glaube, das mit dem Verbrennen ist keine gute Idee«, sagte ich.

»Tja, es gibt noch eine Menge anderer Möglichkeiten, falls du ihn wirklich loswerden willst.«

»Will ich«, erwiderte ich. Vorgenommen hatte ich mir das schon zigmal, doch im Unterschied zu früher glaubte ich jetzt, dass ich es eines Tages vielleicht tatsächlich schaffen würde.

Nachdem ich alles gestanden hatte, verstummte ich. Die Finsternis brach herein, als würde sie sich in mich hineinfressen oder ich mich in sie. Nicki hatte sich wieder auf dem Gras ausgestreckt, ohne die Hand von meinem Knie zu nehmen. Als ich meine Hand sinken ließ, landete sie zufällig in ihrem Haar. Da Nicki nichts dagegen zu haben schien, ließ ich die Hand, wo sie war. Die Grillen und Zikaden zirpten, was das Zeug hielt.

»An die Sache mit den Medien hast du nie geglaubt, oder?«, fragte Nicki.

»Stimmt.«

»Meinst du, dass es so was wie ein Leben nach dem Tod gibt?« Sie legte die Hand aufs Gras, das die Toten unter uns bedeckte. »Dass man in den Himmel kommt oder wiedergeboren wird oder so?«

»Manchmal glaube ich schon daran, aber möglicherweise nur, weil ich mir wünsche, dass es das gibt.«

»Du hast gesagt, du dachtest, es wäre wie Schlaf.«

Ich kratzte mich am Kopf. »Ja.«

»Und das wolltest du? Einfach nur schlafen? Für immer und ewig? Hat dir die Vorstellung, dass du bestimmte Dinge nie wieder würdest tun können, denn gar nichts ausgemacht?«

»Also, nachgedacht habe ich schon darüber. Vielleicht habe ich es deswegen so lange aufgeschoben. Aber ich habe auch an die ganze Scheiße gedacht, die mir ein für alle Mal erspart bleiben würde.«

»Trotzdem. *Für immer und ewig?*«

»Na, ich bin ja noch hier, oder?«

Sie schwieg, und ich glaubte, das Gras atmen zu hören, auf dessen Halmen sich immer mehr Tautropfen bildeten.

»Darf ich dir was erzählen?«, fragte Nicki.

»Klar.«

»Aber dann musst du dich neben mich legen.«

Ich streckte mich neben ihr aus. Sie schmiegte sich an mich. »Schwöre, dass du es niemandem verraten wirst«, flüsterte sie mir ins Ohr.«

»Ich schwöre.«

Sie seufzte leise. »In der Woche, bevor mein Dad starb, ist er mit mir nach Funworld gefahren.«

»In den Vergnügungspark?«

»Ja.«

Ich wartete.

»Dafür hat er extra die Arbeit geschwänzt.« An meiner linken Seite spürte ich ihren warmen Körper, am Rücken den kalten Erdboden. Die Wärme und die Kälte trafen irgendwo in meinem Innern aufeinander, als hätte ich Fieber.

»Das hat mir wahnsinnig viel Spaß gemacht«, sagte sie, »weil nur wir zwei hingefahren sind. Wenn wir einen Familienausflug gemacht haben, wollte Matt ständig Achterbahn fahren, und Kent wurde nach drei Fahrten immer schlecht. Doch dieses eine Mal konnte ich auch mit dem Karussell und allem andern fahren.«

Ich hörte zu. Ihr Atem kitzelte mir im Ohr, einige verirrte Haarsträhnen schlängelten sich über meinen Hals.

»Aber er hat deshalb Ärger bekommen. Er war zu oft nicht zur Arbeit gegangen. Darum wurde er gefeuert und das hat ihn völlig fertiggemacht.« Ich spürte nur noch ihren Atem in meinem Ohr und schloss die Augen. »Jeder in meiner Familie weiß, dass er gefeuert wurde und dass das wahrscheinlich der Grund dafür ist, warum er sich umgebracht hat. Aber keiner von den anderen weiß etwas von diesem Tag im Vergnügungspark. Er sagte, Mom würde stinksauer sein, weil er blaugemacht hat, und Matt und Kent würden sich ausgeschlossen fühlen. Deshalb haben wir niemandem etwas davon erzählt.«

Ich hörte weiter zu und wartete auf das große Geheimnis oder was immer es sein mochte, das sie mir nur flüsternd mitteilen konnte.

»Meine Mutter und meine Brüder wissen immer noch nichts davon.«

»Aha.«

Die Grillen zirpten. Nicki atmete mir nach wie vor ins Ohr. »Wenn ich ihn überredet hätte, stattdessen zur Arbeit zu gehen …«

»Es war nicht deine Schuld.« Plötzlich begriff ich, worin das große Geheimnis bestand – in nichts weiter als dem, was sie mir bereits erzählt hatte. Sie führte den Tod ihres Vaters auf diesen einen Tag im Vergnügungspark zurück, so wie meine Mutter meine Probleme auf die Geschichte mit Onkel Frank zurückführte.

»Wenn er nicht mit mir nach Funworld gefahren wäre, wäre er nicht gefeuert worden.«

»Das weißt du doch gar nicht. Außerdem hast du gesagt, dass er nicht nur wegen dieses einen Tages gefeuert wurde, sondern oft nicht zur Arbeit gegangen ist.« Ich drehte mich ein Stück zur Seite, damit ich den Arm um sie legen konnte.

Sie schüttelte frustriert den Kopf, weil sie annahm, dass ich ihre Schuldgefühle nicht verstand, nicht begriff, dass *sie* in dieser Geschichte die eigentlich Schuldige war. Doch Tatsache war, dass ich genau verstand, was sie meinte.

18

WO BIST DU GEWESEN?«, fuhr meine Mutter mich an, als ich zur Tür hereinkam. Ich hatte unser tägliches Kontrollgespräch versäumt. Hinzu kam, dass sie und mein Vater mich seit der Diskussion übers Fallschirmspringen noch mehr im Auge behielten als sonst. Und Jakes Wiedereinlieferung in die Klinik hatte auch nicht gerade zu ihrer Beruhigung beigetragen. »Ich habe ständig versucht, dich anzurufen!«

»Oh ... ich hatte das Handy abgeschaltet und vergessen, es wieder anzuschalten.« Mir wurde klar, dass ich von Glück sagen konnte, dass sie nicht die Polizei alarmiert hatte, um nach mir suchen zu lassen.

»Wenn du es nicht fertigbringst, das Handy eingeschaltet zu lassen, solltest du vielleicht lieber zu Hause bleiben.«

»Tut mir leid.«

»Ich muss in der Lage sein, dich jederzeit zu erreichen. Wo *warst* du denn?«

Ich zog mir die Schuhe aus. »Mit Nicki zusammen.«

»Dem Mädchen mit den vorstehenden Zähnen? Schon wieder?« Sie folgte mir durchs Wohnzimmer in die Küche.

»Sag das bitte nicht so, als sei das ihre hervorstechendste Eigenschaft.«

»Es gefällt mir nicht, dass du unbeaufsichtigt mit ihr durch die Gegend ziehst.«

»Wieso das?« Ich öffnete den Kühlschrank und inspizierte den Inhalt: Diätjoghurt, Diätsaft, Diätcola. Igitt. Ich nahm eine Pflaume heraus und rieb mit dem Daumen den silbrigen Reif weg, der sich auf der Schale gebildet hatte.

»Weil dabei leicht etwas passieren könnte.«

»Du meinst, sie könnte schwanger werden? In dem Sinne ist sie nicht meine Freundin, Mom.«

Ihre Lippen kräuselten sich. »Es geht nicht nur darum, sondern auch um Alkohol, Drogen ...«

»Wir trinken weder Alkohol noch nehmen wir Drogen.« *Wir fahren bloß im Truck ihres Bruders herum und suchen ein Medium nach dem andern auf, um mit dem Geist ihres Vaters zu kommunizieren.*

»Was macht ihr dann?«

»Nichts Besonderes. Hängen einfach rum und unterhalten uns.«

Ich biss in die Pflaume. Mom sah mich so durchdringend an, als erwarte sie, dass ich gestand, Nicki und ich würden Rohrbomben basteln oder im Wald Orgien feiern. Doch ich hatte nichts zu sagen. Nachdem ich das Fruchtfleisch abgenagt hatte, warf ich den Kern der Pflaume in den Mülleimer. Moms Gesicht war inzwischen knallrot geworden. Mir fiel ein, was sie gestern im Diner alles gesagt hatte. Meine Hand fing an, nervös zu zucken, und ich ballte sie zur Faust. »Tut mir leid«, sagte ich. »Ich hätte mein Handy checken sollen.«

Sie runzelte die Stirn und zog den Müllbeutel an der Kante des Eimers gerade. »Ich habe mit Jakes Mutter gesprochen. Es geht ihm den Umständen entsprechend gut.«

»Und was heißt das?«

Sie seufzte. »Das weiß ich auch nicht so genau.«

Ich ging in mein Zimmer hoch und checkte meine Mails. Von Val waren gleich zwei da. Ich klickte die erste an.

»Danke, dass du mir Bescheid gegeben hast. Ich bin froh, dass du zur Klinik gefahren bist, auch wenn du Jake nicht sehen durftest. Zumindest wird er erfahren, dass du da warst.

Ich habe befürchtet, dass etwas in der Art passieren würde – wir haben ja gerade erst darüber gesprochen. Aber wenn man dann hört, dass er sich die Pulsadern aufgeschnitten hat, ist alles noch viel schlimmer. Ich versuche immer, innerlich auf solche Sachen vorbereitet zu sein, aber ohne Erfolg.

Wie kommst du denn damit klar?«

Da ich den ganzen Tag mit Nicki unterwegs gewesen war, hatte ich diese Mail nicht beantwortet. Daraufhin hatte sie mir später noch eine geschickt.

»Also, ich weiß, dass es albern ist und ich mir keine Sorgen machen sollte, aber Tatsache ist, *dass* ich mir welche mache, wenn so etwas passiert. Erinnerst du dich noch, wie wir in der Klinik über Nachahmungstaten gesprochen haben? Ich weiß ja, dass du so was nicht machen würdest, aber das Ganze geht einfach ein bisschen zu sehr an die Substanz, besonders, da es sich um Jake dreht. Ich habe nicht vergessen, wie ihr zwei ständig über die besten Methoden, sich umzubringen, gesprochen habt. Und obwohl das lange zurückliegt, ist er jetzt wieder in der Klinik. Ich wäre dir dankbar, wenn du mir kurz mitteilen würdest, dass du okay bist.

Und wenn du nicht okay bist, will ich es erst recht wissen!«

Unterschrieben hatte sie mit »Alles Liebe, Val«.

Ich konnte mir gut vorstellen, was sie gedacht hatte, als auch diese Mail unbeantwortet geblieben war. Abgeschickt hatte sie sie um 6:23. Ich klickte sofort *Antworten* an – und zwar nicht nur, um ihre Befürchtungen zu zerstreuen. Jake hatte sich die Pulsadern aufgeschnitten? Warum hatte ich das nicht schon früher erfahren?

»Hey, Val, ich bin's. War den ganzen Tag unterwegs & hatte mein Handy ausgestellt.

Hat Jake sich wirklich die Pulsadern aufgeschnitten? Das hat meine Mutter überhaupt nicht erwähnt. Sie hat nur gesagt, er sei wieder im Patterson Hospital.«

Offenbar lauerte Val am Computer, weil ihre Antwort prompt eintraf.

»Wahrscheinlich hatte sie Angst, es dir zu erzählen. Wegen deiner Vorgeschichte.«

Meine *Vorgeschichte*. Ist ja entzückend.

»Aber es stimmt«, fuhr sie fort. »Er hat sich aufgeschlitzt, doch es hat nicht geklappt.«

»Gut. Ich meine, gut, dass es nicht geklappt hat.«

Nach einer kurzen Pause fragte sie: »Bist du okay?«

»Ja.«

»Wirklich? Denn wenn nicht, kannst du es mir ruhig erzählen. Als ich sagte, ich will, dass wir Freunde sind, habe ich das ernst gemeint. Obwohl Freunde ein zu schwacher Ausdruck ist. Ich mag dich sehr. Ich hoffe, das weißt du.«

In gewisser Weise war es, wenn sie solche Dinge sagte, schwerer zu ertragen, als wenn sie mich kalt hätte abblitzen lassen. Manchmal ist es schlimmer, *fast* etwas zu bekommen, als nicht die geringste Chance zu haben. Wieder spürte ich den Abstand, den es zwischen uns gegeben hatte, als ich mich zu ihr gebeugt hatte und sie vor mir zurückgewichen war – diesen Abstand, der zum Verrücktwerden gering und gleichzeitig so groß wie das Universum war. Trotzdem – wir waren immer noch Freunde. Und da war Jake, um den wir uns Sorgen machten.

»Ja, ich bin wirklich okay. Und du?«

»Ich auch. Aber ich bin wütend auf J. Und gleichzeitig tut er mir leid. Am liebsten würde ich ihm erst eine Ohrfeige verpassen und ihn dann umarmen.«

Solche Empfindungen hatte ich bisher noch nicht gehabt. Bei mir dauerte es immer ewig, bis alles durch die Glasscheibe zu mir durchgedrungen war. Wenn ich dann etwas empfand, hatte die Welt sich inzwischen weitergedreht, sodass ich stets über Dinge nachdachte, die für alle anderen schon vorbei waren. Ich begnügte mich damit zu schreiben: »Kann ich verstehen.«

»Wenn er doch bloß mit mir geredet hätte! Eine Weile hat er es ja getan, aber zum Schluss kam dann nichts mehr. Obwohl ich immer da war.«

»Manchmal ist das einfach zu schwer.«

»Quatsch. Schwerer, als sich umzubringen?«

Das zielte, wie ich wusste, auch auf mich. Jakes und mein Wunsch zu sterben hatte Val immer beunruhigt. Sie verstand nicht, warum wir so waren, und wollte uns immer *zurechtbiegen*.

»Meine Mom hat gesagt, er sei okay«, schrieb ich. »Stimmt das? Oder hat sie mich da auch angelogen? Ich meine, ist er körperlich okay? Dass er nicht völlig okay ist, weiß ich.«

»Körperlich ist alles in Ordnung. Soviel ich weiß, haben sie ihn einfach zugenäht.«

Nachdem wir noch ein paar Mails ausgetauscht hatten – hauptsächlich darüber, dass wir hofften, Jake würde es schaffen –, verabschiedeten wir uns voneinander. Anschließend tigerte ich eine Weile in meinem Zimmer auf und ab. Am liebsten wäre ich nach unten gegangen, um meine Mutter zur Rede zu stellen – sie zu fragen, was zum Teufel sie sich dabei gedacht hatte, mir nichts davon zu sagen.

Doch ich wusste bereits, was sie sich gedacht hatte, wusste, dass sie meinte, ich würde nicht damit fertig werden, und dass sie befürchtete, Jakes Selbstmordversuch könne mich auf schlimme Gedanken bringen. Außerdem hatte ich keine Lust, mich auf ein Gespräch mit ihr einzulassen, das möglicherweise eine ähnliche Wortflut bei ihr auslösen würde wie im Diner.

Ich blieb vor meinem Wandschrank stehen und drehte den Türknauf.

Die braune Papiertüte lag immer noch im obersten Regal.

In diesem Moment wurde mir wieder bewusst, dass ich Nicki davon erzählt hatte. Zum ersten Mal in meinem Leben hatte ich jemandem davon erzählt.

Ich hatte ihr das Durchgeknallteste erzählt, das ich je getan hatte, und sie war nicht schreiend davongerannt. Und unter meinen Füßen hatte sich auch nicht der Boden aufgetan.

Ich hatte diesen Pullover nie gewollt, doch jetzt sah ich zum ersten Mal eine Möglichkeit – und zwar eine, die nicht nur in meiner Einbildung existierte –, ihn loszuwerden.

19

AM NÄCHSTEN TAG stand ich früh auf, um joggen zu gehen. Beim Laufen dachte ich einzig und allein über meinen Pullover-Plan nach, um ihn in allen Einzelheiten auszuarbeiten. Was das Ende betraf, spielte ich unzählige verschiedene Möglichkeiten durch. Ich sagte mir, dass die Vorstellung, die Polizei würde mich in Handschellen abführen, einfach lächerlich war. Nicht einmal Amy Trillis würde in einer solchen Situation die Cops rufen, oder?

Es sei denn, sie wollte eine einstweilige Verfügung erwirken.

Meine Füße platschten durch den Schlamm, der mir gegen die Waden und bis auf meine Shorts spritzte. Obwohl ich versuchte, mich auf den Rhythmus meiner Füße zu konzentrieren, tauchte immer wieder Amys Bild vor meinem inneren Auge auf. Manchmal sah ich alles um mich herum wie durch einen pinkfarbenen Filter, als hänge ihr Pullover vor meinem Gesicht.

Ich rannte schneller und schneller, bis ich derart schwitzte, dass ich glaubte, gleich zu zerfließen. Vielleicht würde es mir ja gelingen zu schmelzen, bevor ich Amy gegenübertreten musste. Dann würde ich zu einer Pfütze werden, die im Boden versickerte und durch die Baumwurzeln in den Stamm aufstieg.

Doch am Ende des Laufs war ich – obwohl völlig durchgeschwitzt und über und über mit Schlamm bedeckt – immer noch da.

Als ich unter der Dusche stand, zwang ich mich, an gar nichts zu denken, weil ich mir sagte, dass ich alle Möglichkeiten durchgegangen war. Beziehungsweise sie »visualisiert« hatte, wie man das in der Klinik nannte.

Ich stellte die Brause so ein, dass mir das Wasser wie heiße Nadeln auf den Körper prasselte, hielt den Kopf darunter und schrubbte mir die Kopfhaut. Wenn ich in dem Moment die Zeit hätte anhalten können, hätte ich es getan.

Ich fuhr mit dem Fahrrad nach West Seaton, wo Amys Tante ein Restaurant namens Gingerbread Café besaß. Früher hatte Amy dort gearbeitet und vielleicht tat sie es immer noch. Zumindest würde man im Café über sie Bescheid wissen. Ich kannte ihre Adresse nämlich nicht und wollte auch nicht versuchen, sie herauszufinden, um mir nicht noch mehr wie ein Stalker vorzukommen.

»Arbeitet Amy noch hier?«, fragte ich das Mädchen hinter dem Tresen des Cafés. Sie trug einen Augenbrauenring, was ihrem Gesicht einen permanent überraschten Ausdruck verlieh.

»Sie ist hinten«, antwortete das Mädchen, »hat aber gerade zu tun.«

»Wann macht sie Feierabend?«

»Um zwei.«

Jetzt war es halb eins. Die anderthalb Stunden schienen mir eine endlose Zeitspanne, aber nachdem ich so lange mit dem Pullover gelebt hatte, würde ich auch das sicher noch aushalten.

Ich ging in die Bibliothek, setzte mich in eine dunkle Ecke der Geschichtsabteilung und versuchte, eine Zeitschrift zu lesen, doch die Worte auf dem Papier blieben nur tote Buchstaben. In der Bibliothek roch es angenehm nach Papier und Staub.

Ich bemühte mich, mir die Szene mit Amy nicht in allen Details vorzustellen. Zum hundertsten Mal ging ich durch, was ich sagen wollte, vermied es aber, mir auszumalen, was sie erwidern und was ich wiederum entgegnen könnte. Ich würde den Dingen einfach ihren Lauf lassen. Falls sie lachte, mich anschrie, vor mir zurückwich, sich über mich lustig machte – nein, ich musste aufhören, darüber nachzudenken.

Seit über einem Jahr wartete ich darauf, dies tun zu können; ich konnte es kaum glauben, dass es heute tatsächlich so weit war. Es sei denn, ich überlegte es mir noch einmal anders und machte einen Rückzieher. Ich könnte sofort nach Hause fahren und nicht mit Amy sprechen ...

Genug jetzt.

Ich hatte es satt, den Pullover zu verstecken und ständig zu befürchten, dass ihn jemand entdecken könnte. Ich hatte es satt, wieder und wieder den Tag zu durchleben, an dem ich ihn gestohlen hatte, und mich jedes Mal vor Scham zu winden. Schließlich hatte Nicki, als ich ihr die ganze Geschichte erzählt hatte, nicht gesagt, ich gehörte hinter Schloss und Riegel.

Aber andererseits hatte ich ja auch nicht *ihren* Pullover gestohlen.

Ich musste unbedingt von diesen verrückten Überlegungen wegkommen, die sich nur noch im Kreis drehten.

Um mich abzulenken, holte ich mein Handy raus, um Jake irgendeine blödsinnige SMS zu schicken, doch dann fiel mir ein, wo er war.

Ob ich Val eine SMS schicken sollte? Nein. Sie hatte zwar sonst nicht viel mit Amy gemeinsam, aber sie hatte mich auch zurückgewiesen, und im Moment brachte ich es einfach nicht fertig, mit ihr Kontakt aufzunehmen.

Was war mit Nicki? Warum eigentlich nicht? Nein, ich wollte

abwarten und mit ihr reden, wenn diese Sache vorüber war. Aus irgendeinem Grund wollte ich ihr berichten können, dass ich den Pullover zurückgegeben hatte.

Die braune Papiertüte lag vor mir auf dem Tisch. Ich konnte mir nicht vorstellen, was ich empfinden würde, wenn ich sie nicht mehr hatte. Wie eine Amputation würde das sein, bloß dass der Pullover eher ein Tumor als eine Gliedmaße war.

Um zehn vor zwei ging ich zum Gingerbread Café, um draußen auf Amy zu warten. Ich setzte mich neben den Fahrradständer und versuchte, so ungezwungen wie möglich zu wirken. Von Zeit zu Zeit wurde ich misstrauisch beäugt, weil die Leute offenbar glaubten, ich hätte vor, ihre Fahrräder zu stehlen, doch ich blickte starr an ihnen vorbei, um zu zeigen, dass ich größere und wichtigere Dinge im Sinn hatte. Um mich zu beruhigen, atmete ich mehrmals tief durch, wobei mir der Gummigeruch der Reifen in die Nase stieg.

Zwanzig Minuten später kam Amy, sich mit der Hand übers Haar streichend, endlich aus dem Café. Sie trug weniger Make-up als früher, hatte aber immer noch die dunklen Locken und die grünen Augen, an die ich mich so gut erinnerte. Damals in der Schule war mein Blick immer über ihr Gesicht, ihre Schultern und die Rundungen ihres Körpers gewandert. Doch heute marschierte ich auf sie zu, ohne sie genauer anzusehen – mit zitternden Beinen, die viel lieber in die andere Richtung gerannt wären.

»Amy? Entschuldige, dass ich dich anspreche.«

Sie drehte mir den Kopf zu, doch sie schien mich nicht wiederzuerkennen. Trotzdem war sie offenbar nicht überrascht, dass ich ihren Namen wusste. Vielleicht waren Mädchen wie sie daran gewöhnt, dass jeder sie kannte.

»Ich bin Ryan Turner. Wir sind früher mal auf dieselbe Schule gegangen«, sagte ich. »Dürfte ich kurz mit dir sprechen?«

»Denke schon.« Sie warf einen Blick auf ihre Armbanduhr.

»Es wird nicht lange dauern.«

»Okay.«

Vor dem Café standen Tische und Bänke. Die im Schatten waren alle besetzt. Ich nahm jedoch direkt in der Sonne Platz, damit niemand in der Nähe war, der unser Gespräch mithören konnte. Amy blieb vor mir stehen.

»Ich habe etwas, das dir gehört.« Ich holte die braune Einkaufstüte aus meinem Rucksack, öffnete sie und hielt sie ihr hin. Sie spähte hinein.

»Was ist das?«

»Ein Pullover.«

Sie sah mich erstaunt an.

Ich konnte es einfach nicht fassen, dass sie das Ding noch nicht mal wiedererkannte, während es für mich eine derartige Bedeutung gehabt hatte und es mir immer so vorgekommen war, als könne ich die grelle Farbe durch die Papiertüte hindurch wahrnehmen.

Ständig hatte ich mir vorgestellt, wie sie jeden Tag nach dem Pullover suchte, ihn vermisste, überlegte, wo er bloß abgeblieben sein konnte. Erst jetzt erkannte ich, wie dumm das gewesen war.

»Vor ungefähr anderthalb Jahren hab ich ihn in der Bibliothek der West Seaton Highschool gestohlen.«

Jetzt blitzte es in ihren Augen auf. »Ach ja! Ich erinnere mich. Er ist einfach verschwunden.«

Sie griff in die Tüte und zog den Pullover heraus, was mir ungemein peinlich war, weil ihn jetzt jeder um uns herum sehen konnte. Dabei vergaß ich, dass das Ding für andere ja nur ein gewöhnliches Kleidungsstück war.

»Ja, das ist er. Wow!« Sie sah mich an. »Du sagst, du hast ihn gestohlen? Warum?«

»Weiß ich nicht«, erwiderte ich automatisch, aber das war schon wieder feige, und ich hatte mir geschworen, heute nicht feige zu sein. »Es war blöd von mir, so was zu machen. Ich glaube ... ich war damals in dich verknallt.« Was immer ich für sie empfunden hatte, es hatte sich schon vor so langer Zeit verflüchtigt, dass meine Stimme völlig ausdruckslos blieb. Über ein Jahr lang war dieser Pullover für mich nichts als eine peinliche Erinnerung gewesen.

»Oh.« Sie trat einen Schritt zurück, rollte den Pullover mit spitzen Fingern zusammen und stopfte ihn wieder in die Tüte. »Das ... wusste ich nicht.« Ich hätte entgegnen können, dass sie durchaus gewusst oder zumindest geahnt hatte, was ich für sie empfand, aber offenbar hatte sie mich völlig vergessen. Was keine Rolle spielte. »Und warum bringst du ihn mir jetzt zurück?«

»Weil ich es einfach für richtig hielt. Es hat mich immer belastet, dass ich ihn gestohlen habe, und das Ganze tut mir leid.«

»Tja.« Sie nickte, ohne mich anzusehen. Stattdessen blickte sie rasch zur Seite, als suche sie nach einem Fluchtweg. »Ist das alles?«

»Ja.«

Sie betrachtete die Tüte mit dem Pullover und runzelte die Stirn. »Weißt du was? Würde es dir was ausmachen ... könntest du ihn nicht einfach in die Altkleidersammlung oder so geben?«

Fast hätte ich aufgestöhnt. Nachdem ich das verdammte Ding endlich losgeworden war, sträubte sich alles in mir dagegen, es wieder an mich zu nehmen. Doch ich musste die Sache bis zum Ende durchziehen. Ich konnte verstehen, warum sie den Pullover nicht zurückhaben wollte. Deshalb sagte ich: »In Ordnung. Wenn du das möchtest.«

»Gut.« Sie ließ die Tüte neben mich auf die Bank fallen. »Danke«, sagte sie und ging davon.

Ich radelte zur Nichols Avenue hinüber, wo immer ein Altkleidercontainer gestanden hatte. Er war noch da. Ich zog die Metallklappe nach unten und warf die Tüte mit dem Pullover hinein. Dann machte ich mich auf den Weg nach Hause. Jetzt war ich ihn endgültig los.

20

ICH HATTE ERWARTET, dass ich danach wie auf Wolken schweben würde. Und während ich nach Hause fuhr, gab es tatsächlich Momente, wo ich breit in mich hineingrinste und mich so beschwingt fühlte, dass die Pedalen sich wie von selbst zu drehen schienen. Doch diese Phasen wechselten sich mit anderen ab, in denen mich die Angst packte. Amy Trillis kannte jetzt mein Geheimnis. Ausgerechnet Amy Trillis. Ich konnte mir gut vorstellen, wie sie jedem in West Seaton von mir erzählte. »Du wirst nie glauben, was mir gerade Merkwürdiges passiert ist«, würde sie vielleicht sagen, und die ganze Welt würde erfahren, dass ich ein erbärmlicher Stalker war.

Aber möglicherweise sagt sie auch gar nichts, dachte ich, als meine Hochstimmung sich wieder einstellte. Offenbar hatte sie alldem ja keine große Bedeutung beigemessen. Sie hatte den Pullover noch nicht einmal zurückhaben wollen und schien die ganze Sache einfach vergessen zu wollen.

Irgendwann wurde mir dann klar, dass es mich nicht mehr interessierte, ob Amy Trillis mich für merkwürdig hielt. Ich hatte ihr in die Augen gesehen, und obwohl ich ihr die Wahrheit gesagt hatte, hatte sie mich nicht ausgelacht. Ich wollte zwar nicht unbedingt, dass alle Welt wusste, dass ich ihren Pullover gestohlen hatte, aber ich würde damit leben können, falls es doch bekannt wurde.

In Seaton machte ich kurz halt, um auf dem Parkplatz eines Minimarkts einen dieser blauen Energy Drinks zu trinken. Vor dem Laden lungerten fünf Kids aus meiner Schule rum. Sie waren ein bisschen jünger als ich. Einige kannte ich mit Namen, hatte aber nie viel mit ihnen geredet.

»Ist das der Psycho?«, fragte einer von ihnen. Ich nahm einen Schluck von meinem Drink und starrte in die andere Richtung, hörte aber zu.

»Ja, glaub schon. Ist Nicki nicht seit einiger Zeit ständig mit dem zusammen?«

»Genau. Möchte wissen, was in die gefahren ist.«

Alle lachten. Dann sagte ein Mädchen mit spindeldürren Beinen und langen glänzenden Haaren: »Keine Sorge, sie hat mir versichert, dass sie nicht mit ihm geht oder so. Sie ist nur nett zum Loser der Schule.«

Weiteres Gelächter. »Kann schon sein, aber wozu denn?«

Mein Drink war alle. Ich setzte mich wieder aufs Fahrrad und fuhr davon, nachdem ich die Flasche in einen Container für Plastikmüll geworfen hatte. Der Asphalt flimmerte in der Hitze. Hinter mir verklang das Gelächter der anderen, doch der Ausdruck »Loser der Schule« hatte sich mir ins Gehirn gebrannt.

Obwohl ich mich nach der langen Fahrt mit dem Fahrrad zu Hause am liebsten aufs Bett geworfen hätte, beschloss ich, zum Wasserfall zu rennen. Ich hatte ein ernstes Wörtchen mit Nicki zu reden.

Sie war jedoch nicht da. Stattdessen stieß ich auf Kent, der wie immer eine Zigarette im Mund hatte.

»Hey«, sagte er.

»Hey.« Keuchend beugte ich mich nach vorn und stemmte die

Hände auf die Schenkel. Ich war wirklich nicht mehr in Form. »Wo ist deine Schwester?«

»Keine Ahnung.« Er blies Rauch in den Wasserdunst und zeigte auf ein neues Schild, das an einem der Bäume befestigt war: SCHWIMMEN UND TAUCHEN VERBOTEN. Obwohl mir dieses Schild, das inmitten des üppigen Grüns irgendwie künstlich und deplatziert wirkte, überhaupt nicht gefiel, konnte ich nachvollziehen, warum man es dort angebracht hatte.

»Sieh dir das an«, sagte Kent. »Sie versuchen's immer wieder. Trotzdem wird es bald jemand abreißen.«

»Vermutlich sind sie dazu verpflichtet, weil hier einmal ein Junge umgekommen ist.«

Kent starrte mich an. »Ein Junge? Was für ein Junge?«

»Bruce Soundso. Nicki hat mir von ihm erzählt. Sie sagte, sie sei dabei gewesen, als es passierte.«

Kent stieß ein Bellen aus. Lachen konnte man es wirklich nicht nennen. »Das war kein Junge. Das war unser Dad.«

»Was?«

Ich trat näher an ihn heran. Der Wasserfall toste so laut, dass ich ihn nicht gut verstehen konnte. Aber mir war so, als hätte er gesagt *Das war unser Dad.*

»Unser Dad ist hier gestorben.« Kent zeigte mit seiner Zigarette auf den oberen Teil des Wasserfalls. »Von da oben ist er runtergesprungen …« Die Zigarette beschrieb einen Bogen durch die Luft. »… und mit dem Kopf zuerst hier unten gelandet. Nicki war gar nicht dabei. Nur ich und Matt.«

Ich starrte ihn an, während es mich heiß und kalt überlief. »Euer Vater?«

»Ich dachte, das hätte sie dir erzählt. Ihr steckt jetzt doch ständig zusammen.«

Ich wischte mir den Wasserdunst aus dem Gesicht.

»Wahrscheinlich hätte man es für einen Unfall gehalten, aber Matt und ich haben ihn springen sehen. Mann, einen Scheißkopfsprung hat er gemacht. Außerdem hat er einen Abschiedsbrief hinterlassen.«

»Er hat einen Abschiedsbrief hinterlassen?« Und Nickis ganzes Gejammere, weil er es nicht getan hatte? Was ... warum ...

»Na ja, keinen richtigen Abschiedsbrief. *Ich ertrage es nicht mehr, es tut mir leid.* Als ob uns das was gesagt hätte, was wir uns nicht selbst denken konnten.« Kent zog an seiner Zigarette. »Ich hab ihn nicht landen sehen, aber Matt hat's gesehen. Ich hab die Augen zugemacht. Gehört hab ich's natürlich. Klang wie WUMM!« Kent schüttelte sich. »Da hatte ich 'ne ganze Weile dran zu knabbern. Matt ebenfalls. Nicki war wütend, weil Dad ihr an dem Tag nicht erlaubt hat mitzukommen. Aber sie kann froh sein, dass sie nicht dabei war.«

»Das tut mir leid«, sagte ich.

»Komisch, dass sie dir das nicht erzählt hat«, meinte er. »Manchmal blicke ich bei ihr einfach nicht durch.«

Ich ging nach Hause und setzte mich an den Computer. Hatte Nicki wirklich gelogen? Woher wollte ich wissen, dass Kent die Wahrheit gesagt hatte? Ich fing an zu recherchieren.

Die Zeitungsartikel waren nicht schwer zu finden. *Mann stirbt bei Badeunfall* lautete die Überschrift des ersten Artikels. Doch im zweiten Artikel wurde von Selbstmord gesprochen und der Abschiedsbrief erwähnt, ohne dass auf den Inhalt eingegangen wurde.

Philip Thornton war in Gegenwart seiner zwei Söhne vom Felsen ins Wasser gesprungen. Seine Frau und seine Tochter waren zu Hause gewesen. Er hatte sich das Genick gebrochen und war auf der Stelle tot. Die Stadtverwaltung hatte den Wasserfall mit spanischen Reitern abgesperrt und Warnschilder aufgehängt. Ich überlegte, wie lange es wohl gedauert hatte, bis die Absperrung verschwunden war.

Wie benebelt checkte ich meine Mails. Val wollte wissen, ob wir uns am nächsten Wochenende in der Klinik treffen könnten, um Jake zu besuchen. Ich sagte zu. An Val zu denken tat weh, wenn auch inzwischen ziemlich gedämpft, als wäre sie ein Knochen, den ich mir mal gebrochen hatte, der inzwischen aber verheilt war und mir nur noch bei Regen zu schaffen machte. Wenn Jake uns brauchte, war es jedenfalls kein Problem für mich, sie wiederzusehen.

Außerdem hatte ich eine Mail von Jakes Mutter, die mir für die Karte dankte und mir mitteilte, dass er mich sehen wolle. Ich schrieb ihr, dass Val und ich ihn am nächsten Wochenende besuchen würden.

Ansonsten war nur Spam da. Ich stand vom Schreibtisch auf und ging zum Wandschrank hinüber. Als ich sah, dass die Stelle, wo die Tüte gelegen hatte, leer war, zog sich mein Inneres krampfhaft zusammen. Dann wurde mir wieder klar, dass sie für immer leer bleiben würde. Das Treffen mit Amy schien Jahre zurückzuliegen.

Ich warf mich aufs Bett und presste das Gesicht ins Kissen. Ich versuchte, Nicki zu vergessen, versuchte, die Worte »sie ist nur nett zum Loser der Schule« ebenso aus meinem Gedächtnis zu streichen wie das höhnische Gekicher ihrer Freunde. Alles, was sie mir je erzählt hatte, wollte ich vergessen, doch meine Erinnerungen ließen sich nicht mehr aufhalten und schlugen wie eine Welle über mir zusammen – was sie über einen Jungen namens Bruce gesagt hatte, der am Wasserfall umgekommen sei, und dass ihr Vater eine Waffe besessen habe und sie herausfinden müsse, warum er es getan habe, weil er noch nicht mal einen Abschiedsbrief hinterlassen hatte – Gott, hatte sie mir überhaupt jemals die Wahrheit gesagt?

Wenn ich mich in der Schule nicht von allen abgesondert hätte, hätte ich die Wahrheit vielleicht schon früher erfahren. Dann hätte mir wahrscheinlich jemand von Kents und Nickis Vater erzählt. Doch ich hatte mich so isoliert, dass nur das Gerücht von einem Toten am Wasserfall zu mir durchgedrungen war, und auf Gerüchte gab ich nichts. Um die große Mauer, die ich um mich errichtet hatte, hätte mich selbst China beneiden können.

Bis dann Nicki über die Mauer gekommen war …

Und ihr hatte ich alles erzählt. Als mir einfiel, wie viel ich gestern Abend preisgegeben hatte, wurde mir schlecht. Sie wusste, was ich für Val empfand. Sie kannte die Garagengeschichte. Und gestern Abend hatte ich von Frank erzählt, von Amy und dem Pullover.

Ich wälzte mich auf den Rücken, starrte zur Decke und dachte daran zurück, wie wir nach meinem schrecklichen Erlebnis mit Val auf dem Picknicktisch gelegen hatten und Nicki mich heiß geküsst hatte. Ich spürte immer noch, wie sie sich an mich gepresst hatte, spürte die Wärme ihrer Lippen.

Und ich hatte immer noch im Ohr, wie sie mir letzte Nacht auf dem Friedhof ihr Geheimnis zugeflüstert hatte. War sie wirklich mit ihrem Vater in Funworld gewesen? Oder hatte sie das auch erfunden? Was zum Teufel hatte sie gemacht – mit mir gespielt? Und warum hatte sie mir nie die Wahrheit über das erzählt, was am Wasserfall wirklich passiert war?

In der Klinik hatte ich pathologische Lügner kennengelernt. Natürlich hatten wir alle ein bisschen gelogen, weil es Dinge gab, die wir einfach nicht eingestehen *konnten*. Aber so große Lügen wie die von Nicki hatten nur wenige erzählt.

Ich drehte mich wieder auf den Bauch. Jedes Wort, das Nicki zu mir gesagt hatte, hallte in meinen Ohren nach.

In meinem Innern entstand ein Brausen und Rauschen, das immer stärker wurde. Ich fing an, mich überall zu kratzen. Wenn ich mich in der Klinik in einem solchen Zustand befunden hatte, hatte man mir empfohlen, offen über alles zu sprechen. (»Leb es nicht aus, sprich es aus«, sagte man zu denen, die dazu neigten, mit Stühlen zu werfen, und zu anderen wie mir sagte man: »Friss es nicht in dich hinein, sprich darüber.«) Aber an wen konnte ich mich jetzt wenden? Dr. Briggs war nicht da. Mit ihrem Vertreter Dr. Solomon hatte ich mich nur einmal unterhalten.

Jake war in der Klinik.

Val schied aus. Nachdem sie mich abgewiesen hatte, konnte ich ihr nicht erzählen, dass mich ein anderes Mädchen zum Narren gehalten hatte. Ich konnte nicht auch noch das letzte bisschen Stolz, das ich Val gegenüber hatte, verlieren, denn ich *war* stolz darauf, dass ich nicht vor ihren Augen zusammengebrochen war, als sie sich von mir abgewandt hatte.

Mein Dad war auf Reisen. Mit meiner Mutter konnte ich nicht sprechen, nicht nach dem, was sie neulich im Diner gesagt hatte. Es sei denn, ich wollte, dass sie einen Herzinfarkt bekam.

Ich versuchte, tief ein- und auszuatmen. Ich wackelte mit den Zehen, kratzte mir die Arme, zog Fäden aus meiner Bettdecke.

Dann zählte ich, bis ich in die Tausender kam, geriet durcheinander und fing wieder von vorn an.

Val wollte mich nicht. Jake hatte Probleme. Meine Mutter würde nie über jene Nacht in der Garage und meinen Aufenthalt in der Klinik hinwegkommen. Die einzige Person, der ich in der letzten Zeit hatte vertrauen können, war Nicki, und jetzt ...

Ich ging ins Badezimmer und öffnete das Medizinschränkchen.

Nachdem meine Eltern mich beim Horten von Medikamenten erwischt hatten, hatten sie alle Schränkchen und Wandschränke ausgemistet. Jetzt gab es bei uns nur noch ungiftige Putzmittel, und wenn meine Eltern Medikamente kauften, dann die kleinsten Packungen, die auf dem Markt waren. Meine Antidepressiva hielten sie unter Verschluss und teilten mir jeweils nur eine Pille zu. Nach meiner Entlassung aus der Klinik hatten meine Eltern und ich einen »Vertrag« unterschrieben, in dem ich mich dazu verpflichtete, keine Medikamente mehr zu horten, wenn sie es unterließen, mein Zimmer zu durchsuchen. Diese Vereinbarung musste jeden Monat erneuert werden. Doch nachdem ich zu Dr. Briggs gesagt hatte, dass ich immer nur dann daran denken würde, wieder Medikamente zu horten, wenn ich dieses blöde Schriftstück unterschreiben musste, hatten wir die Sache schließlich aufgegeben.

Ich beugte mich über das Waschbecken, um die Miniflaschen und Schächtelchen in Augenschein zu nehmen. Dann schloss ich das Schränkchen wieder, wobei ich es vermied, in die verspiegelte Tür zu blicken.

Anschließend trottete ich in mein Zimmer zurück. Ich spielte mit dem Gedanken, zum Steinbruch zu rennen, hatte aber das

Gefühl, dass ich es lieber lassen sollte. Heute hätte es passieren können, dass ich mich zu weit über den Rand beugte.

Am liebsten hätte ich die Fenster meines Schlafzimmers zerschmettert. Ich fuhr mit den Fingerspitzen über das Glas, auf dem schmierige Flecken zurückblieben. Wenn meine Mutter das gesehen hätte, hätte sie einen Anfall gekriegt. Dann drückte ich gegen das Glas und klopfte immer heftiger mit den Knöcheln dagegen. Das Glas gab zwar nach, zerbrach aber nicht.

Ich sollte joggen gehen, dachte ich bei mir. Dr. Briggs würde mir wahrscheinlich raten, es zu tun, vorausgesetzt, ich blieb dem Steinbruch fern. Vor allem aber würde sie mich natürlich auffordern, über Nicki zu reden. Über die Medien und ihren Vater und ihre Lügen. Darüber, dass Nicki mich die ganze Zeit angelogen hatte und ich nicht wusste, warum. Darüber, dass sie sich gestern Abend an mich geschmiegt und mir eine Geschichte erzählt hatte, die vermutlich ebenfalls nicht stimmte. Darüber, dass sie »nur nett« zum Psycho der Schule war ...

Ich holte langsam tief Luft, wie man es uns in der Klinik beigebracht hatte. Wie Val es mir beigebracht hatte, die behauptete, auf diese Weise könne man Panikanfälle abwehren. Nicht dass mir ein Panikanfall gedroht hätte. Nicht wegen Nicki. Völlig ausgeschlossen.

Nicki.

Der Gedanke an sie ließ etwas in mir hochkochen, und ich stellte mir vor, wie meine Faust das Fenster zerschmetterte, obwohl ich keine Bewegung machte und lediglich die Knöchel gegen das Glas presste. Meine Kiefermuskeln waren völlig verkrampft, mein Arm ganz steif.

Ich musste unbedingt hier raus. Ich beschloss, joggen zu gehen.

21

ICH RANNTE ZUR HAUSTÜR HINAUS. Noch bevor ich das Grundstück verlassen hatte, stieß ich mit Nicki zusammen.

Sie war mit wehendem Haar den Pfad zu unserem Haus entlanggerast. Wir prallten beide zurück.

»Kent hat gesagt, dass er dir … bestimmte Dinge erzählt hat«, stieß sie keuchend hervor.

»So ist es.«

Sie beugte sich nach vorn und stützte die Hände auf die Schenkel. »Ich muss mit dir reden.«

»Worüber?«

Immer noch nach Atem ringend, verdrehte sie die Augen. »Das weißt du ganz genau.«

»Ich weiß gar nichts. Klär mich auf.« Ich verschränkte die Arme vor der Brust. »Oder soll ich mich an ein Medium wenden, damit es deine Gedanken liest?«

»Hör auf.« Sie holte tief Luft. »Darf ich reinkommen?«

Nach kurzem Zögern machte ich kehrt, öffnete die Tür und ließ sie eintreten.

Sie sank auf die Couch. Ich baute mich vor dem großen Wohnzimmerfenster auf und verschränkte erneut die Arme. Mein Herz hämmerte wie wild.

»Was hat Kent dir erzählt?«, fragte sie.

»Wieso? Willst du was klarstellen?«

Seufzend beugte sie sich vor und zupfte an den Haarsträhnen herum, die ihr in die Stirn hingen. »Ich mochte nur wissen, wie viel ich erklären muss.«

»Wie wär's denn mit allem?«

Sie schloss die Augen. »Wahrscheinlich hältst du mich für eine große Lügnerin. Aber ich wollte dich nicht anlügen.«

»Soll das ein Witz sein?«, sagte ich. »Was wolltest du dann?«

»Weiß ich nicht. Ich ... ich wollte dir die Dinge nur so erzählen, wie sie hätten passieren *sollen*.«

»Und was zum Teufel soll das heißen?«

»Ich meine, ich weiß, was wirklich passiert ist, aber das kommt mir irgendwie falsch vor.« Sie machte die Augen wieder auf. »Warum hat er zum Beispiel keinen Abschiedsbrief geschrieben, der was aussagte?«

»Ach ja, der Abschiedsbrief«, erwiderte ich. Als sie ihn erwähnte, spürte ich innerlich wieder einen Stich. »Von dem du behauptet hast, es gebe ihn überhaupt nicht.«

»In Ordnung, es gab einen, aber keinen richtigen.«

»Und was verstehst du unter *richtig*?«

»Es stand nur drin *ich ertrage es nicht mehr* und *es tut mir leid*. Was ich wissen wollte, stand nicht drin. Das Ganze hat mir *nichts* gesagt.« Sie leckte sich über die Lippen. »Deshalb hatte ich das Gefühl, dass es gar keinen Abschiedsbrief gab.«

Sie wartete auf eine Antwort, doch als ich nichts entgegnete, fuhr sie fort: »Und dann ... der Wasserfall. Warum hat er sich ausgerechnet einen so wunderschönen Ort ausgesucht?«

»Was zum Teufel spricht denn dagegen?« Ich hatte mir eine Garage ausgesucht, weil mir kein anderer geschlossener Raum zur Verfügung stand, wo das Auto hineingepasst hätte. Wenn ich gekonnt hätte, hätte ich mir auch lieber einen Ort wie den Wasserfall gesucht.

»Warum hat er Matt und Kent mitgenommen, aber nicht mich? Und warum ist er mit mir und nicht mit ihnen in den Vergnügungspark gefahren?« Ihr Gesicht, das wieder seine normale Farbe angenommen hatte, rötete sich von Neuem. »Hat er all das gemacht, weil er einen von uns bevorzugt hat?«

Im Geiste fügte ich eine weitere Frage hinzu: Und falls ja, wen hat er dann bevorzugt – Nicki oder die Jungs? Das Kind, mit dem er nach Funworld gefahren ist, oder die Kinder, die er auf seinen letzten Trip zum Wasserfall mitgenommen hat?

»Das alles ergibt keinen Sinn. Die Teile passen einfach nicht zusammen. Und deshalb kam es mir nicht so vor, dass ich lüge, als ich dir erzählt habe …«

»Mir kam es aber so vor.«

Sie blickte auf und sah mich mit großen Augen an. »Das tut mir leid, Ryan.«

Ich schwieg eine Weile. In meinem Innern sah es so verworren aus, dass ich mich nicht mehr zurechtfand.

»Ich habe dir vertraut«, sagte ich schließlich. »Ich vertraue nur wenigen Menschen. Dir *habe* ich vertraut.«

»Ich …«

»Aber das ist meine eigene Schuld. Ich muss verrückt gewesen sein. Es hat schon seinen Grund, warum ich nie …«

»*Ich wollte doch nur, dass es einen Sinn ergibt!*«

Ihre Worte schnürten mir die Kehle zu.

Sie senkte den Kopf und fummelte an den Haarsträhnen herum, die an ihrem verschwitzten Nacken klebten.

Ich wusste, was sie meinte. Ich war noch nicht bereit, es zuzugeben, aber ich wusste es. »Möchtest du ein Glas Wasser?«, fragte ich mit rauer Stimme. Mir zitterten immer noch die Hände, doch allmählich wurde ich ruhiger.

»Ja, bitte.«

Sie beobachtete, wie ich das Zimmer durchquerte, um zum Wasserhahn in der Küche zu gehen. Ich füllte Wasser in ein Glas und tat zwei Eiswürfel hinein. Das Eis knackte so laut, dass Nicki zusammenzuckte.

Ich kehrte ins Wohnzimmer zurück und reichte ihr das Glas. Ohne mich aus den Augen zu lassen, nippte sie am Wasser.

»Das mit dem Wasserfall konnte ich dir nicht erzählen«, sagte sie, »weil ich dachte, dass du das vielleicht gruselig finden und dich dann nicht mehr dort mit mir treffen würdest.« Sie zog an ihren Haaren. »Und ich *muss* zum Wasserfall gehen. Das versteht niemand – nicht mal Kent, der auch ständig da ist. Er behauptet, er gehe nur zum Kiffen hin, aber das könnte er ja schließlich auch an x anderen Orten machen.«

Ich sah zu, wie die Eiswürfel im Glas aneinanderstießen. »Warum wolltest du ausgerechnet mit mir sprechen? Hast du gedacht *ach, das ist doch dieser Psycho, ist doch egal, was ich dem erzähle?*«

»Nein! Ich bin auf dich gekommen, weil ... weil ich dachte, du würdest mich verstehen.« Sie sah mich unverwandt an. »Nicht nur weil du versucht hast, das zu machen, was mein Vater gemacht hat, sondern weil du immer am Wasserfall warst. Das war wie ... Bestimmung, dass ich auf dich gestoßen bin.«

»Hey, deinen Freunden zufolge warst du nur *nett zum Loser der Schule*.«

»Was für Freunde? Wovon redest du?«

»Ich meine dieses dürre Mädchen mit den langen Haaren, die in der Maybrook Road wohnt, und den Typ, der immer mit ihr zusammen ist und dieses Skeleton-T-Shirt trägt ...«

»Amanda und J. T.? Das sind nicht meine Freunde. In der siebten Klasse haben wir immer zusammen die Mittagspause verbracht, und jetzt glauben sie, sie wüssten noch über mich Bescheid, aber das stimmt nicht.«

Das Glas, das sie in der Hand hielt, hatte sich mit Feuchtigkeit beschlagen, die zwischen ihren Fingern hervorquoll. Um ihr nicht mehr in die Augen sehen zu müssen, richtete ich meinen Blick starr auf das Glas.

»Das ist die Wahrheit«, sagte sie. »Meinst du, ich würde denen von meinem Dad erzählen? Von Funworld? Glaubst du, die wissen *irgendwas* von dem, das ich dir erzählt habe?«

Ich wollte ihr glauben, konnte es aber nicht. Mein Instinkt riet mir, ihr zu vertrauen, während mein Gehirn, das immer noch ihr Lügenknäuel aufdröselte, das für absurd hielt. Deshalb attackierte ich sie an einer anderen Front. »Warum verdammt noch mal sind wir in der ganzen Gegend rumgefahren, um mit diesen Medien zu sprechen?«

Sie trank einen weiteren Schluck Wasser und stellte das Glas auf den Teppich. »Du weißt, warum.«

»Nein, eigentlich nicht.«

»Ich wollte meinen Vater ausfindig machen. Genau wie ich es dir gesagt habe.« Sie wischte sich die Hände an ihren Shorts ab. »Bloß dass ich jetzt denke, dass ich am falschen Ort gesucht habe. Diese Medien hatten mir nichts zu sagen. Aber ich glaube, *du* hast mir etwas zu sagen.« Sie sah mich flehend an.

Ich atmete tief durch. Ich hasste diesen Ausdruck in ihrem Gesicht, diesen Glauben, von dem sie sich nicht abbringen ließ – den Glauben, ich könne für ihren Vater sprechen. Diese *Verantwortung*. Vor allem mit dieser Verantwortung kam ich nicht zurecht.

»Quatsch«, sagte ich.

»Das ist *kein* Quatsch. Alles, was ich über meinen Dad erfahren habe – zumindest was die Gründe angeht, warum er es getan hat –, habe ich von dir erfahren, das weiß ich.«

Ich drehte mich zum Fenster und blickte in Richtung der Bäume, durch die das Licht der Sonne sickerte. Dann presste ich die

Stirn gegen das Glas – ein weiterer Fettfleck, über den meine Mutter sich aufregen konnte. Je mehr ich Nicki vergeben wollte, desto größer wurde der Schmerz. Als würde ich Stück für Stück auseinandergerissen. Alle Alarmglocken in mir schrillten, um mich davor zu warnen, mich wieder mit ihr einzulassen. Mit dem, was sie über mich wusste, konnte sie mich derart bloßstellen, dass ich zum Gespött der ganzen Gegend werden würde.

»Ich will nicht dein … Selbstmordguru sein«, sagte ich. »Ich habe die Nase voll von dir.«

»Ich meine doch nicht …«

»Hast du deswegen neulich mit mir rumgeknutscht? Hast du mir deswegen von Funworld erzählt? Um noch mehr Informationen aus mir rauszuquetschen?« Ich drehte mich zu ihr zurück. »War wirklich nicht nötig. Du wusstest ja bereits alles.«

Sie erhob sich und machte einen Schritt auf mich zu, wobei sie mit dem Fuß das Glas umstieß. Das Wasser floss über den Teppich, was jedoch keinen von uns kümmerte. Nicki drückte den Rücken durch und sagte: »Ich habe dich *nicht* hinters Licht geführt. Das weißt du ganz genau. Kann sein, dass ich Angst davor hatte, dir die volle Wahrheit zu erzählen, aber die wichtigen Sachen stimmten alle. Mein Vater *ist* tot, und er *hat* sich umgebracht, und ich weiß *nicht*, warum. Und das mit Funworld stimmte auch.« Sie schluckte. »Und geküsst habe ich dich, weil ich dich küssen wollte. Weil ich dich mag. Manchmal denke ich, dass ich dich *sehr* mögen könnte, wenn du das zulassen würdest. Und ich kann überhaupt nicht verstehen, warum diese Val so blöd war, dich nicht zu küssen.«

Mittlerweile atmeten wir beide so schwer, als hätten wir bis eben gejoggt oder wären gerade unter dem Wasserfall hervorgekommen. Ich wollte ihr glauben, doch gleichzeitig wollte ich das Risiko, ihr zu vertrauen, nicht eingehen.

Und deshalb blieb ich stur.

»Warum hast du das mit der Waffe erfunden und behauptet, du hättest ihn zusammen mit Matt gefunden?«

»Matt war ja wirklich bei Dad. Dass ich auch dabei war ... ich meine, statt Kent ... habe ich dir erzählt, weil ich gern dabei gewesen wäre.« Eine Sekunde lang wurde ihr Gesicht völlig ausdruckslos. Dann errötete sie und fing an zu schluchzen, was mir durch und durch ging. »Manche Leute halten das für krank, aber ich meine ja nicht, dass ich ihn sterben sehen wollte. Ich wollte dabei sein, wollte für ihn da sein ... weißt du, so wie wenn man ins Krankenhaus geht, um sich von jemand zu verabschieden, der im Sterben liegt.«

Sie rang nach Luft und wischte sich das Gesicht mit dem Handrücken ab. »Das findet niemand merkwürdig«, fuhr sie fort. »Wenn sich alle ums Krankenbett versammeln, kommt das niemand merkwürdig vor.«

Ich hätte sie gern angefasst und ihr übers Haar gestreichelt, damit sie aufhörte zu weinen, doch ich tat es nicht. Oder konnte es nicht. Meine rechte Hand zitterte, aber zu einer anderen Bewegung war ich nicht fähig.

Sie schniefte und leckte sich ein paar Tränen von den Lippen. Dann bückte sie sich, um die Eiswürfel und das leere Glas aufzuheben.

»Es tut mir leid«, sagte sie und tat die Eiswürfel wieder ins Glas. »Es tut mir leid.«

Langsam ging ich auf sie zu, bis ich direkt vor ihr stand. Der durchgeweichte Teppich quatschte unter meinen Füßen.

»Nicki«, sagte ich.

Sie brach wieder in Tränen aus. Ich streckte behutsam die Hand aus, als befürchtete ich, sie würde mir eine Ohrfeige verpassen. Unwillkürlich musste ich daran denken, wie Val vor mir zurückgewichen war. Doch Nicki packte meine Hand und zog mich an sich.

Ich schlang die Arme um sie. Meine Schulter wurde nass von ihren Tränen, ihre Haut war heiß und feucht. Als ich merkte, dass ich ihr ins Haar atmete, drehte ich den Kopf und schmiegte die Wange gegen sie.

Ihr Schluchzen ging in Schniefen über. Sie presste das Gesicht gegen meine Schulter. Im Hintergrund summte die Klimaanlage, ein weißes Rauschen, das ich normalerweise gar nicht wahrnahm. Draußen zirpten die Zikaden.

»Wahrscheinlich hältst du mich für verrückt«, sagte sie.

»Wer bin ich denn, um das zu beurteilen?«

Wir lachten leise. Dann seufzte sie und ließ mich los.

»Wer ist Bruce Macauley?«, fragte ich.

»Wer?«

»Der Junge, von dem du behauptet hast, er sei am Wasserfall umgekommen. Hast du dir den Namen nur ausgedacht?«

Sie starrte eine Weile ins Leere, dann lachte sie. »Ich hatte ganz vergessen, dass ich diesen Namen genannt habe. Das war ein Junge, der mit mir in die zweite Klasse gegangen ist. Glücklicherweise ist die Familie damals weggezogen. Er hat dauernd Frösche und Eichhörnchen getötet und meine Freundinnen und mich immer mit Steinen beworfen.«

Ich brachte das Glas in die Küche und nahm einige Handtücher mit ins Wohnzimmer, um sie auf den nassen Fleck im Teppich zu legen.

Nicki folgte mir hinaus auf die Terrasse. Es war wieder ein heißer Tag geworden. Die Sonne knallte uns ins Gesicht und auf die Schultern. Ich lehnte mich gegen die Brüstung und schaute zu den Bäumen hinüber. Nach einer Weile spürte ich ihren Blick und drehte mich zu ihr. »Was ist?«, fragte ich.

Sie schüttelte den Kopf, als wolle sie sagen: nichts. Trotzdem sah sie mich weiterhin forschend an.

Es war, als würde ich zum ersten Mal wahrgenommen. Wenn ich mich hinter der Glasscheibe befand, kam ich mir unsichtbar vor, obwohl Glas ja eigentlich durchsichtig ist. Damals in der Schulbibliothek war ich unsichtbar gewesen. Trotz der grellen Neonbeleuchtung hatte niemand bemerkt, wie ich den Pullover stahl. Auch an meiner neuen Schule war ich unsichtbar gewesen, sah man einmal von der Aufmerksamkeit ab, die mir die Gerüchte über meinen Selbstmordversuch eintrugen. Dass andere etwas *über* einen wissen, heißt noch lange nicht, dass sie einen *zur Kenntnis nehmen.*

Aber Nicki nahm mich wahr.

»Dann werde ich wohl nie erfahren, was mit meinem Dad passiert ist, oder?«, sagte sie. Sie stand so dicht neben mir, dass mir der Duft ihrer Haut und ihrer Haare in die Nase stieg. Offenbar benutzte sie kein Parfüm. Trotzdem roch sie gut – nach Wald, Zitrusfrüchten und Kiefernnadeln.

»Vermutlich nicht.«

»Darf ich dich mal was fragen?« Sie wickelte sich eine Haarsträhne um den Finger.

»Was denn?«

»Denkst du jetzt immer noch daran, dich … umzubringen?«

»Nein«, sagte ich automatisch, denn das war die Antwort, die ich Dr. Briggs immer auf diese Frage gab. Ebenso wie meinen Eltern. Aber dann sagte ich: »Ja, doch«, um nach einer kurzen Pause hinzuzufügen: »Manchmal.«

Hatte ja keinen Sinn, sich was vorzumachen. Schließlich hatte ich erst vor weniger als einer Stunde darüber nachgedacht.

»Und warum?«, wollte Nicki wissen.

»Keine Ahnung. In schlimmen Situationen schießt mir der Gedanke einfach irgendwie durch den Kopf. Ernsthaft in Erwägung ziehe ich es schon lange nicht mehr. Aber nachdenken tu ich ständig darüber.«

Das hatte ich noch nie jemandem gestanden, weil ich Angst hatte, wieder weggesperrt zu werden, wenn ich es meinen Eltern oder Dr. Briggs erzählte. Meine Eltern würden mir danach mit Sicherheit nie mehr vertrauen. Das taten sie ja jetzt schon nur mit Vorbehalten. Doch Tatsache war, dass Selbstmord immer eine Alternative war – eine Alternative, die zwar ganz unten auf meiner Liste stand, die aber so wie das Kleingeld für den Bus, das ich damals in West Seaton immer in der Hosentasche gehabt hatte, stets in Reichweite war. Nur für alle Fälle.

Nicki legte mir die Hand auf den Rücken, zuerst so leicht, dass ich es kaum spürte. Da ich nicht zurückzuckte, verstärkte sie den Druck ihrer Hand. Ich schloss die Augen, um die Sonne, die mir ins Gesicht schien, besser genießen zu können. Und um Nickis Berührung voll auszukosten, von deren Hand mich nichts trennte als ein dünnes Baumwollshirt.

Am Abend kehrte mein Vater von seiner Reise zurück, und während wir uns wieder mal ein Baseballspiel ansahen, schlief er ein. Selbst als ich beim achten Inning einen berühmten Batter anfeuerte, einen Walk zu machen, wachte er nicht auf. Der Batter schaffte einen Home Run.

»Hab dir doch gesagt, du sollst einen Walk machen«, teilte ich dem Fernseher mit und suchte mir zwischen den Körnern, die nicht aufgegangen waren, das letzte Popcorn heraus. Dad schnarchte weiter.

Während des neunten Innings, als gerade ein Pitcherwechsel stattfand, wachte er auf. »Wie steht das Spiel?«

»Unentschieden. Es geht also noch weiter.«

»Oh.« Er strich sich übers Gesicht, das voll grauer Bartstoppeln war, nahm seine Brille ab und rieb sich die Augen. »Da bin ich ja offenbar gerade rechtzeitig aufgewacht.«

In der Pause wurde ein Werbespot für Bier gezeigt, in dem ein Typ mit einem Fallschirm aus einem Flugzeug sprang. »Das werde ich an meinem achtzehnten Geburtstag machen«, verkündete ich.

Dad setzte sich die Brille wieder auf. Er hatte eine entspiegelte Brille, sodass ich seine Augen erkennen konnte, als ob das Gestell leer sei und die Gläser gar nicht existierten. »Denkst du da immer noch dran?«

»Ja. Ich hab noch mal recherchiert. Man muss achtzehn sein. Deshalb werde ich es an meinem achtzehnten Geburtstag machen.«

»Dann bekommt deine Mutter einen Herzinfarkt.«

»Das wird nicht nur *meine* Schuld sein.«

Das sagte ich, ohne zu überlegen. Auf meinen Dad wirkten meine Worte wie ein Schlag ins Gesicht. Mich selbst überraschten sie ebenfalls.

»Was soll das heißen?«, fragte er.

»Meinst du nicht auch, dass sie ernste Probleme hat?« Ich hatte mich so daran gewöhnt, mich als den Kranken in der Familie zu betrachten, dass ich mir erst jetzt eingestand, wie nahe meine Mutter einem Zusammenbruch war. Ich dachte daran, wie rigoros sie alles kontrollierte – aus Angst wovor? –, dass sie mitten in der Nacht auf dem Laufband trainierte und ihr Essen in symmetrische Teile zerschnitt. Und das lag nicht nur an mir und jener Nacht in der Garage. Soweit ich mich erinnern konnte, war sie schon immer so gewesen. »Sie ist irgendwie … verkrampft.« Ich konnte es einfach nicht fassen, dass *ich* ihm das erklären musste. War ihm denn gar nichts aufgefallen?

Er runzelte die Stirn. »Deine Mutter neigt dazu, sich Sorgen zu machen. Sie war schon immer sehr ängstlich.« Und ich hatte nicht gerade dazu beigetragen, dass sie sich weniger Sorgen machen musste. »Aber sie war immer für dich da. Vor allem deinetwegen hat sie sich einen Job gesucht, den sie zu Hause erledigen kann.«

»Ich dachte, das hat sie getan, damit sie genug Zeit in diesem Haus verbringen kann.«

»Sei nicht albern. Das hat sie für dich getan.« Seine Stimme klang merkwürdig rau. »Nach deinem Klinikaufenthalt meinte sie, dass ich weniger auf Reisen gehen und mehr Zeit zu Hause verbringen sollte.« Er machte eine Pause, um dann so zögerlich fortzufahren, dass ich fast hören konnte, wie er jedes Wort auf die Goldwaage legte. »Doch dann beschloss sie, zu Hause zu arbeiten, und ich war der Ansicht, dass es nicht gut wäre, dich zu sehr ans Gängelband zu nehmen. Deshalb hielt ich es für besser, wieder zu meinem normalen Arbeitsablauf zurückzukehren.«

»Da hattest du recht.« Nicht dass ich etwas dagegen gehabt hätte, meinen Vater öfter zu sehen. Aber wenn sie *beide* das letzte Jahr damit verbracht hätten, mir nicht von der Pelle zu gehen und auf jeden Atemzug, den ich machte, zu achten, wäre ich wahrscheinlich lange vor Jake wieder in der Klinik gelandet.

Andererseits stellte sich die Frage, ob Mom sich entspannen würde, falls Dad öfter zu Hause war. Wieso musste *sie* denn rund um die Uhr mein Babysitter sein? Hatte sie gar kein Interesse daran, manchmal von hier wegzukommen und vielleicht selbst über den Ozean zu fliegen?

Doch ich konnte mir beim besten Willen nicht vorstellen, dass sie sich wirklich entspannte und aufhörte, eine elektrisch geladene Atmosphäre um sich zu verbreiten. »Ich meine ja nur«, sagte ich zu Dad, »dass sie sich vielleicht eher Sorgen um sich als um mich machen sollte.«

Er nahm abermals seine Brille ab und rieb sich übers Gesicht, sodass ich seine Augen nicht sehen konnte. Im Fernsehen ging das Baseballspiel weiter, und der Kommentator verkündete mit raunender Stimme, dass es zwei zu zwei stand.

»Ryan, deine Mutter war schon immer übernervös. Aber sie hat nie Schmerzmittel gehortet, die ausgereicht hätten, sie umzubringen. Sie hat nie in einer geschlossenen Garage den Motor eines Autos angelassen.« Während er sprach, bedeckte er weiterhin die Augen mit der Hand. Vielleicht wartete er auf eine Reaktion von mir, doch ich sah ihn nur an, bis er sich schließlich räusperte, sich die Brille wieder aufsetzte und den Blick auf mich richtete. »Und sie ist nicht die Einzige, die diese Idee mit dem Fallschirmspringen beunruhigt. Ich glaube, darüber solltest du mit Dr. Briggs sprechen. Vor allem darüber, warum du das machen willst.«

»In Ordnung.« Aus dem Fernseher kam ein Knall, gefolgt von Jubel: Base Hit. »Aber ich weiß, warum ich es machen möchte.«

»Nämlich?«, fragte er mit gepresster Stimme, als wäre ihm ein Popcorn im Hals stecken geblieben.

»Weil es wie Fliegen wäre.« Ich wandte mich wieder dem Fernseher zu. Kurz bevor ich auf der Fernbedienung den Ton lauter stellte, fügte ich hinzu: »Und ich *werde* die Reißleine ziehen, weißt du.«

»Was hast du gesagt?«

»Nichts.« Aber ich war mir ziemlich sicher, dass er mich gehört hatte.

22

AM SONNABEND FUHR ICH zum Patterson Hospital, um Jake zu besuchen. Wir setzten uns in den Aufenthaltsraum, dessen Wände neu gestrichen worden waren. Jetzt hatten sie eine deprimierende gelbbraune Farbe, die irgendwie an Senf erinnerte.

Jakes Handgelenke waren dick bandagiert. Während er am Klebeband pulte, stellte ich mir die Schnittwunden darunter vor, die zusammengenähte Haut, die roten Wundränder, die ihm wahrscheinlich immer noch Schmerzen bereiteten. Ich war froh, dass er noch am Leben und nicht verblutet war.

Und ich war froh, nicht an seiner Stelle zu sein. Froh, dass meine Arme unverletzt waren und ich jederzeit aufstehen und die Klinik verlassen konnte.

»Durch dieses neue Medikament wiegt meine Zunge mindestens zehn Pfund«, nuschelte er. »Ist sie angeschwollen?« Er streckte die Zunge heraus.

»Nein, sieht völlig normal aus.«

Er verzog den Mund und schluckte. Mir fiel ein, was für einen trockenen Mund ich zu Anfang immer von meinen Medikamenten bekommen hatte. »Möchtest du was trinken?«, fragte ich.

In dem Moment kam Val ins Zimmer gestürmt. »O mein Gott, diese Wände! Das ist die hässlichste Farbe, die ich je gesehen habe!« Sie küsste Jake auf die Wange. »Wie geht's dir?«

»Beschissen.«

»Ryans Mutter und meine sind unten. Ist es okay, wenn sie hochkommen, um Hallo zu sagen? Sie möchten dich gern sehen.«

Jake zögerte.

»Du musst nicht Ja sagen«, rief ich ihm in Erinnerung.

»Gut«, erwiderte er. »Weil ich sie nämlich eigentlich nicht sehen möchte.«

Val setzte sich auf die andere Seite von ihm. Da waren wir also alle drei wieder zusammen, ganz wie in alten Tagen. Bloß dass jetzt alles anders war und wir das auch wussten.

»Ich nehme an, ich bin durchgefallen«, sagte Jake.

»Was?«, fragte Val.

»Wir haben doch hier alle eine Prüfung abgelegt, stimmt's? Und ich bin der Einzige, der wieder herkommen musste.«

»So darfst du das nicht sehen«, entgegnete Val.

Er wandte das Gesicht von ihr ab. »Ich hätte Appetit auf einen Cheeseburger.«

»Ich hol dir einen.« Ich stand auf, froh über die Möglichkeit, von Val wegzukommen.

Jake lächelte mich verhalten an. »Mit allem Drum und Dran. Ich brauch was, wofür sich's zu leben lohnt, Mann.«

»Ist doch nur ein Cheeseburger«, sagte ich, »aber ich werd mir Mühe geben.«

Ich verließ die Klinik und besorgte ihm einen Cheeseburger, zusammen mit Fritten und einem großen Becher Limo für seinen trockenen Mund. In der Eingangshalle wurde ich von den Müttern mit Fragen bombardiert, die ich jedoch alle abschmetterte. Da meine Mutter nicht auf der Stelle über mich herfiel, nahm ich an, dass Dr. Ishihara ihr noch nichts von meinem Besuch bei Val erzählt hatte. Wie Mom reagieren würde, wenn sie erfuhr, dass Nicki mich zu den Ishiharas gefahren hatte, konnte ich mir lebhaft vorstellen.

Als ich in den Aufenthaltsraum zurückkehrte, sah ich, dass Jake halb in Vals Schoß lag und sich an sie klammerte, während sie ihm übers Haar strich. Ich blieb stehen, um die beiden zu beobachten. Die Art und Weise, wie er sich an sie krallte, brachte mich zu dem Schluss, dass ich möglicherweise nicht der Einzige war, der sich in Val verliebt hatte.

Val bemerkte mich als Erste; dann hob Jake den Kopf. »Hey, da ist ja mein Grund weiterzuleben«, sagte er, als er die Tüte in meiner Hand erblickte.

Ich durchquerte das Zimmer. »Also riechen tut es jedenfalls ziemlich gut.«

Er richtete sich auf, wischte sich mit der Hand übers Gesicht und nahm mir die Tüte ab. Val klopfte ihm auf die Schulter und sagte: »Bin gleich wieder da.«

Sobald sie verschwunden war, biss er in eine Fritte. »Das war nicht das, wonach es aussah«, erklärte er.

»Wie meinst du das?«

»Sie mag mich nicht auf diese Weise. Sie hat immer nur dich gemocht.«

»Nicht genug«, erwiderte ich. »Das hat sie mir letzte Woche ziemlich deutlich zu verstehen gegeben.« Es tat weh, das einzugestehen, aber zumindest hatte ich nicht mehr das Gefühl, als würde mir jemand die Eingeweide aus dem Leib reißen.

Er seufzte und aß weiter. Val gesellte sich wieder zu uns, und wir saßen schweigend beieinander, wie wir es uns vor vielen Monaten angewöhnt hatten. Komisch – ich hatte zwar nicht das Bedürfnis, wieder in der Klinik zu landen, doch ganz kurz sehnte ich mich nach der Zeit zurück, als wir hier zusammen gewesen waren und uns jeden Tag gesehen hatten.

Nachdem Jake seinen Burger verputzt hatte, stopfte er sich die herausgefallenen Zwiebel- und Tomatenstückchen in den Mund.

Dann sagte er: »Ich weiß einfach nicht, wie ich es anpacken soll. Warum habt ihr beide eine Lösung gefunden? Und warum schaffe ich das nicht?«

»Ich habe keine Lösung gefunden«, sagte ich. »Ich improvisiere dauernd.«

»Ich auch«, fügte Val hinzu.

Jake bot uns den Rest der Fritten an. »Ich hab immer das Gefühl, dass es irgendein Regelheft gibt, das alle anderen haben, bloß ich nicht.«

Val und ich lachten. Wir hatten auch kein Regelheft.

»Ich habe es satt, mir wie Scheiße vorzukommen«, sagte Jake.

Val tippte ihm aufs Knie. »Das wird alles besser.«

»Ah ja? Wann denn?«

»Keine Ahnung. Aber irgendwann wird es das.«

Er knüllte die leere Tüte zusammen. »Vielleicht bei allen andern, aber nicht bei mir.«

Ich erinnerte mich, dass ich genau das in jener Nacht in der Garage gedacht hatte. Und auch nachdem Val mich zurückgewiesen hatte. Und immer wenn ich wie unter Zwang diesen blöden pinkfarbenen Pullover aus meinem Wandschrank geholt hatte. Und nachdem mir klar geworden war, dass Nicki mich angelogen hatte. Jedes Mal, wenn ich dachte, jetzt würde alles besser werden, gab der Boden unter meinen Füßen nach.

Aber andererseits *wurde* alles besser, genau wie Val gesagt hatte. Und dann wieder schlimmer. Um anschließend wieder besser zu werden. Mir kam der Gedanke, dass mir dieses Auf und Ab für immer bevorstehen könnte und das Leben vielleicht einfach so war.

»Wenn du durchhältst«, sagte Val, »dann wird es besser, das versichere ich dir.«

Jakes Hand fing an zu zittern. Er drückte die zerknüllte Tüte noch fester zusammen. »Quatsch«, erwiderte er mit zittriger Stimme, was mir verriet, dass er ihr glauben *wollte*.

Er drehte sich zu mir. »Wird es wirklich besser?«

Das war die Frage, und ich war es ihm schuldig, sie mit Patterson-Aufrichtigkeit zu beantworten.

»Ja«, sagte ich.

Am späten Nachmittag ging ich wieder zum Wasserfall, stellte mich aber nicht darunter. Stattdessen planschte ich nur im Teich herum. Ich kramte alles, was ich über Nicki und ihren Vater wusste, aus meinem Gedächtnis und versuchte, die Lügen durch die Wahrheit zu ersetzen. Es fiel mir nicht immer leicht, mich zu erinnern, welche Puzzleteile noch dazugehörten und wo statt der alten Teile neue eingefügt werden mussten.

Als Nicki zusammen mit vier anderen Kids, die ebenfalls unten am Highway wohnten, aufkreuzte, war ich versucht, schnell zu tauchen und mich zu verstecken, doch ich wusste, dass ich den Atem nicht so lange würde anhalten können. Zwei von ihnen kannte ich von der Schulbushaltestelle, hatte aber nie mit ihnen gesprochen, sondern mich immer abseits gehalten und mir Kopfhörer in die Ohren gestöpselt. Um die Wahrheit zu sagen – manchmal stellte ich gar keine Musik an. Die Kopfhörer trug ich, weil ich dann mit niemandem reden musste, und den anderen lieferten sie einen triftigen Grund, nicht mit mir zu reden.

Die Kids setzten sich in einiger Entfernung vom Teichrand auf ein paar umgestürzte Bäume, um sich zu unterhalten und Zigaretten zu rauchen. Das Mädchen, das mich als »Loser der Schule« bezeichnet hatte, war nicht dabei. Nicki blickte zwischen mir und ihren Freunden hin und her, als sei sie nicht sicher, wo sie hingehörte.

Ich watete aus dem Wasser. Während ich mich abtrocknete, spürte ich die Blicke der anderen. Wenn ich davonging, ohne etwas zu sagen, würden sie das nicht ungewöhnlich finden. Wahrscheinlich erwarteten sie von mir ohnehin nichts anderes.

Und was war mit Nicki?

Sie hatte gesagt: »Manchmal denke ich, dass ich dich *sehr* mögen könnte, wenn du das zulassen würdest«, und über diese Worte hatte ich wieder und wieder nachgedacht.

Diese Worte hätte ich auch zu Val sagen können. Doch wenn ich jetzt mit ihr sprach oder sie sah, spürte ich, dass die Kluft zwischen uns immer breiter wurde.

Manchmal denke ich, dass ich dich sehr *mögen könnte.*

Unsere Blicke trafen sich. Nicki sah sofort weg.

Ich dachte, dass auch ich sie sehr mögen könnte. Vielleicht tat ich es bereits.

Trotz allem. Vielleicht wegen allem. Weil wir beide wussten, wie es war, sich mies zu fühlen und den falschen Weg zu wählen, um damit fertig zu werden. Weil wir beide Dinge verheimlicht hatten, die wir einfach nicht zugeben *konnten*. Weil wir beide glauben wollten, dass es so etwas wie Vergebung gab.

Ich wrang mein Handtuch aus, ging zu der Gruppe hinüber und sagte Hi. Sie nickten mir zu, rissen ein paar Witze darüber, dass nächste Woche die Schule wieder anfing, und boten mir eine Zigarette an. Ich hatte völlig vergessen, wie es war, mit anderen zu reden – zumindest ungezwungen zu reden – und über ganz alltägliche Sachen zu quatschen. Doch wenn ich ins Stottern geriet oder den Faden verlor, sahen sie darüber hinweg und antworteten mir, als wäre ich ein normaler Mensch. Als gehörte ich zu ihnen. Ich wusste nicht, ob sie das mir oder Nicki zuliebe machten, doch nach ein paar Minuten bröckelte der Rost von meiner Stimme, und es gelang mir, wie ein menschliches Wesen zu klingen.

Nicki saß schweigend dabei. Ihr Gesicht hatte die Farbe eines gerade in heißem Wasser gekochten Hummers. Als der Wind ihr eine Haarsträhne gegen die Wange wehte, hätte ich sie ihr am liebsten aus dem Gesicht gestrichen.

»Wollen wir einen Spaziergang machen?«, fragte ich sie. Ihr Gesicht wurde noch röter als zuvor, was ich gar nicht für möglich gehalten hätte.

»Ja.«

Wir verabschiedeten uns von den andern und gingen den Pfad entlang, der zu unserm Haus führte. Sobald wir allein waren, sagte ich: »Das mit deinem Dad tut mir leid. Aber ich habe wirklich keine magischen Antworten für dich.«

»Ich weiß«, erwiderte sie. »Ist schon okay.« Nach einer Pause fügte sie hinzu: »Jedenfalls halbwegs.«

»Und dir ist klar, dass du an dem, was er getan hat, keine Schuld hattest?«

»Das weiß ich. Nicht immer, aber meistens.«

»Aber es ist so. Du hattest nichts damit zu tun.«

»Danke«, sagte sie so leise, dass ich es fast nicht gehört hätte.

Mein Mund war auf einmal so trocken, dass ich es nicht schaffte weiterzusprechen, obwohl ich mir alle Mühe gab.

»Was ist?«, fragte sie und ich schüttelte den Kopf. Daraufhin machte sie halt. Ich blieb ebenfalls stehen und drehte mich zu ihr. Ich wollte vor allem eins: sie berühren – ihren Arm oder vielleicht ihren Rücken, und zwar auf die gleiche Weise, wie sie mich auf der Terrasse berührt hatte.

Ich wusste immer noch nicht genau, wie wir zueinander standen, aber es war auch noch nicht nötig, ein Etikett auf unsere Beziehung zu kleben. Bevor ich mit Sicherheit etwas sagen konnte, musste Vals Schatten weiter verblassen, doch ich meinte zu wissen, was mich danach erwarten würde. Ich versuchte, die Hand zu bewegen, und für den Bruchteil einer Sekunde dachte ich, die Glasscheibe sei wieder da und blockiere mich. Doch dann gelang es mir, den Arm zu heben, obwohl er sich steif und schwer wie Blei anfühlte, und Nicki die Hand auf die Schulter zu legen. Ich strich mit dem Daumen über den Saum ihres T-Shirts. Sie legte mir die Hand in den Nacken, über den immer noch Wasser aus meinen Haaren sickerte. »Du zitterst ja«, sagte sie.

»Ich weiß.«

Ihre Finger streichelten meinen Nacken, und ich merkte, dass nicht nur ich zitterte.

Nicht mal ansatzweise hatte ich das Gefühl, wie erstarrt zu sein. Ich spürte den rauen Stoff ihres T-Shirts und die Wärme ihrer Haut, spürte, wie ihre Schultern sich beim Atmen auf und ab bewegten. Wir schmiegten uns aneinander, und ich neigte den Kopf, um meine Stirn gegen ihre zu drücken. Es ängstigte mich, ihr so nahe zu sein, aber ich blieb, wo ich war. Ich rührte mich nicht von der Stelle.

DANKSAGUNGEN

Ich bedanke mich vielmals bei allen Mitarbeitern und Mitarbeiterinnen der Curtis Brown Agentur, insbesondere bei Ginger Knowlton und Anna Umansky; desgleichen beim Team von Viking und Penguin, vor allem bei Leila Sales. Catherine Frank und Nathan Bransford bin ich für ihre guten Ratschläge dankbar. Ich weiß die überragende fachliche Kompetenz der hier Genannten sehr zu schätzen; darüber hinaus ist es auch stets eine Freude, mit ihnen zusammenzuarbeiten.

Ein großes Dankeschön geht an diejenigen, die mit ihrer Kritik zur Verbesserung dieses Buches beigetragen haben: Tracy Dickens, Jessica Dimuzio (VMD), Carmen Ferreiro-Esteban, Laurel Garver, Colleen Rowan Kosinski und Molly Lorenz. Meinen Schriftstellerkolleginnen Lisa Brackmann, Angela De Groot, Kelly Fineman und Julia Hoban sage ich Dank für ihre Unterstützung und ihre Freundschaft. Alle Mitglieder der Organisationen, die mir geholfen haben, seien rundum umarmt: Debut 2009, die Tenners, die 2k Classes, der Milestones Critique Circle of Chestnut Hill und der Kidlit Authors Club. Ich danke James und Martha Bosco, die mir liebenswürdigerweise einen Ort zur Verfügung gestellt haben, an den ich mich zum Schreiben zurückziehen konnte. Ich gestehe voller Dankbarkeit, dass R.E.M. den Titel dieses Buches »Try Not to Breathe«* angeregt hat.

* Titel der amerikanischen Originalausgabe.

Ich bedanke mich herzlich bei meiner Familie und meinen Freunden, besonders bei meinen Eltern Jim und Cheryl, meiner Schwester Bonnie, meinen Großmüttern Dorothy und Jane und meinem Stiefsohn Will. Vor allem aber danke ich meinem geliebten Mann John, der immer für mich da war und ein wundervoller Mensch ist.

Abschließend noch ein Wort an die, die es besonders betrifft: Es kann tatsächlich alles besser werden. Und schon heute kann es damit losgehen.

Jennifer R. Hubbard

Jennifer R. Hubbard, geboren in New England, schreibt seit ihrem siebten Lebensjahr und hat bereits zahlreiche Kurzgeschichten und zwei Jugendromane in Amerika veröffentlicht. Neben dem Schreiben und Lesen gilt ihre Leidenschaft dem Wandern. *Atme nicht* ist ihre erste Veröffentlichung im deutschsprachigen Raum.
Weitere Informationen zur Autorin unter www.jenniferhubbard.com